KB003027

시간의 말

공감의 시는 어디에서 오는가

고재종 지음

시간의 말

문학들

작가의 말

시가 좋아서 여러 시인들의 시를 많이 읽었다. 그 시들이 주는 감동으로 나는 나의 팍팍한 삶을 견뎌 왔다고 생각한다. 하지만 주위를 둘러보면 요사이 시를 읽는 사람은 그리 많지 않은 것 같다. 어느 시집 발문에서 소설가 이인성이 황지우 시인에게 "시의 길, 시의 미래는 어떻겠느냐?"는 질문을 하자 "이제 귀족주의의 길을 걷겠죠." 라는 정도의 대답을 한 걸 기억한다. 시를 독해할 수준의 의식을 가진 몇몇 시인들이 서로의 시집을 읽어 주는 정도의 처지가 될 거라는 얘기이지 싶다. 이는 문화의 메인 서브 경계가 무너지고 이제 막강한 다수 대중에게는 팝 예술과 팝 문학이 대세를 떨치는 현실 속에서 대가급 순수 시인의 자조적이고 고투 어린 진단이지만 시의 현실은 그 진단대로 맞아 들어간다.

하지만 나는 오늘도 지상의 보석 같은 시를 읽으며, 또 대쪽을 깎아 살에 피를 새기는 심정으로 몇 줄 시도 쓴다. 미국의 노인병 신경병리학자인 비비언 클레이턴은 지혜(wisdom)의 성분을 인식적 차원과 성찰적 차원과 타인과 공명하면서 그들을 도울 수 있는 동정적 차원으로 나눈다. 나는 이에 견주어 시적 지혜도 우리 인식에 깨달음의 충격을 주고, 감각의 쇄신과 사유에 있어서의 성찰을 주며, 무엇보다도 타인과의 공명을 통한 감동을 자아낼 수 있다고 생각한다. 특히 공감의 시는 누구나 일하고 고뇌하고 사랑하고 꿈꾸는 '세계-내-존재' 근거로서의 '삶', 곧 구체적 실존에 기반할 때 보편적 감동을 얻어 낼 수 있으리라.

그런 감동의 시들을 읽으며 잡지에 소개하고 또 여러 강의의 원고로 만든 것이 이 책이다. 한데 요새 시단엔 사적 넋두리에 가까운 자기 변설로 요란한 시들, 현란한 이미지나 철학적 의장을 한 판타지 시들, 또 모국어를 능멸하는 혼종·착종·도착의 언어들이 새로움이란 이름으로 난무한다. 누군가가 시집을 사더라도 자기의 삶과는 아무런 관련성도 없고, 시인 개인의 마스터베이션 같은 언어로 넘쳐나는 시에 그 어떠한 반응을 할까. 그런 점에서 삶의 진정한 의미에 대해 대답하기가 끔찍할지라도 거기에 정면으로 맞서는 시들이 이 책에 많이 채택된 것 같다.

책의 앞부분에 내가 시를 읽고 시를 쓰는 데 있어 디딤돌로 삼는 시적 상상력의 전개 과정을 다섯 가지로 정리해 본 글을 실었다. 시 이론의 틀이나 운율, 이미지 구사 등 시 형식 평가와도 상관없는 나의 시에 대한 조그마한 생각이다. 그리고 이 생각들을 위주로 생사성식(生死性食) 곧 노동의 고뇌와 사랑의 황홀 속에서 삶의 의미를 묻고 꿈의 노래를 부르는 시들을 읽어 보았다. 필요할 때는 예술·철학·역사·종교 등의 문장들도 동원하여 풍요롭고 다채로운 삶의 깨침과 감각과 사유의 쇄신을 동반한 환한 공감을 얻는 데 주력하였다. 숭산 선사가 말한 '세계일화(世界一花)' 곧 세계가 하나의 꽃이란 말이 있다. 한데 한 편의 시가 마음의 사막을 우주의 별자리로까지 환하게 밝힐 수 있다는 사실도 나는 잘 안다.

2020년 11월

고재종

차례

작가의 말 4

제1부

일상과 발견의 시선 11
관찰, 삶의 경이를 묘파하는 힘 27
연상적 이미지들의 화엄 44
핵심적 진실을 직관하는 힘, 통찰 61
인생에 대한 유추와 풍자 78

제2부

우주, 삶, 나와 발견의 상상력 99
견자(見者, voyant)의 시학 111
장소, 공간, 풍경의 꿈 127
침묵과 말과 시 146
공명의 감동, 상상력의 비의, 에로스의 시학 164

제3부

생사성식(生死性食)의 삶에 대한 고통스런 노래 181
사랑과 시간의 슬픈 영역 198
인간의 욕망과 고독의 가혹한 심해 211
생의 질문과 몽산 225
백석의 시 「여우난골족(族)」과 잘 먹고 잘 노는 어린아이 241

제4부

심금을 켜 대는 서정의 물결 267
감지(紺紙)의 사랑과 편자 신은 연애 281
나비, 여치, 새, 노루귀, 산수유나무와 함께 296
내 마음속 환호인 생명이여 312
거미줄에 걸리는 삶의 붉은 목숨 328

참고한 책들 344

제1부

일상과 발견의 시선

관찰, 삶의 경이를 묘파하는 힘

연상적 이미지들의 화엄

핵심적 진실을 직관하는 힘, 통찰

인생에 대한 유추와 풍자

일상과 발견의 시선

상상력의 힘 1

1. 일상의 발견

시에서 발견적 상상력은 진부하고 상투적인 세계 속에서 새로운 시선으로 시적 대상을 찾아내는 지적 작업이다. 황지우 시를 상징하는 대표적인 작품 중 하나인 「새들도 세상을 뜨는구나」는 지난 세기 독재 시절에 영화관에서 영화 상영 전에 행해야 했던 애국가 제창 때 스크린에 띄우는 그림을 보고 쓴 시이다. 애국가와 함께 을숙도에서 화려하게 날아오르는 철새 떼의 군무를 보며 그 철새 떼처럼 암울한 현실을 벗어나고픈 꿈과 소망이 애국가가 끝나며 자리에 다시 털썩 주저앉게 되는, 그 참담한 좌절을 표현한 것이다. 시인들 누구나 일상의 영화관에서 겪은 클리셰였지만 오직 황지우만이 일상을 새로운 시선으로 보는 지적 작업을 통해 누구도 부정하지 못할 불후의 작품을 창조해 낸 것이다.

에드워드 호퍼는 미국의 대표적인 사실주의 화가인데 그의 그림 「나이트 호크」(1942, 일명 「밤을 지새우는 사람들」)는 밤새 여는 다이너 풍경을 그린 그림이다. 길모퉁이에 있는 다이너는 미국식의 전형적인 간이식당이다. 이 그림은 호퍼가 60세에 그렸음에도 그를 '하룻밤 사이에 성공한 작가'로 만들어 준 유명한 작품이다. 사다리꼴의 긴 두 변으로 이루어진 전면의 투명한 창문 속 실내엔 눈이 시릴 정도로 불빛이 밝다. 흰옷을 입은 종업원은 일을 하면서 손님 중 한 명을 올려다보고 있고 맞은편에 앉아 있는 남자는 종업원을 내려다보고 있다. 그 옆의 커플로 온 여자는 딴생각에 잠겨 있는 듯하다. 또 우리에게 등을 보이고 있는 다른 남자 손님은 그 남녀 쪽을 향해 고개를 약간 숙이다시피 하고 앉아 있다.

"어두운 도시 길모퉁이 속 환한 실내는 우리에게 머물 것을 종용하고, 실내 맞은편 벽을 밝히며 왼쪽 편 유리창 모서리로 사라지는 환한 빛의 소실점은 가던 길을 계속 가라고 우리를 재촉하는 듯하다."(마크 스트랜드, 『시인이 말하는 호퍼, 빈방의 빛』) 호퍼는 이런 공간을 이용해 네 명의 인물 사이에 물리적 거리와 심리적 거리를 만들어 냈다. 가깝게 있는 커플조차 각자의 생각에 빠져 서로 다른 세계에 있는 듯하다. 누가 봐도 서로의 교감이 차단된 채 각자 고독한 모습으로 앉아 있는 스탠드바 풍경이다. 이런 풍경을 극적으로 조장하는 것은 다이너에 밝혀진 차가운 불빛이다. 그 빛은 마치 세척제와 같아서 그 어디에서도 도시 특유의 더러움은 찾아볼 수 없게 한다, 단출하고 깔끔하면서도 모던한 풍경으로, 계속 가야 할 것 같기도 하고 머물고 싶기도 한 길모퉁이의 심야 술집에서 떠나지도 못하고 서로 섞이지도 못하면서 밤을 지새우는 사람들의 모습은 처연하다.

이 그림은 냅킨홀더나 소금통, 후추통 같은 작은 물건들조차도 세밀하게 묘사하는 등 아주 사실적으로 그린다. 그러면서도 거기에 밝힌 차가운 불빛 하나로 어떤 영화 촬영을 하는 세트를 연상케 하는 묘한 풍경을 만들어 낸다. 이에 대해 호퍼는 "아마도 무의식적으로 대도시의 외로움을 그렸던 것 같다."고 말한다. 이처럼 사실적인 그림인데도 일상적인 풍경의 경험 속에서 길모퉁이와, 따로 노는 듯한 사람들과, 차가운 불빛 하나에 화가가 예리하고도 치열한 시선을 던짐으로 그림은 무엇보다도 현대인의 고독의 풍경을 연출해 낸다.

호퍼처럼 시인의 뜨겁고도 냉정한 발견의 시선으로 흔하디흔한 일상 소재를 명품의 시 작품으로 바꾸어 낸 문태준의 시 한 편을 본다.

어물전 개조개 한 마리가 움막 같은 몸 바깥으로 맨발을 내밀어 보이고 있다
죽은 부처가 슬피 우는 제자를 위해 관 밖으로 잠깐 발을 내밀어 보이듯이 맨발을 내밀어 보이고 있다
펄과 물속에 오래 담겨 있어 부르튼 맨발
내가 조문하듯 그 맨발을 건드리자 개조개는
최초의 궁리인 듯 가장 오래하는 궁리인 듯 천천히 발을 거두어 갔다
저 속도로 시간도 길도 흘러왔을 것이다

누군가를 만나러 가고 또 헤어져서는 저렇게 천천히 돌아왔을 것이다

늘 맨발이었을 것이다

사랑을 잃고서는 새가 부리를 가슴에 묻고 밤을 견디듯이 맨발을 가슴에 묻고 슬픔을 견디었으리라

아– 하고 집이 울 때

부르튼 맨발로 양식을 탁발하러 거리로 나왔을 것이다

맨발로 하루 종일 길거리에 나섰다가

가난의 냄새가 벌벌벌벌 풍기는 움막 같은 집으로 돌아오면

아– 하고 울던 것들이 배를 채워

저렇게 캄캄하게 울음도 멎었으리라

– 문태준, 「맨발」

이 시는 호퍼의 그림처럼 문태준을 한국의 신 서정시인으로 일약 명성을 떨치게 한 작품이다. 먼저 시 내용을 살펴보면 어느 날 시인은 어물전에 갔던 모양이다. 거기에서 개조개를 보았는데 마침 개조개가 움막 같은 껍질 바깥으로 붉은 속살을 내밀고 있는 모습이었다. 껍질 바깥으로 내밀고 있는 이 붉은 속살을 시인은 순식간에 '맨발'로 인식함과 동시에 죽은 부처의 맨발을 떠올렸다. "죽은 부처가 슬피 우는 제자를 위해 관 밖으로 잠깐 발을 내밀어 보이듯이" 조개도 "맨발을 내밀어 보이고 있다"는 것이다.

이 부처의 맨발 이야기는 불교 설화로 전해 내려오는 곽시쌍부

(槨示雙趺) 내용이다. 부처가 열반 후 하늘에서 내려온 금관 속에 입관하고 다비식을 거행하려 했으나 관이 움직이지 않았다. 사람들은 부처의 제일 제자인 가섭이 먼 데 포교를 갔다가 미처 돌아오지 못해 그와 마지막 이별을 하지 못한 바람에 관이 움직이지 않는 걸로 생각하였다. 마침내 연락이 닿은 가섭이 엿새 만에야 돌아와 관을 부둥켜안고 통곡을 하자 죽은 부처는 관 밖으로 발을 슬며시 내밀어 보인 것이다. 출가 후 고행과 함께 중도를 깨달은 부처는 평생을 탁발과 포교로 고된 인생을 보냈다. 분소의만을 걸친 무소유와 포교의 상징이 바로 맨발이었다. 어쩌면 제일 제자인 가섭이 그런 자기의 구도의 길을 끝까지 따랐으면 하는 마음에서 죽은 뒤에도 맨발을 내밀어 보였을 것이다. 부처님의 맨발은 그러므로 구도의 메타포이다.

그런데 어물전에서 시인은 한낱 미물일 뿐인 개조개의 맨발을 부처의 맨발로 본 것이다. 하기야 모든 중생이 곧 부처라 했으니 개조개인들 부처가 아니겠는가. 시인은 그 "펄과 물속에 오래 담겨 있어 부르튼 맨발"을 조문하듯 건드리자 개조개는 "최초의 궁리인 듯 가장 오래하는 궁리인 듯 천천히 발을 거두어 갔다"고 표현한다. 펄과 물속에 오래 담겨 있어 부르튼 맨발은 분소의와 탁발의 구도행과 포교행으로 부르튼 부처님의 맨발과 같지만 '최초이면서 가장 오래하는 궁리'는 무엇일까. 개조개라는 '중생'은 그동안 생계 문제에 촌각을 다투느라 부처처럼 일생 일대 본분사인 '생사' 문제 같은 건 생각할 틈이 없었다. 그것은 그러므로 죽음을 앞둔 어물전에 와서야 '처음 그리고 아주 길게 해 보는 궁리'라고 할 수 있지 않을까.

하여간 그처럼 '천천히' 거두어 간 맨발의 속도로 시간도 길도 흘러왔을 개조개, 누군가를 만나러 가고 또 헤어져서는 그렇게 돌아왔을 개조개, 사랑을 잃고서는 새가 부리를 가슴에 묻고 밤을 견디듯이 맨발을 가슴에 묻고 슬픔을 견디었을 개조개, 아- 하고 집의 새끼들이 울 때 부르튼 맨발로 양식을 탁발하러 거리로 나갔을 개조개, 맨발로 하루 종일 길거리에 나섰다가 가난의 냄새가 벌벌벌벌 풍기는 움막 같은 집으로 돌아와서는 울던 것들의 배를 채워 주었을 개조개의 '최초이면서 가장 오래하는 궁리!' 이는 곧 의미라는 관념 이전에 실존하는 삶, 곧 생계와 사랑과 시간의 험난한 인생길에 대한 고통으로 몸부림하다가 늙어서는 마침내 죽음의 한계상황을 수용할 수밖에 없는 우리네 중생들의 궁리인 셈이다.

우리가 흔히 일상 속에서 만나게 되는 어물전의 흔하디흔한 개조개, 그 개조개가 내민 붉은 속살의 맨발, 그리고 그걸 건드리자 최초의 궁리인 듯 아주 오래하는 궁리인 듯 천천히 거두어 가는 개조개의 모습에 예리한 시선을 모은 뒤, 불교에 대한 지식에서 알게 된 부처의 곽시쌍부 설화 속 맨발과 일치시키는 연상을 하고는, 마침내 일체개고(一切皆苦)의 상징에 부합하는 맨발을 통해 중생들의 고통스런 삶에 대한 일사천리의 전개를 감행한 시인의 발견적 상상력이 겸손하면서도 아주 활달하다. 아울러 그런 고통스런 삶에 대한 진정스런 예의가 풍겨나는 시는 정갈하면서도 깊은 맛을 풍겨서 좋은 시인의 발견적 시선 하나가 얼마나 멋진 시를 만들어 내는지 여실히 보여 주고 있는 것이다.

2. 낯설게 보기

지금은 너무 유명해져 식상한 감도 없지 않은 마르셀 뒤샹은 미술에 대한 전통적인 선입견을 깨고 누구도 짐작하지 못한 작품 세계를 보여 줌으로 미술사에 길이길이 남게 되었다. 우리가 매일 사용하는 변기에 「샘」이라는 사인을 해서 화려하고 우아한 미술관에 전시함으로써 변기를 전혀 낯설고 새롭게 하거나, 모나리자의 엽서에 수염을 그려 넣고 「L.H.O.O.Q」란 제목을 붙여 예술의 관점을 완전히 뒤집어 버린 성상 파괴주의자라는 찬사도 듣는다. 곧 일상적이고 익숙한 사물이나 관념을 낯설게 하여 전혀 새롭게 느끼도록 하는 예술기법이다.

이를 '낯설게 하기'라고 하는데, 빅토르 시클로프스키(Viktor B. Shklovsky)가 제안한 이 기법은 러시아 문예사조의 하나인 형식주의의 이론적 토대가 되었고, 독일의 연극 연출가이자 시인인 베르톨트 브레히트(B. Brecht)에 이르러 중요한 결실을 맺게 되었다. 브레히트는 중국 경극에서 전통적인 소재의 해학적 전복을 발견하고, 분명하고 명백한 사건이나 인물에 대해 놀라움과 호기심을 불러일으키는 여러 연극적인 시도를 했다.

한편 러시아의 형식주의자들이 낯설게 하기를 언어, 특히 시어(詩

語)의 효과로 받아들인 데 반해 초현실주의자들은 이것을 사물의 효과로 받아들였다. 그래서 초현실주의자들은 사람들이 사물을 낯설게 받아들이도록 하기 위해 특별한 오브제를 사용했다. 이들은 무의식 속에 습관화된 이데올로기나 매일 보는 일상적인 대상 속에 감추어져 있는 경이로움을 느끼도록 하는 데 주안점을 두었다. 지금까지와는 전혀 새로운 눈으로 수많은 삶의 편린들 속에서 시가 될 수 있는 특정한 편린들을 찾아내어 세계를 발견해 내는 시인들의 실험과 같은 것이다.

서두에서 황지우의 시「새들도 세상을 뜨는구나」를 잠깐 언급했지만 다음에 보게 되는 시는 그야말로 이것도 시일 수 있는가, 묻게 될 정도로 클리셰를 이용한 낯설게 하기의 전범 같은 작품이다.

> 길중은 밤늦게 돌아온 숙자
> 에게 핀잔을 주는데, 숙자는
> 하루종일 고생한 수고도 몰
> 라주는 남편이 야속해 화가
> 났다. 혜옥은 조카 창연이
> 은미를 따르는 것을 보고 명
> 섭과 자연스럽게 이야기를
> 나누게 된다. 이모는 명섭과
> 은미의 초라한 생활이 안쓰
> 러워…

어느 날 나는 친구집엘 놀러
갔는데 친구는 없고 친구 누
나가 낮잠을 자고 있었다. 친
구 누나의 벌어진 가랑이를
보자 나는 자지가 꼴렸다. 그
래서 나는…

― 황지우, 「숙자는 남편이 야속해」

시에는 '〈KBS 2TV 산유화〉(하오 9시 45분)'라는 부제가 달려 있는데 말할 것도 없이 이 시의 전반부는 오래전 신문의 TV프로 소개란에 있는 프로그램 안내문이다. 그리고 후반부는 공중화장실 등에서 흔히 볼 수 있는 저질 낙서이다. 시인은 이 두 가지 글을 빌려 와 나열해 놓았을 뿐 시인 자신의 말은 한마디도 하지 않았다. 그렇다고 두 종류의 글이 어떤 놀라운 시적 의미를 지니고 있는 것도 아니다. 그럼에도 이 시는 분명 시로 발표되었고, 의미에 대한 해석을 강력히 부르는 시이다.

이 시가 쓰여진 1980년대는 군부독재 정부가 민중들의 정치의식을 다른 데로 돌리기 위하여 스크린, 스포츠, 섹스라는 3S정책을 공공연하게 조장할 때였다. 그것이 프로야구 개설, 공공장소에서의 도색잡지 판매 허가와 함께 컬러TV 개국을 통한 저질 연속극의 양산 등이었다. 한데 그 연속극들은 무슨 내용이든지 간에 삼각관계라는 공식이 적용되었고, 사회 비판은 단 한마디도 담기지 않은 그야말로 판타지였다. 이는 군사당국의 언론통제의 구체적 실체물인 '보도지침'을 따른 결과였다.

이런 주말연속극의 시청률을 올리기 위해 어용신문들은 그날 방영될 드라마 스토리를 간략하게 소개하곤 했다. 그리고는 정작 중요한 대목에서는 말꼬리를 흐리며 말줄임표로 처리한다. 말줄임표 속의 말이 궁금해지면 그만큼 시청률을 높일 수 있다는 계산이다. 하지만 조금만 상상력을 가동시키면 십중팔구 답이 나오게 되어 있는 드라마 전개의 진부성은 혀를 내두를 정도의 것이었다. 안 되겠다 싶었는지 나중엔 아예 말도 되지 않는 스토리 전개로 온통 말초신경을 자극하는 막장드라마로 나서기 시작했다.

하지만 그래 봤자 대개는 옛날 공중화장실 낙서 수준을 벗어날 수 없는 내용들이었다. 당시 남성용 공중화장실에 가 보면 시 2연과 같은 이야기 구조의 스토리텔링을 흔히 접할 수 있었다. 여기에 남녀 성기의 요철을 맞춰 삽화를 곁들여 놓은 친절한 작품도 있었다. 이런 야설은 아직 성인 비디오가 크게 유행하기 전이라서 경향 각지를 가리지 않고 공중화장실이라면 없는 데가 없었던 것이다. 참으로 낯뜨거워 볼 수가 없는 낙서들이었다.

이 시는 바로 그 TV프로 소개문을 1연에 놓고 2연엔 공중화장실 낙서를 배치함으로, 이는 결국 그 두 가지가 같다는 걸 은연중에 말하고 있는 것이다. 나아가 궁극적으로는 그런 저질 연속극을 조장하는 독재 정부 당국의 3S정책을 신랄하게 야유한 것인데, 사실 이런 것도 시냐고 항변하는 사람도 있을 것이다. 하지만 이런 현실에 대한 신랄한 풍자와 전위적 실험 정신이 담긴 황지우 시인의 첫 시집 『새들도 세상을 뜨는구나』는 당시 젊은이들에게 큰 반향을 불러일으켰다. 40년도 훨씬 지난 지금도 사회 곳곳에 잔존하는 지배자들의 치졸함과 비루함을 예리하게 꼬집고 있는 창의적 교재의 전범이 되고 있다.

사실 마르셀 뒤샹의 「샘」도 전시되었을 당시엔 예술을 모독한 것이라고 철거를 강력하게 주장한 사람도 있었고, 새로운 천재의 등장과 함께 예술의 경계가 한없이 확장될 것이라는 전망을 하는 사람도 있었다. 그처럼 황지우 시도 우리가 흔히 일상에서 체험하는 소재임에도 불구하고 발견적 상상력과 함께 낯설게 하기의 새롭고 엄격한 시선이 이 시를 관장하고 있고, 또한 그 밑에 시대상황 혹은 시대정신에 대한 치열한 비판 의식이 깔려 있어 그 어떤 시보다 성공한 실험시인 것이다. 사실 이 시는 어떤 의미에서는 시의 폭력이기도 하다. 시인과 독자가 은연중에 맺고 있는 약속의 공간을 과감하게 일탈해 버린 시라는 면에서 그렇다. 이에 대한 면책은 오로지 시적 진실로서만 가능하다.

3. 시선의 깊이

"우리가 익히 알고 있는 전위예술이란 예술의 미에 대한 사상이나 관념을 일상적인 감각에 직접적으로 연결하려는 행위였다."(아카세가와 겐페이, 『침묵의 다도, 무언의 전위』) 인상파의 그림은 일상의 아무것도 아닌 풍경과 순간에 비쳐 드는 빛을 발견함으로 그동안 위대한 인물, 위대한 사건, 위대한 풍경을 그려 왔던 그림들을 단번에 밀어내 버렸다. 초현실주의는 인간 의식의 심층부를 캐는 막연하고 환상적인 그림이었지만 그 심층 의식을 자극하는 소도구들이 모두 일상의 물품이었다. 살바도르 달리의 녹는 시계, 르네 마그리트의 프랑스빵, 에른스트의 데칼코마니와 프로타주에 이용한 나무 판이나 양철 세공 등이다. 이는 모두 내버려 두면 사라질 비속한 일상용품의 디테일에서 예술의 개념을 발견하려는 행위였다. 그리고 다다이즘 운동에서, 앞에서 이야기한 뒤샹의 「샘」은 남성용 소변기를 이용한 작품으로 이 분야 스캔들의 정점을 찍음과 동시에 일상 용품을 이용한 오브제 작품의 첫 상징물로 역사에 남게 되었다.

그런데 이런 일상을 이용한 발견적 상상력은 소재를 새로운 눈으로 볼 뿐만 아니라 또 깊이 있게 보는 것이다. "우리가 한 편의 문학작품을 읽을 때 독자들은 일정한 전이해(前理解)를 갖게 마련이다. 전이해는 작품을 이해하는 데 필수적인 요소이다. 전이해란 일종의 선입견으로, 동시대의 삶의 상황과, 시와 시인에 대한 기대 그리고 언어 지식, 자신의 인생관 등등이 얼크러져 있는 인식의 배경이다. 한 편의 시를 읽을 때 그 시에 대한 전이해가 중요한 해석의 수단이 된다. 그러나 전이해가 그대로 이해가 되지는 않는다. 작품 속의 구체적 사실들의 의미는 전이해를 통하여 해명하지만, 그 부분들은 새롭고 깊이 있는 시선으로 다시 이해의 틀을 수정한다. 즉, 전체의 의미는 부분들의 의미를 밝혀 주지만 그 부분들의 의미는 다시 전체의 의미를 변환시킨다. 그러므로 독자가 기본적으로 가지고 있는 전이해에 아무런 변화를 줄 수 없는 시는 새로움이 없는 시이다."(김상욱, 『시의 숲에서 세상을 읽다』) 위에서 말한 뒤샹의 소변기는 작가의 치열하고 투철한 시선으로 소변기가 오줌을 누는 데 이용하는 물품이라는 전이해를 완전히 변환시키며 샘이라는 예술적 작품이 될 수 있다는 것을 적나라하게 보여 준다.

그런 의미의 변환을 이루기 위해 시인들은 은유법 등 각종 비유를 활용하거나, 시 속에 삶을 유추할 수 있는 각종 오브제 등을 장치하여 해석의 깊이를 요구한다. 한편으로는 철학의 빛깔을 한 갖가지 이미지를 통해 판타지를 만들어서 새로운 개성들을 독자에게 선보이기도 한다. 그런 점에서라면 송재학은 타의 추종을 불허할 정도의 수작들을 써내는 시인이다.

굴다리 아래 버려진 와와 쓰레기들
그래도 우미한 마네킹은 흔하지 않지
늙고 계면쩍은 검은색까지 더해졌다

가까운 공장 굴뚝의 연기들
이건 또 무슨 수다스러운 혀인가

누구도 붙잡을 수 없었던 처음부터 불편한 손발
매끈한 단면만 본다면 옷을 입는 데 거추장스러워
스스로 잘라버렸다, 아프지 않아 붕대가 필요 없는
손발이 생긴 셈이다
아무것도 보아서는 안 되기에 만들어지지 않았던 얼굴
어떤 이목구비보다 훨씬 농담(濃淡)이 짙다

아, 이제 옷을 벗어던진 슬픔이기 전에
토르소, 덜컥 동체만으로도 아름다운 노래이기 전에
지금은 불가촉의 마네킹
연인에게 느닷없이 버림받았다
복화술을 했던 그녀가 죽은 지도 한참
죽인 자는 사라졌지만 죽은 자는 남았다

— 송재학, 「마네킹 살인 사건」

가령 마네킹 살인 사건이 있었다고 하자. 사람의 팔다리와 머리를 죄다 분리해서 남긴 토르소 몸뚱이에, 팔다리며 머리를 다시 붕대로 친친 감아 붙여 놓고, 내장은 다 긁어낸 뒤 그 속에 신문지를 가득 채워 넣은 시신을, 마치 버려진 마네킹처럼 쓰레기 더미에 버려 놓은 살인 사건 말이다. 이런 마네킹 살인 사건은 도시 괴담처럼 떠돌 뿐이지 우리나라에서 실제 일어났다고 보고된 예는 없다. 한데 송재학 시인은 굴다리 아래 쓰레기들이 한곳으로 마구 몰리는 그곳에서 마치 마네킹 살인 사건의 시신 같은 토르소를 발견한다.

토르소란 머리와 팔다리가 없고 몸통만으로 된 조각 작품을 말한다. 마네킹 토르소에서 손발은 사실 마네킹으로서는 "누구도 붙잡을 수 없었던 처음부터 불편한" 것이자 "매끈한 단면만 본다면 옷을 입는 데 거추장스러워" 애초에 만들어질 필요가 없었다. 마찬가지로 마네킹으로서는 "아무것도 보아서는 안 되기에" 보고 듣고 냄새 맡고 말하는 기관이 있는 얼굴도 애초에 만들어지지 않았던 것이다. 그러기에 "붕대가 필요 없는" 손발과 "어떤 이목구비보다 훨씬 농담(濃淡)이 짙"은 얼굴은 마네킹의 주인에 의해 행해지는 '복화술' 속의 환영으로만 존재하는 게 아니고 무엇이랴.

그런 마네킹 토르소가 굴다리 아래 쓰레기 더미 위에 버려져 있다. 이제 쓰레기에 불과한 마네킹이 우미할 리도 없고, 되레 인근의 공장 굴뚝이 내뱉는 수다스러운 연기들의 혀가 마구 핥아서인지 늙고 검게 변해 있어 보기에도 계면쩍을 정도로 민망하다. 주인이 입혀 주는 우미하고 화사한 옷들과 함께 "토르소, 덜컥 동체만으로도 아름다운 노래"였던 마네킹의 처참한 처지는 쓰레기 더미 속에 버려져 있기에 강도를 더한다. 한마디로 "이제 옷을 벗어던진 슬픔"을 이토록 무정하게 겪을 줄을 누가 알았겠는가. 이제는 아주 "불가촉"의 존재가 되어 있다. "연인에게 느닷없이" 버림받은 처지의 존재가 이러할 것이다. 하지만 그렇게 토르소만 필요했다가 그 토르소조차 필요 없게 된 마네킹을 쓰레기 더미에 버린, 그러니까 그 마네킹을 "죽인 자는 사라졌지만" "죽은 자" 곧 마네킹은 쓰레기로나마 남아 시인의 시 속에서 다시 한 번 그 최후를 적나라하게 보여 주고 있다.

인간의 문명은 끊임없는 발전을 해 왔다. 그것도 눈부시고 찬란하게. 하지만 그 발전도 생성과 소멸의 생태 사이클을 벗어날 수 없다. 비록 마네킹이었지만 그토록 우미하고 화사했던 옷을 입고 많은 사람들의 부러움과 찬탄을 받았음에도 수명이 다하여 폐기 처분이 되자 한낱 쓰레기에 불과한, 더구나 그 마네킹을 복화술로 운용했던 주인마저 사라져 버리는 지경에 처한 것이다. 생성과 소멸의 사이클은 시간의 풍상이라는 사이클과 동의어다. 이런 시간의 풍상 속에서 왔다가 사라지는 처지를 사람도 사물도 그 무엇도 피할 수 없는 것이다.

송재학은 우연히 굴다리를 지나다가 거기 쓰레기 더미 속에 버려진 마네킹 토르소를 발견하고는 그 토르소에 시의 시선이 모이면서, 우리 인간이 그처럼 마네킹을 살해한 것과 같이 시간의 신도 궁극적으로는 우리 머리와 팔다리를 꺾고 내장 속에 온갖 구더기와 모래를 집어넣은 뒤 궁극적으로는 화장터의 화로 속에 던져 버릴 것이란 진실을 우리에게 보여 준다.

관찰, 삶의 경이를 묘파하는 힘

상상력의 힘 2

1. 관찰의 모더니즘적 블랙코미디

나희덕의 「그 복숭아나무 곁으로」라는 시를 보면 복숭아나무의 꽃에 "흰 꽃과 분홍 꽃 사이의 수천의 빛깔이 있다는 것"을 알았다는 구절이 있다. 우리는 흔히 복숭아나무가 '흰 꽃과 분홍 꽃'으로만 이루어져 있다는 선입견에 사로잡혀 있다. 이는 우리가 보게 되는 어떤 대상이 이러이러한 것이라는 극히 일반적인 전이해를 통해 대상의 관념화 혹은 추상화를 감행하기 때문이다. 그러다 보면 대상의 구체적 특성이나 특질은 사상되어 버리고 극히 진부하고 상투적인 인식으로 인해 복숭아나무를 멀리로만 '지나치게' 된다. 하지만 복숭아나무 꽃이 '흰 꽃과 분홍 꽃 사이 수천의 빛깔이 있다는 것'을 인식하게 되면서 우리는 자기중심적 생각에서 벗어나 복숭아나무를 있는 그대로 보려는 태도를 갖게 된다.

불교에 여실지견(如實知見)이라는 말이 있다. 여실은 '있는 그대로'를 의미하고 지견은 '깨달음의 지혜로서 알고 보는 것'을 의미한다. 불교에서는 '진실'을 표시할 때 '그같이 있는 것'을 의미하는 tathātā를 쓰는데, '있는 그대로 보는 것'이란 대상에 대한 어떠한 선입견도 없이 진실만을 보려는 마음이다. 아니 어쩌면 진실이라는 말 자체도 성립할 수 없이 대소, 장단, 선악, 미추 등등 양변의 극단을 피하고 중도를 취하는 것이다. 또한 이성적 지식이라는 분별지나 감정의 호오에 의한 사실의 호도와 왜곡을 경계하며 마치 거울에 상이 맺히는 것처럼 세계를 보고자 하는 것이다. 가령 메르스나 코로나바이러스가 좌우 진영논리나 정치적 판단에 의해 퍼지는 것이 아닌데도 서로 싸우는 정치인들은 바이러스마저도 상대가 퍼뜨리는 양 여론을 호도하고 왜곡하는 인간 말종의 행태를 보인다. 바이러스는 그냥 바이러스인데도 말이다.

『법화경』의 「방편품」에는 '십여시(十如是)'가 나오는데 우주 간의 모든 현상을 열 가지 측면에서 관찰한 것이다. 여시상(如是相), 여시성(如是性), 여시체(如是體), 여시력(如是力), 여시작(如是作), 여시인(如是因), 여시연(如是緣), 여시과(如是果), 여시보(如是報), 여시본말구경(如是本末究竟)이 그것인데, 모든 현상은 그와 같이 형태, 특성, 몸, 힘, 작용, 인연, 과보, 본말과 구경 등을 갖추고 있다. 그럼에도 인간은 어떤 대상에 자기만의 해석을 통한 관념을 뒤집어씌워 본래의 대상과는 아무런 상관이 없는 괴물을 만들어 버린다. 가령 당사자들이 그토록 예술이라고 우기는 분재라는 것도 나무의 십여

시와는 아무 상관이 없다. 분재가들의 호오와 왜곡된 심미안으로 무단한 가지를 이리 자르고 저리 비틀고 아래로 구부리고 목은 쳐 버리는 등 가히 목불인견의 만행을 저질러 놓은 것일 뿐이다. 그러고도 그걸 흡족하게 바라보는 것이 인간이다.

어쩌면 20세기를 압도했던 모더니즘 예술이라는 것도 이성만능주의로 세계와 존재를 왜곡하며 그것을 근대화의 완성이니 뭐니 하다가 나중엔 세련미와 지성미로 통칭되는 '현대성'이라는 관념과 추상어로 귀결시켰다. 하지만 그것의 끝은 유토피아가 아니라 디스토피아였다는 게 너무도 큰 충격이었던 것이다. 인간은 오히려 더 불안과 강박, 공포와 분열, 절망과 죽음, 폭력과 전쟁 등에 시달리며 섹스 과잉, 환각 물질의 남용 등으로 자기를 벗어나거나 혹은 고행과 순례나 명상으로 자기의 길을 찾아 나선다. 이러한 현상들이 결국은 '모더니즘 이후'라는 포스트모더니즘을 초래하였다.

존재나 사물을 있는 그대로 지혜를 다해 바라보기 위해서는 대상을 톺아보는 것도 중요하다. 톺아본다는 말은 샅샅이 훑어가며 자세히 본다는 뜻인데 여실지견을 위한 첩경일 수 있다. 우리나라 시단에서 김기택만큼 시적 대상을 치열하게 관찰하고 그 관찰한 바를 치밀하게 묘사하는 시인도 없을 것이다. 오죽하면 관찰과 묘사의 달인이라고까지 평가받을까. 그런데 김기택의 관찰과 묘사는 사실적 감각에서 출발하지만 그 사실주의에 머물지 않고 대상에 대한 치열한 풍자적 해석을 감행하는 모더니즘적 묘사를 한다.

다 본 스포츠 신문을 다시 훑어보는
무료한 얼굴이 잠시 긴장하더니
갑자기 가쁜 숨이 몰아친다
콧김과 입김이 심상치 않더니
코와 입과 턱에 근육이 돋더니
입이 공기를 크게 베어 물며 열린다
턱뼈에 무게를 싣고
느리지만 힘차게 벌어지는 입
얼굴의 중앙을 밀어 올린 정점에서
입은 숨을 멈추고 잠시 정지해 있다
포효하는 지루한 침묵
나태 속의 짧은 긴장
수축된 안면 근육에 밀려 반쯤 닫혀진 눈에
눈을 치켜 뜬 지하철 승객들이 보인다
치켜 뜬 눈 속에 목젖과 목구멍이 비친다
얼른 입을 닫아야 할 텐데
둥근 공기의 힘에 밀려 닫히지 않는다
질긴 고기로 단련된 이빨도
공기 한줌의 완력에 밀려 할 일이 없다
다물려 할수록 커지는 입 속으로
무덥고 탁한 것들이 거세게 빨려온다
입을 찢듯이 벌려 제 일 다 보고 나서

공기는 슬며시 입에서 빠져나온다
얼굴 주위에서 파리처럼 날던 권태는
입이 닫히자 기다렸다는 듯
얼굴로 몰려와 덕지덕지 앉는다
눈은 더 빨갛게 충혈되어 있다
좌우로 빠르게 눈동자를 움직여
검은자위로 흰자위를 닦아 보지만
붉은 실핏줄만 더 선명해질 뿐이다
이렇게 소화 안 되는 공기는 처음이야
입맛을 쩍쩍 다시며
얼굴은 무료한 표정으로 돌아간다
지하철 어둡고 어지러운 공기로 채워진 뱃속은
불만족스러운 듯 그르렁거리고
목젖은 딸꾹질처럼 맵다
덩치와 폐활량에 비해 턱없이 작은 콧구멍이
수상하다는 듯 다시 두 구멍을 벌름거린다

— 김기택, 「하품」

「하품」에 앞서 김기택의 시 「사무원」은 산업사회라는 거대한 시스템에 갇혀 자기의 주체성을 상실하고 사물화된 삶을 살아가는 현대인의 삶을 풍자한다. 직장 생활 내내 자신의 삶을 성찰하지 못한 채 습관에 의해 수동적이고 기계적으로 움직이는 사무실 속 업무에 바친 삶! 그것의 궁극이 의자에 앉은 사무원의 다리와 의자의 다리가 구분되지 않는다는 극적인 결말이다. 한데 이 시는 사무원의 하루 종일의 생활을 세세하게 관찰하면서 이를 불교 수행자의 모습과 매칭시켜 전개한다는 것이다. 가령 의자에 앉아 사무를 보는 것을 의자 고행으로, 도시락을 공양으로, 손익 관리와 자금 수지 관리를 '손익관리대장'과 '자금수지심경'으로, 전화벨을 목탁 소리로, 의자 고행으로 인해 머리가 빠지고 배가 부풀어 오르는 모습을 달마와 같은 수행자의 모습으로, 상사에게 굽신거리는 것을 108배로, 월급을 시주로 빗대며 궁극에는 의자 다리와 사람 다리가 구분되지 않는다는 풍자적 해석에 정점을 찍는다. '장좌불립'! 이는 장좌불와(長坐不臥) 곧 눕지 않고 오롯이 꼿꼿하게 앉아서만 하는 불교 수행법의 하나를 의자에서 서지 않고 꼿꼿하게 앉아서만 사무를 보는 고행으로 바꾸어 풍자한 것이다. 이런 풍자적 관찰은 독자에게 시를 낯설게 하면서 웃음을 유발하기도 하지만, 인간의 본성이나 사회에 대한 잔혹하거나 통렬한 풍자와 반어를 내용으로 하는 블랙코미디로 보는 것이 오히려 당연하다.

이런 블랙코미디는 위의 시 「하품」에서도 일관되게 연출된다. 시는 지하철 속 앞자리에서 "질긴 고기로 단련된 이빨도/공기 한줌의 완력에 밀려 할 일이 없"이 입을 크게 벌려 하품을 할 수밖에 없는 사람의 '하품 전후'의 얼굴 모습을 그 어느 것 하나로도 빼먹을세라 극사실주의적으로 관찰하고 묘사한다. 시에서 관찰의 힘이 이토록 제대로 구사되는 것은 우리 시단에서 전무후무한 일이다. 흔히 지하철 속에서 관찰되는 무례한 사람, 손으로 가리지도 않고 막무가내로 하품을 해 대는 사람을 윤리적으로 나무라기보다는 그 악성의 하품을 통해 하루 종일 직장에서 시달리다 퇴근하는 현대인의 피로와 권태에 찌든 삶의 모습을 그리고자 한 것이다. 그리고 곧이어 하품으로 벌어지는 삶을 "다물려 할수록 커지는 입 속으로/무덥고 탁한 것들이 거세게 빨려온다"고 표현하며, 앞으로도 여전히 계속될 무덥고 탁하고 어둡고 어지러운 나날, 눈의 충혈과 소화불량으로 이어질 생활에 대한 전망으로 나른하다. 방금까지도 하품 장면의 코믹한 표현에 웃음 짓다가 끝에 가선 현대인의 피로와 권태의 삶에 대한 우울한 전망으로 몸서리치게 하는 것이다.

2. 있는 그대로의 존재들이 벌이는 페스티벌

문학평론가 도정일이 1993년에 발표한 「시인은 숲으로 가지 못한다」라는 평론은 이제 생태문학 평론 쪽에 있어서 고전적 반열에 올려놓아도 이름에 값하는 글이다. 그는 산성비와 산성눈으로 상징되는 환경 파괴 속에서 현실 정서와 문학적 정서 사이의 괴리에 대한 문제 제기를 위해 우선 로버트 프로스트의 시 「눈 오는 밤 숲에 머물어」에 대한 이야기를 한다. "프로스트의 시는 아름답다. 시의 화자는 동짓달 그믐밤 말을 몰아 눈 내리는 숲을 지나다가 문득 발길을 멈춘다. 눈발 속의 숲이 너무 아름다워 그냥 지나칠 수 없었기 때문이다. 삶의 가장 신성한 순간처럼 '숲은 깊고 어둡고 아름답다.' 그러나 화자는 그 아름다움에 매혹되면서도 세상과의 약속을 상기하고 '잠들기 전 갈 길이 멀다. 잠들기 전 갈 길이 멀다.'며 다시 말머리를 돌린다. 화자는 그렇게 떠나지만 그가 떠남으로써 남기는 미련의 공간, 그 눈 내리는 숲은 독자를 유혹하여 그곳으로 달려가게 한다. 그러나 프로스트의 이 평이하고도 아름다운 시는 오늘날 서정적 텍스트로서의 적절성을 거의 '완전히' 상실하고 있다. 지금의 독자는 눈 내리는 숲으로 달려가지 않는다. 산성눈 내리는 지금 이 세계의 어느 숲이 아름다울 것이며 누가 그 숲에 취해 발길을 멈추는가?"

도정일의 판단은 평론 발표 당시에도 적절했고 그 후로 27년이 지난 오늘에는 더더욱 빛을 발한다. 사실 오늘날 사시사철을 가리지 않는 미세먼지 하나만으로도 우리의 생활의 질이 얼마나 떨어지는지 날이면 날마다 체감하고 있다. 그 미세먼지로 인한 호흡기 질환이나 안과 질환 등은 단순히 의학적인 것일 뿐만 아니라 마음의 생태계에까지 영향을 끼쳐 답답하고 화가 치밀어 오르게 하고, 어쩌다 한 번 쾌청하더라도 다음 날에 대한 불안과 걱정이 앞서는 것이 반복된다. 그러니 이런 현실 정서와 괴리된 문학적인 정서만으로 오늘 자연을 예찬하고 생명의 아름다운 모습만 찬양해서야 되겠는가 하는 지적은 곱씹어 새겨들어야 한다,

한데 다음의 시는 마치 '시인은 숲으로 가지 못한다.'는 이 우울한 진단에 대한 불만이라도 제기하듯 낭만주의적 감수성으로 전혀 현

실에 대한 적절성을 망각한 시를 쓴 것 같다.

이제 시인은 숲으로 가지 못한다지만
아직도 숲속 골짜기에는
산 절로 물 절로 하는 호수들이 있긴 있는 것이다.
마을 뒷산 속에 있는
그중 하나를 나는 황혼 무렵이면 찾는데
늘 산영이 잠겨 푸르게 물들어 버린
호수 위로 우선 밀잠자리며 실잠자리들
편대 지어 날아오르고
아무런 욕심이 없어야만 열릴 것 같은
깊고 그윽하고 투명한 숲속의 호수는
물 위에서 제 몸을 잽싸게 튀기는
소금쟁이로도 잔물결 가득 일으킨다.
어디 그뿐인가, 온몸이 남빛인 물총새는
쏜살같이 물속에 뛰어들어 첨벙!
소리가 채 나기도 전에 물 밖으로 나오는데
그 긴 부리에는 이미 노란 버들치나
은빛 피라미가 물려 있는 것이다.
그렇다고 해서 삐르르삐르르 하고 우는
호반새들이 이따금 노래하지 않을 수 없고
그런 것들이 온갖 살아 있는 움직임이라고

떠벌릴 것까지는 정말 없지만
호숫가 갈대를 헤치며 다니는 물뱀들이
스르르 옆으로 미끄러져 오자
순간 푸드드득, 창공으로 차고 오르는
물오리떼의 그 찬연한 비상과
이윽고 다시 고요를 찾는 수면에
은비늘 금비늘 마구 뿌려대는 저녁 햇살은
정말 누구의 조화 속이 아니고서 무엇이던가.
이윽고 숲바람 일렁이면
온갖 살아 있는 것들이 진저리 치도록
싱그러운 오르가슴에 떨고 마는
여름 다저녁때, 내가 이 숲속의
산 절로 물 절로 하는 호숫가에서
이제라도 시인은 숲으로 오라고 한다면
저기 저 암수가 나란히 물을 미는
원앙처럼, 어딘가에서 우리네 연인들도
벌써 서로의 생명의 입 속으로
뜨거운 혀를 밀고 있긴 있을 것이다.

— 고재종, 「여름 다저녁때의 초록 호수」

고재종은 등단 초기부터 지금까지 농촌 농민 정서와 생태의식을 표현한 많은 시를 써 왔다. 그런 그가 치열한 현실적 인식 없이 이런 목가적인 시를 썼을 리는 없을 것 같다. 다만 그는 어느 여름날 하루 일을 마치고 마을 뒷산 숲속에 있는 저수지 둑에서 잠시 휴식을 취하다가, 다저녁때 여름 호숫가에서 벌어지는 여러 숨탄것들의 생명에 대한 약동을 목격하고 이에 감탄한 것이리라. 흔히 농민시를 쓰는 데 있어서는 그 육체적 노동의 고단함과 고통스러움만이 삶의 핍진성에 값하고 또 그 핍진성을 표현하는 것만이 전부인 양 관념적으로 판단한다. 하지만 일하는 중에 잠시 새참을 먹으며 푸른 하늘에 뭉게뭉게 뭉게구름이 피어오르는 것을 바라보며 감탄하는 것도 농사꾼이다. 이런 사실을 아는 자의 시가 이 시라면 일단 현실 정서와 문학적 정서의 괴리에 대한 문제는 피할 수 있을 것이다.

한데 그 문제보다 이 시에서 보면 시적 관찰의 섬세함이 얼마나 세계를 환하게 열어젖히는지 너무도 생생하게 확인할 수 있다는 점에 방점이 찍혀야 한다. 산영이 잠긴 푸른 호수 위로 편대 지어 나는 밀잠자리며 실잠자리들, 깊고 그윽하고 투명한 물 위에 잔물결 가득 일으키는 소금쟁이, 물속으로 쏜살같이 뛰어들어 노란 버들치나 은빛 피라미를 물고 나오는 남빛 물총새, 그 물총새에 박수를 보내는 호반새, 갈대 사이로 미끄러져 오는 물뱀에 놀라 창공으로 찬연하게 차오르는 물오리 떼와 거기 암수가 나란히 물을 미는 원앙까지 저마다의 방식으로 생명을 구가한다. 그 위로 축복인 양 은비늘 금비늘을 마구 뿌려 대는 황혼의 햇살과 진저리 치도록 일렁이는 숲 바람까지 가득하다. 그러니 거기 혹시 젊은 연인이 앉아 있다면 "서로의 생명의 입 속으로/뜨거운 혀를 밀고 있긴 있을 것"이며 이것이야말로 생명들의 오르가슴이 아니고 무엇이겠느냐는 것이다.

이 시에서 시인은 대상이 되는 세계의 찬란함 때문에 굳이 시적 해석이나 기교를 부릴 필요를 느끼지 않아 여러 존재들의 생명 현상을 있는 그대로 받아 적은 것 같다. 하지만 시적 화자의 투명한 눈을 통한 섬세한 관찰은 우리가 그저 스쳐 지나가는 존재들의 세계가 그 얼마나 생명의 풍성함과 아름다움으로 넘쳐 나는가를 담담히 보여 준다. 시인 강연호는 이 시를 평하며 "여기서는 '온갖 살아 있는 것들이 진저리 치도록/싱그러운 오르가슴에 떨고' 있다는 육체적 교접의 극치감에 대한 표현이나 '서로의 생명의 입 속으로/뜨거운 혀를 밀고' 있다는 관능적 묘사도 외설적인 느낌보다는 건강한 관능의 생동감 있는 장면으로 여겨진다. 이처럼 성적인 묘사나 비유가 동원되고 있는 것은 자연에 대한 화자의 경외와 생명에 대한 존중의 한 표현일 뿐이다. 그러니까 이때 암수의 교접은 모든 생명 있는 것들이 자신의 생명감을 확인하는 움직임의 한 절정을 뜻한다."라고 말했다.

3. 관찰이 보여 주는 날것의 시학

김기택이 모더니즘적 관찰을 통해 삶과 세계의 블랙코미디를 보여 주고, 고재종이 사실적 감각으로 존재들의 있는 그대로의 축제를 보여 주었다면, 다음 오규원은 존재론적 상상력으로 날것의 시학을 펼친다. 이 날것의 시학은 모든 존재 곧 두두물물이 자기 존재의 의미를 스스로 말하게 하는 선종의 선적 관찰 같기도 하다. 그러기에 모더니즘이나 리얼리즘에 투철한 시선으로는 매우 밋밋하고 슴슴할 것도 같은 시적 표현들이 많다. 하지만 지금까지 과잉의 이미지와 해석으로 난해의 길을 걸을 수밖에 없었던 모더니즘 시들과 삶의 핍진성과 이념의 과잉으로 신물 나게 하는 리얼리즘의 시를 일거에 뛰어넘으며 그야말로 날것, 익히지 않고 가공하지 않은 날것의 이미지를 투명하게 보여 준다. 대상이 존재의 위의와 세계의 비밀을 스스로 말하게 하는 관찰적 상상력이 작동했기 때문이다.

한국의 모더니즘 사조에 누구보다도 앞장섰던 오규원의 시가 중반 이후에 이처럼 '날것의 시학'으로 바뀐 것은 우리 시단의 한 사건이었다. 이는 시인이 폐기종으로 인해 망가진 건강을 도모하고자 서울에서 멀리 강원도 영월의 오지로 거처를 옮긴 데서 일어난 자기 성찰에 의한 시적 변모였다. 지금껏 모든 존재와 사물을 자기의 지식으로 해석하고 이에 관념을 뒤집어씌워 언어의 추상화를 도모한 것이 그간의 시작 과정이었는데, 놀랍게도 서울에서 강의를 하고 몸을 쉬러 영월에 들면 어제 봤던 존재와 사물들은 시인 없이도 잘 존재하다가 오늘 자기 본래의 모습으로 다시 나타나더라는 것이다. 그것을 보고 그간 사물들에게 인간의 관념을 뒤집어씌워 왜곡하고 호도한 죄가 너무나 커서 그로부터 모든 두두물물을 있는 그대로 보겠다는 생각이 '날것의 시학'을 낳게 된 것이다.

메를로-퐁티의 '살 존재론'은 화가 세잔이 일구어 낸 예술적 삶의 경지를 보여 주면서 전개한다. 메를로-퐁티는『의미와 무의미』라는 저서에서 세잔이 "풍경이 내 속에서 자신을 생각한다. 나는 풍경의 의식이다."라는 말을 했다고 전한다. 이는 "저 꽃이 내 속에서 자신을 생각한다. 나는 저 꽃의 의식이다."라고 바꿀 수 있으니, 오규원의 시에서 대상이 가공되지 않은 채 날것 스스로 자기를 밝히게끔 하는 표현법과 일맥상통한다. 조광제가『미술 속, 발기하는 사물들』에서 메를로-퐁티에 대한 철학을 해설하면서 "보는 이가 없이도 보이는 모습 그대로 사물들이 존재함을 확신한다. (…)그것은 감각하는 사람이 없이도 감각적인 사물이 존재할 수 있다는 것을 뜻한다. (…)급기야 그것은 감각된다는 것이 감각한다는 것보다 근본적으로 먼저 성립한다는 것을 뜻한다."고 한 말도 오규원 시의 이해에 참고하면 좋을 것이다.

딱새 한 마리가 잡목림의
산뽕나무 가지에 앉아 허공에서
무엇인가 찾고 있다 딱새의 그림자도
산뽕나무에서 내려오지 않고
가지에 그냥 붙어 있다
박새 한 마리도 산뽕나무 뒤편
붉나무 가지를 두 발로 잡고 있다
그러나 산뽕나무 저편 팥배나무에서
문득 날아오른 새 한 마리는

남쪽의 푸른 하늘에 몸을 숨기더니

다시 나타나지 않는다

새가 몸을 숨긴 그 하늘 아래는

집을 짓고 사람들이 산다

– 오규원, 「새와 집」

딱새 한 마리가 잡목림 속의 산뽕나무 가지에 앉아 허공에서 무엇인가를 찾고 있다. 이는 딱새가 나뭇가지에 앉아 고개를 갸우뚱하고 허공을 바라보고 있거나, 그러다가 하늘을 향해 콕콕콕 부리를 쪼아대는 모습을 "허공에서/무엇인가 찾고 있다"고 표현한 것이리라. 그 다음 "딱새의 그림자도/산뽕나무에서 내려오지 않고/가지에 그냥 붙어 있다"고 했는데, 이는 관찰의 눈을 통해서 본 것이 아니라 관찰의 상상력으로 본 것이다. 왜냐하면 뽕나무 가지가 웬만치 굵지 않고서는 밑에서 올려다보는 나뭇가지에 딱새 정도의 그림자가 붙어 있는 모습이 보일 수도 없거니와 그 딱새 그림자가 나무 밑의 땅 위에까지 드리우도록 짙을 수도 없기 때문이다. 그러나 귀신이나 신이 아니고서는 이 지상의 모든 존재가 갖게 되는 그림자를 갖지 않을 수 없기 때문에 으레 딱새 그림자는 딱새가 앉아 있는 그 나뭇가지에 붙어 있으리라는 생각에서 그렇게 표현할 수도 있었겠다. 한데 그보다 더한 여실지견은 대개 존재의 업이나 어두운 면으로 상징되는 그 그림자를 지상에 드리우지 않고 그냥 가지에 붙어 있는 것으로 관찰한 데 만족할 뿐이지, 그 위에 어떤 모더니즘적 사유를 덧씌우는 짓을 더는 행하지 않겠다는 생각에서 그렇게 표현한 것 아닐까.

어쨌든 그처럼 박새도 산뽕나무 뒤편의 붉나무 가지를 두 발로 붙잡고 있다. 앞에서 딱새는 가지에 '앉아' 있는데 박새는 가지를 '붙잡고' 있다. 이는 앉아 있는 그대로의 생명의 존재가 생명력를 구가하는 의지의 존재로 바뀌며 삶에 대해 좀 더 적극적인 자세를 취하는 박새를 표현한 것으로 보인다. 하지만 사실 눈에 보이는 그대로를 표현한 것일 수도 있다. 왜냐하면 "산뽕나무 저편 팥배나무에서/문득 날아오른 새 한 마리는/남쪽의 푸른 하늘에 몸을 숨기더니/다시 나타나지 않는다"고 하기 때문이다. 욕망과 의지의 존재를 표현한 것 같지만 불교식으로 말하면 모든 존재는 내외가 모두 공(空)이어서 금방까지 산뽕나무 뒤편 팥배나무에 있던 새 한 마리가 문득 날아올라 남쪽 하늘로 날아가 버린 뒤로는 이제 새는 없다. 더구나 시에서 산뽕나무 '뒤편', 산뽕나무 '저편' 등의 표현으로 시적 대상들이 존재하는 공간의 공간감을 창출하며 "새가 몸을 숨긴 그 하늘 아래는/집을 짓고 사람들이 산다"고 표현한다. 이는 허공에서 지상까지, 잡목림에서 저기 남쪽까지, 딱새에서 박새까지, 산뽕나무에서 팥배나무까지 모든 존재들이 천연덕스럽게 존재하지만, 궁극적으로는 '허공' 아래인 땅에서 사람들이 집을 짓고 산다고 하며 모든 찬란하고 아름다운 존재들도 결국에는 공이라는 적멸과 열반을 사는 존재라는 것을 존재들이 스스로 말하게 하고 있는 것이다.

그야말로 모든 존재들을 있는 그대로의 자리에 배치해 놓았을 뿐인데, 우리가 감각하고 생각하기 이전에 먼저 존재하고 있는 바대로 그들은 스스로 우리에게 많은 것을 보여 준다. 더구나 보는 사람으로서는 생각할 수도 없는 자기들의 비의에 우리를 초대하여 우리를 되레 만져 대기까지 하며, 그 우주적 통찰의 자리에 한자리 끼워 주는 요량이다. 투명하기 그지없는 시적 관찰로 담담하지만 신비롭기까지 한 존재들의 빛을 여실히 보여 주고 있는 명품의 시이다.

연상적 이미지들의 화엄

상상력의 힘 3

1. 연상적 상상력의 중첩된 세계 이해

우리 몸의 세포는 날이면 날마다 죽고 다시 생기며 7년마다 완전 교체된다고 한다. 그러니까 7년 전의 '나'는 오늘의 '나'가 아니다. 우리는 우리 몸 안에서 죽고 그 죽음을 계속 넘어서며 다시 산다. 그러기에 죽음은 우리가 끝까지라도 사수(死守)할 것을 사소(些小)한 것으로 만들며, 그 죽음은 고통을 탈출하는 것이 아니라 삶 안에서 삶을 넘어간다는 말이다.

고대 그리스 신화에서 아테네를 세운 왕인 테세우스는 신화 속 괴물인 미노타우로스를 무찌른 후 의기양양하게 승전고를 울리며 배를 타고 위대한 도시로 귀환했다. 그 후 1000년 동안 승리의 상징인 '테세우스의 배'는 매년 승리의 귀환을 재현하기 위해 아테네에서 크레타섬으로 항해를 나섰다. 세월이 흐르면서 배는 점점 낡기 시작했고, 그에 따라 배의 부품이 하나씩 교체되었다, 판자를 새로 대고 노를 새것으로 바꾸고 돛을 새것으로 바꾸니 결국 원래 배에 있던 부품은 하나도 남지 않게 되었다. 플루타르코스는 묻는다. 이 배는 테세우스가 탔던 배인가?

"견고하고 고정된 자아란 존재하지 않는다. 우리의 습관, 신념, 사상은 살아가는 동안 완전히 다른 모습으로 진화한다. 우리를 둘러싼 물리적·사회적 환경 또한 변화한다. 우리 몸의 세포 또한 대부분 교체된다. 그럼에도 우리는 스스로 '우리 자신'으로 남는다."(마리아 포포바, 『진리의 발견』) 진화와 변화를 수용하고 자신의 생각을 가장 최선의 형태로 바꿔 가며 여전히 자기 자신으로 남는다는 것은 소중하고 고귀한 일이다. 하지만 모든 존재의 실상은 무상하며 모든 존재에게 견고하고 고정된 자아란 존재하지 않는다는 사실을 평생 동안 인정하지 못하고 살아가는 사람은 의외로 많다. 많은 게 아니라 대부분이다.

구약성경 중 토라라고 하는 모세오경을 문필가들이 나라가 어려운 시절에 민간에서 민담 등을 끌어모아 집대성한 설화집이라고 하면 기독교 신자들은 3천 척이나 펄쩍 뛸 것이다. 하지만 『도올의 로마서 강해』를 보면 구약의 모세오경에 나오는 아브라함 이삭 요셉 등 족장들의 이야기, 모세의 출애굽 사건, 여호수아의 정복과 판관들의 이야기, 그리고 다윗과 솔로몬 왕국 이야기들이 모두 민담(folk stories)일 뿐이라고 한다. 이는 이스라엘의 성서고고학을 대표하는 헤르조그가 1999년 하레츠라는 이스라엘 주간지에 발표한 논문 "홀

리랜드로부터의 진실 : 이스라엘 땅에서 70년 동안 수없는 고고학자들이 발굴해 온 결과의 총 결론은 매우 명백하다. 성서가 말하는 역사시대는 존재하지 않는다."라는 기사를 근거로 한다. 성서가 말하는 역사와 관련된 고고학적 발굴이 어느 것 하나 이루어진 게 없으니 그렇게 주장할 만도 하다. 그러기에 모세오경은 유다 민족이 바빌론 포로 생활 때 야훼를 유일신으로 믿는 그들이 나라가 멸절할 거라는 절박하고 절망적인 상황 속에서 몰래 야훼유일신앙의 다양한 전승을 수집하고, 그것을 기록하고, 창작하고, 확대하고, 편집하여 창세기·출애굽기·레위기·민수기·신명기 등의 모세오경이라는 언어의 숲을 완성시킨 뒤 그걸 역사화하는 대작업으로 민족적 절망 속에서 소망의 꽃을 피운 것일 뿐이라는 결론이다.

이런 생각에서의 진화나 변화를 받아들이지 않는 것은 과학적 지식에 전혀 무지하거나 자기의 고정된 신념이나 체제에 대한 의식이 지금껏 쌓아 온 권력과 사상의 성 혹은 진영이 무너질까 봐 이를 애써 외면하기 때문에 그럴 것이다. 그러니 예수천국과 불신지옥, 종말론과 기복신앙 등 미신보다 더 미신적인 우리나라 보수적 기독교인들에게 다음의 김춘수 시를 들려주면 노여워할 사람이 많을 것이다.

사랑하는 나의 하나님, 당신은
늙은 비애(悲哀)다.
푸줏간에 걸린 커다란 살점이다.
시인(詩人) 릴케가 만난

슬라브 여인(女人)의 마음속에 갈앉은
놋쇠 항아리다.
손바닥에 못을 박아 죽일 수도 없고 죽지도 않는
사랑하는 나의 하나님, 당신은 또
대낮에도 옷을 벗는 어리디어린
순결(純潔)이다.
삼월(三月)에
젊은 느릅나무 잎새에서 이는
연둣빛 바람이다.

— 김춘수, 「나의 하느님」

이 시는 대상을 향한 은유의 병치 구조를 통하여 보통 사람들이 알고 있는 종교적인 하느님에 대해서 시적으로 새롭게 해석한 작품이다. 일반적으로 '하느님'에 대한 보편적 이미지는 전지전능하고 신성하며 초월적인 이미지를 지니고 있다. 그런데 이 시에서는 그런 이미지와는 상당히 거리가 먼 이미지를 연상적 상상력으로 펼친다. '늙은 비애' – '푸줏간에 걸린 살점' – '놋쇠 항아리' – '대낮에도 옷을 벗는 어리디어린 순결' – '연둣빛 바람' 등으로 이어지는 현실적이고 세속적인 이미지는 하느님에 대한 일반적인 관념들을 무참하게 파괴하는 은유들이다.

먼저 "사랑하는 나의 하나님, 당신은/늙은 비애(悲哀)다."라고 한다. 이에 대해 혹자는 '늙은 비애'는 하나님이 인류의 죄를 다 뒤집어

쓰고 있다는 점에서 슬픔 그 자체라고 할 수 있으며 이로 인해 마음을 어둡게 한다고 한다. '늙은'은 '오래된'이고 '비애'는 '연민'으로 번안하여 하느님의 인류에 대한 '오래된 연민'으로 해석하는 것이다. 하지만 어떠한 시나 문학도 시대적 배경이 바탕에 깔리지 않을 수 없다. 그렇다면 오늘날 더 이상 신을 부르지 않는 자본의 맘몬이 하늘 끝까지 바벨탑을 쌓아 올린 시대에 많은 사람들의 기도에도 참된 정의에 대해 단 한마디의 대답이 없는 하느님은 이제 비애감이나 불러일으키는 늙고 쓸모없고 오랜 고집불통의 존재일 뿐이라는 것을 말한다고 해석해 보면 어떨까.

다음으로 나의 하느님은 "푸줏간에 걸린 커다란 살점이다."고 하며 신자들에겐 너무도 불경스런 이미지를 구사한다. 이에 대해 '살점'은 십자가에 매달린 예수의 모습을 연상하게 하는 것으로 생의 고통과 처절함을 느끼게 한다고 일반적으로 해석한다. 아울러 인류에게 자신의 살점 전부를 내어 주는 존재를 의미하는 것으로, 인류의 죄의 대속을 위해 내어 준 예수의 육체를 상징한다고도 한다. 하지만 자본의 맘몬이 쌓은 바벨탑이 이미 하늘에 닿은 세상 속에서 물욕과 성욕을 상징하는 커다란 '살점' 만을 탐하는 인간과, 그 살점이 '푸줏간'에 걸려 있으니 이미 하느님마저 성과 욕망처럼 사고파는 지경 속에 처해 있는 모습을 상징화하는 이미지로 볼 수도 있지 않을까 싶다.

이어서 나의 하느님은 "시인(詩人) 릴케가 만난/슬라브 여인(女人)의 마음속에 갈앉은/놋쇠 항아리다."라고 한다. 여기서 '슬라브 여자의 마음속에 갈앉은 놋쇠 항아리'는 그야말로 그의 슬픔이 천근만근이나 되는 것처럼 무겁고 크다는 것을 비유적으로 말한 것으로 인류를 구원하려는 예수의 마음이 그러하다는 것을 말하고 있다고 해석할 수 있다. 시인 릴케가 만난 슬라브 여인은 루 살로메이다. 루 살로메는 남편 안드레아스가 있었음에도 그와는 플라토닉 러브에 머물고 철학자 니체와 파울 레, 그리고 시인 릴케와 함께 염문를 뿌렸던 여인이다. 그녀는 맑고 푸른 눈, 오똑한 콧날, 두터운 입술, 조그마한 얼굴, 날씬한 몸매, 가는 허리, 긴 다리 등의 아름다운 육체를 가진 여인이었음에도 '신의 존재를 부정하는 회의론자'였는데 릴케가 눈을 감기고, 귀를 막고, 발을 자르고, 입을 틀어막고, 팔을 꺾고, 심장을 멈추게 하고, 머리에 불을 질러도 "내 핏속에 당신을 실어 나를 것입니다"라고 절규해 마지않았던 여인이다. 그러나 그녀는 자기의 모든 애인들을 절망의 구렁텅이에 몰아넣었으니, 그녀가 의도하는 바는 아니었음에도 결국 그렇게 되어 버린 것을 헤아리는 마음이 놋쇠 항아리처럼 무겁지 않을 도리가 없었을 것이다. 이에 비견된 예수의 마음도 인류에 대한 사랑의 마음으로 그렇게 천근만근 무거운 마음을 가졌을 것이란 생각을 해 볼 만하다.

그런 하나님은 "손바닥에 못을 박아 죽일 수도 없고 죽지도 않는"다. 그런 하느님은 영원불멸의 존재인 신이니까 당연히 손바닥에 못을 박아 죽일 수도 없고 죽지도 않는다. 손바닥에 못이 박혀 죽고도 부활한 예수처럼 말이다. 한데 늙은 비애와 푸줏간의 살점과 놋쇠 항아리로 계속 연상되는 '나의 하나님'이 현대 세속 사회의 자본과 타락으로 계속 부정성을 덧입는 상황이 벌어지고 있더라도 '나의 하나님'이라는 종교의 본래적 가치, 나아가 그 가치에 기반한 우리 인간들이 진정으로 갈구하는 삶의 가치 등은 결코 훼손될 수 없기에 죽일 수도 없고 죽여도 죽지 않는 하느님인 것이다.

그런 나의 하느님 "당신은 또/대낮에도 옷을 벗는 어리디어린/순결(純潔)이다." 종교나 사람이나 시인이 갈구하는 본래적 삶의 가치는 어쩌면 '순결'인지 모른다. 욕정에 시달리지 않는 육체, 권력욕에 흔들리지 않는 정신, 분노와 어리석음에 휘둘리지 않는 영혼의 순결 말이다. 그런데 이런 어리던어린 나의 순결이 "대낮에도 옷을 벗는"다. 백주에 아무런 거리낌도 없이 자행되는 현대 물신 사회의 욕망의 민낯을 보라. 하루도 멀다 하고 보도되는 각종 성폭력의 기괴한 모습들과 자식이나 남편을 살해하고도 눈 하나 깜짝하지 않는 소시오패스들, 권력욕에 눈이 멀어 아침에 한 말을 저녁에 뒤집는 정치인들, 무시무시한 패권주의와 진영논리, 더 이상 신을 믿는 것이 아니라 물신의 장사치로 전락한 종교의 추악함, 입으로는 온갖 진보와 공정을 외치면서도 그 잣대를 자기 자식들이나 가족들에겐 제외시키는 사람들, 도대체 누가 참이나 거짓이냐를 구분할 수 없게 되어 버린 사람들의 사회에서 나의 "어리디어린 순결"이 어떻게 자신을 지켜 낼 수 있을까. 그 하느님을 따르는 인간들은 자신의 육체와 정신과 영혼을 어떻게 하느님의 형상(Imago Dei)대로 지켜 낼 수 있을까.

그럼에도 나의 하느님은 "삼월(三月)에/젊은 느릅나무 잎새에서 이는/연둣빛 바람이다." 그 3월의 젊은 연둣빛 바람은 늙은 비애와 푸줏간의 살점과 놋쇠 항아리와 백주에 옷을 벗는 순결을 숨 쉬게 하고 숨길을 트게 한다. 비애의 슬픔과, 살점의 고통과, 놋쇠 항아리의 무거움, 순결의 부패를 일거에 쓸어버리고 맑고 깨끗하고 가볍고 환한 세상을 열어젖힌다.

이 시에서 연상적 상상력으로 계속 이어지는 '나의 하나님'에 대한 이미지는 무거움과 가벼움, 늙음과 젊음, 어둠과 밝음이라는 모순의 대립을 통해 제시되고 있다. 그렇기에 모순되고 다양한 자아를 지니고 있는 우리 인간에게 비애와 순결을 동시에 맛보게 하는 존재가 '나의 하느님'이다. '나의 하느님'인 신을 종교적이고 관습적인 의미에서 탈피시켜 현대 세속 사회 속에 처한 모습으로 적나라하게 환치시켜 보여 주면서 그 부정성으로 점철된 신의 상태를 극복하고자 한다. 그 매개체가 "연둣빛 바람"인데 이것은 우리들이 종교나 진리 속에서 갈구하는 삶의 진정한 가치일 수도 있고, 시인이 추구하는 가치이기도 한 것이다. 그 가치가 신이나 인류 존속의 바탕이기에 죽일 수도 없고 죽여도 죽지 않는 것이다.

종교적으로 말하면 시인은 하느님을 신적이고 거룩한 신성성의 존재로 받아들인 것이 아니라 가장 인간적인 존재로 받아들이고 있다. 사실 종교시가 가지는 소재를 차용하고 있지만 신에 대한 거룩함과 미화는 전혀 볼 수 없고, 오히려 지상의 가장 천한 존재들과 결합시켜 신에 대한 우리의 관념을 새롭게 일신하고 있다. 이러한 인식 전환이 오히려 나의 하느님이 비애와 순결을 동시에 지니면서 '손바닥에 못을 박아 죽일 수도 없고 죽지도 않는' 영원불멸의 진정한 존재로서 다가오게 하는 데 큰 역할을 하고 있는 것이다.

2. 이미지들의 연상과 화엄

사랑은 논리가 아니다. 사랑에 이러저러한 논리가 적용되는 순간 그것은 이미 사랑이 아니다. 어떤 특정한 한 사람이 어느 날 내 눈에 꽂힌 순간 그가 어떤 사람인지 상관없이 마음의 길이 늘 그에게 향하고, 그에게 맞닿아 있는 것이 사랑의 본래성이다. 흔히 남들이 보기에는 분명 그가 사랑하는 사람에 비하면 평형추에서 기우는 왜소한 존재임에도 눈에 콩깍지가 낀 사랑은 그에게 바닥 모를 깊이로 몰두하게 하는 것이 사랑의 보편적인 모습이다. 그런데 이와 같은 사랑이 끝나 버리면 마음이 어떻겠는가.

기형도의 시 「빈집」은 실연이 있은 뒤에 그 실연과 연관되어 연상되어지는 소재를 계속 불러 댄다. 불러 댄 다음 그것들과 마지막 인사를 고하고 자기 속으로 유폐되어 버리는데, 그 연상적 상상력이 아픔의 농도를 배가시킨다.

> 사랑을 잃고 나는 쓰네
>
>
> 잘 있거라, 짧았던 밤들아
>
> 창밖을 떠돌던 겨울안개들아
>
> 아무것도 모르던 촛불들아, 잘 있거라
>
> 공포를 기다리던 흰 종이들아
>
> 망설임을 대신하던 눈물들아

잘 있거라, 더 이상 내 것이 아닌 열망들아

장님처럼 나 이제 더듬거리며 문을 잠그네
가엾은 내 사랑 빈집에 갇혔네

"잘 있거라, 짧았던 밤들아"! 원래 사랑의 황홀은 짧고 이별의 고통은 긴 법이다. "창밖을 떠돌던 겨울 안개들아"! 너무 고통스러워서 밖에 나가지도 못하고 있는데 창밖으로는 차갑고 무겁고 앞을 막는 겨울 안개가 무시로 떠돈다. "공포를 기다리던 흰 종이들아"! 이별 뒤의 처절한 고통과 보이지 않는 앞날과 "늘 그대 뒤를 따르던/길 문득 사라지고/길 아닌 것들도 사라"(황동규)진 뒤의 공포는 원고지에 감히 쓰일 정도의 것이 아니다. "망설임을 대신하는 눈물들아"! 어디 망설임뿐이겠는가. 회한과 분노와 안타까움과 절망과 쓰라림과 숨 막힘 등등이 죄다 버무려진 눈물이 하염없이 흐를 것이다. 어쨌든 이 모든 것들은 더 이상 내 것이 아닌 열망들이다. "잘 있거라, 더 이상 내 것이 아닌 열망들아"! 나는 이제 장님이 되어 더듬거리며 홀로 문을 잠근다. 문을 잠가도 방 안의 촛불은 탄다. 그러니 촛불들에게도 이별을 고한다. "아무것도 모르던 촛불들아, 잘 있거라"! 가엾은 나의 사랑은 '빈집'에 갇히니 이 전망 없는 내일과 스스로의 유폐는 얼마나 길고 길 것인가. 그 유폐는 지금도 계속되고 있을 것인가.

이 시의 시적 화자가 일찌감치 강은교의 「사랑법」을 조금이라도 터득했다면 이렇게 암전되어 버리는 절망의 사랑에 좀 더 현명하게 대처했을지 모른다. 사랑을 사랑 속에서만 가두지 말고 좀 더 인생의 총체성 속에서 조망해 보았으면 이처럼 처절한 유폐의 집에 처박히지 않았을 것이다. 하지만 젊은 청춘들의 사랑은 조망되는 것이 아니라는 사실을 우리는 잘 안다.

떠나고 싶은 자
떠나게 하고
잠들고 싶은 자
잠들게 하고
그리고도 남은 시간은
침묵할 것

또는 꽃에 대하여
또는 하늘에 대하여
또는 무덤에 대하여

서둘지 말 것
침묵할 것

그대 살 속의
오래전에 굳은 날개와
흐르지 않는 강물과

누워 있는 누워 있는 구름
결코 잠 깨지 않는 별을

쉽게 꿈꾸지 말고
쉽게 흐르지 말고
쉽게 꽃 피지 말고
그러므로

실눈으로 볼 것
떠나고 싶은 자
홀로 떠나는 모습을
잠들고 싶은 자
홀로 잠드는 모습을

가장 큰 하늘은 언제나
그대 등 뒤에 있다.

– 강은교, 「사랑법」

이 시 「사랑법」은 '이별법'이라거나 '인생법'이라고 해도 괜찮겠다. 우리는 인생을 살면서 숱하게 이별을 겪으며 산다. 사랑하다가 서로의 잘못과 오해와 이기심이 빚은 다툼으로 이별하게 되거나 갖가지 질병이나 사고나 노환으로 사별하기도 한다. 우리는 그때마다 그 헤어짐을 감당하지 못하여 원망하고 저주하고 심지어 상대를 극단적으로 해치기도 한다. 하루라도 더 죽음을 미루기 위해 다만 며칠 더 살 수 있을 뿐인 수술을 감행하거나 여러 가지 비방약을 구해다 먹고, 나중에는 굿을 하거나 안수를 받는 등 가망 없는 노력을 백방으로 해 댄다. 하지만 회자정리(會者定離)의 인생사와 풍상의 시간을 누가 막을 수 있겠는가.

그런데 이 시는 회자정리의 인생사와 그걸 극복하고자 하는 인간의 모든 노력에서 초연하여 "떠나고 싶은 자/떠나게 하고/잠들고 싶은 자/잠들게 하고/그리고도 남은 시간은/침묵할 것"이라고 단정적인 진술을 감행한다. 아무런 망설임이나 주저함도 없이 마치 소박하면서도 권위가 있는 어떤 종교인의 언명 같은 이런 말을 과감하고 거침없이 할 수 있는 시인은 과연 누구인가? 강은교다! 그는 젊어 이래로 여러 병고로 인한 치명적인 수술을 몇 차례나 하며 그 병과 죽음을 극복해 낸 시인이다. 그러기에 그의 초기 시는 허무와 숙명 의식을 통하여 존재의 의미를 탐구하는 데 주력하였다. 그 허무나 숙명의식이 강한 만큼 시인은 떠나고 싶은 자와 잠들고 싶은 자에 대한 아집과 집착을 버리고 시절인연이라는 순리를 따를 것을 권고한다. "그리고도 남은 시간은/침묵할 것"이라며 침묵 속에서 자기 내면의 응시와 성찰을 통해 이별과 사별의 슬픔을 극복하라는 사랑법, 곧 인생법을 제시한다.

그리고 이런 침묵과 성찰은 이별과 잠듦에 대하여서만 할 것이 아니다. "또는 꽃에 대하여/또는 하늘에 대하여/또는 무덤에 대하여"서도 해야 한다. 꽃은 생명의 절정이다. 아름다움의 극치다. 꽃은 식물의 생식기이기에 에로스의 오르가슴이다. 식물은 꽃이 필 때 가장 아름답다. 땅의 생명력이 가장 역동적일 때 식물은 꽃을 피운다. 이런 꽃의 시절은 인생에 있어서 기껏 20대 정도에나 국한될 것이다. 그래서 꽃이 꽃일 때 꽃을 모아야겠지만 미구에 닥칠 낙화유수(落花流水)에 대하여 서두르지 말고 곰곰이 생각해 보아야 한다.

하늘은 푸르다. 하늘은 높다. 하늘은 우리에게 고개를 들어 우러르게 한다. 궁극에 처할 때 사람은 하늘을 부르게 된다. 그래서 하늘은 종교다. 하늘에 대고 욕한 자는 더 이상 기댈 곳이 없다. 사람이 태어나서 죽을 때까지 아무리 몸부림쳐도 하늘과 그 하늘에 연동된 양심을 벗어날 수는 없다. 너무 기쁠 때 너무 슬플 때, 외롭고 고독할 때, 의분과 정의감에 사무칠 때, 노엽고 서러울 때 우리는 자신도 모르게 하늘을 부르게 된다. 키에르케고르는 인간을 신 앞에 선 단독적 실존이라고 했지만, 그것이 신이든 하늘이든 자기 마음속에 연동된 양심에 대한 성찰은 고귀한 사람들의 의무다.

무덤은 죽음의 상징이다. 우리는 꽃, 곧 삶과 사랑에 대해서만 꿈꾸거나 하늘, 곧 하늘까지 닿는 욕망의 바벨탑만을 쌓으려 하는 것도 좋지만 미구에 닥칠 무덤 속의 죽음에 대하여 생각해야 한다. 아무런 대비도 없이 느닷없이 닥칠 죽음에 대하여 여러 가지로 서둘러 본들 침묵 외에 우리가 할 수 있는 일은 아무것도 없다. 그러기에 미리서 죽음에 대하여서도 침묵 속에서 응시하고 성찰하여야 한다. 사랑과 신앙과 욕망 그리고 죽음의 문제는 우리 인생의 일대사(一大事)이기 때문이다.

떠남과 잠듦과 꽃과 하늘과 무덤에 대하여 순리를 따르되 조급해 하거나 서둘거나 부인하는 행위보다는 남은 시간 동안 침묵을 통해 자기 응시를 하기 바라는 시인의 마음이 "~할 것"이라는 어미를 없앤 단호한 진술로 드러난다. 이는 일차적으로는 자기 다짐으로서의 결단의 마음을 표현하고자 한 것이다. 나아가 모든 진리는 자기 확신 이후엔 당연히 보편적 적용과 확대를 바라는 순서를 따르기 마련이므로, 이러한 단호한 결단에 '그대'도 함께했으면 하는 바람이 함축되어 있다는 것은 누구나 알 수 있다. 시인은 친절하게 4연 첫머리에 바로 '그대'라는 이름을 부르기 때문이다.

그대 살 속의
오래전에 굳은 날개와
흐르지 않는 강물과
누워 있는 누워 있는 구름
결코 잠깨지 않는 별을

통상의 해석은 이 4연을 이별로 인한 아픔과 절망을 '굳은 날개', '흐르지 않는 강물', '누워 있는 구름', '잠 깨지 않는 별'과 같은 역설적 표현으로 상징화하였다고 한다. 의당한 해석이지만 그보다는 이런 상징들이 우리가 이별에 처하게 된 이유들로 해석되어질 수도 있지는 않을까. 자유로 비상하고자 하는 날개를 잃어버리고 현실에 안

주해 버린 생각, 정의가 강물처럼 흐르기를 바라는 세상에 대한 의지의 상실, 흔히 구름으로 상징되는 정신의 자유자재한 유로를 잃어버리고 자기 아집과 태만으로 누워 버린 마음, 아울러 더 이상 꿈과 이상의 별을 노래하지 않고 잠들어 버린 양심 등이 우리에게 이별을 가져왔고, 체념하게 했고, 그러니 침묵의 자기 응시를 통해 그게 무엇이든 성찰과 지혜를 얻어 냈으면 하는 바람 말이다.

하지만 그렇다고 해서, 이런 날개와 강물과 구름과 별을 "쉽게 꿈꾸지 말고/쉽게 흐르지 말고/쉽게 꽃 피지 말"라고 한다. 우리가 자유와 정의와 정신과 꿈과 이상을 다시 쉽게 꿈꾸거나 흐르거나 꽃 피우겠다고 욕심을 내는 것은 그 조바심과 선부름만큼이나 이미 닥친 삶의 이별을 부인하겠다는 소승적 생각에 불과하다. "그러므로" 일단 "실눈으로 볼 것"이다. 여기서 '실눈'으로 본다는 것에 대해서는 지금까지는 아리송하고 두루뭉술한 해석으로 대개 얼버무려 왔다. 그만큼 이 시에서 해석의 폭이 가장 넓은 단어이다. 하지만 '실눈'으로 본다는 것은 앞에서 중심 키워드로 말해진 '침묵'을 통해 삶에 대한 조용한 '관조'를 할 때 얻게 되는 것이 '실눈'이 아닐까. 눈앞에 닥친 이별과 죽음을 세속적으로 안타까워하거나, 그러한 아픔과 절망을 초래한 여러 사회적 자아의 마비에 대해 새삼 눈 부릅뜨고 분노하기보다는, 침묵을 통한 자기 성찰로 얻게 되는 삶에 대한 관조의 상징이 '실눈'이라는 얘기다.

그러므로 '실눈'은 우리의 삶과 이별을 세속적이거나 사회적인 아픔과 절망으로 대하기보다는 존재론적 대전환을 통해 "떠나고 싶은 자/홀로 떠나는 모습을/잠들고 싶은 자/홀로 잠드는 모습을" 확연하게 보게 하는 스님들의 주장자와 같은 것이다. 그리고 그 '실눈'은 떠남과 잠듦 그리고 거기에 부수되는 꽃과 하늘과 무덤, 날개와 강물과 구름 모두가 "가장 큰 하늘은 언제나/그대 등 뒤에 있다."는 결구에서 표현되듯 '가장 큰 하늘'의 운행 원리 속에 있다는 것에 대한 깊고 넓고 큰 존재론적 성찰을 하게 한다. 여기서 가장 큰 하늘은 우주일 수도 있고, 신일 수도 있다. 아니 그보다는 자연일 수도 있고 흔히 소우주라고 하는 우리의 마음일 수도 있는 것이다. '실눈' 곧 관조를 통한 깨달음의 눈으로 볼 때 세간과 출세간은 사실 경계가 없다.

강은교는 자기의 실존적 고통과 죽음 체험을 통해 얻게 된 살아있는 모든 것과의 이별이라는 하나의 일을 기점으로 꽃-하늘-무덤-날개-강물-구름-별 등으로 연상적 상상력을 펼치며 이를 존재론적이고 철학적이며 또한 종교적인 성찰에까지 이르도록 하는 이미지들의 상징화 작업을 명쾌하고 호쾌하게 해 댄다. 아름답고 깊은 울림이 있는 시이다.

핵심적 진실을 직관하는 힘, 통찰

상상력의 힘 4

1. 진실을 향한 주관의 날카로운 직관

세계는 시적 대상이다. 그 대상을 바라보는 것은 서정적 주체이다. 주체는 반드시 주체의 관점을 통해서 대상을 바라본다. 그 관점은 지극히 주관적이다. 그 주관은 삶의 본질을 날카롭게 가로지르는 주관이자, 어떤 객관적인 언술로도 감당할 수 없는 진실을 향해 비약하는 주관이다. 1980년대 민중적 현실의 밑바닥 모습을 보여 주고자 시적 주체가 주관성을 배제하고 이야기를 시에 도입하는 객관적 서술로 새로운 시의 모색을 감행한 '이야기 시'라는 게 있었다. 시에 서사의 차용을 통해 현실의 객관적 이해를 치열하게 확보하려는 의미 있는 시도이긴 했지만 서정시가 가지는 심정적인 깨우침을 통한 정서적 감동의 부재로 자연스레 소멸했다.

시적 주체의 주관적 진실은 서정시의 본래성이라 할 수 있다. 그 주관은 대상의 지배적 인상이라는 핵심적 진실을 순간적으로 지각하고 그것을 명징하게 드러냄으로써 이루어진다. 따라서 그 어떤 논증적인 결론에 뒤지지 않는 심정적인 깨우침을 안겨 준다. 이 주관을 가능케 하는 힘을 직관이라고 하고, 순간적으로 핵심적 진실을 지각하는 힘을 통찰력이라고 한다.

불교에서 선시는 마음이 밖으로 나타나는 형상 곧 의경을 통해 불교적 진리의 심미적 깨달음이나 정감의 해방을 추구한다. 이 선시에서 강력하게 드러나는 게 대상의 진실을 향한 주관의 날카로운 직관과 이를 통해 선적 묘체 혹은 시적 신운을 획득해 내는 놀라운 통찰력이다.

천 길 물속에 낚싯줄을 드리우니	千尺絲綸直下水
한 물결 일렁이자 일만 물결 이네	一派纔動萬派隨
밤 깊고 물이 차가워 물고기는 물지 않고	夜靜水寒魚不食
달빛만 가득 싣고 빈 배로 돌아오네	滿船空載月明歸

당나라 때의 선승 화정선자의 선시이다. 얼핏 보아도 담백하고 그윽하며 고요하고 한가한 선취가 물신 풍겨 나는 이 시는 고금의 선객들이 지향하는 깨달음의 경계가 잘 그려져 있다.

고요하고 차갑고 달 밝은 밤에 홀로 낚시를 한다. 깊은 밤의 정적 속에서 천 길 물속에 낚싯줄을 드리운 어부는, 고요 적정 속에서 깊은 진리를 깨치고자 하는 '위대한 고독인' 곧 선승이다. 한데 물속에 낚싯줄을 드리우자 일렁이는 물결 하나가 동심원을 이루며 계속 번져 나가 만파를 일게 한다. 이는 참선자의 고요한 마음자리에 한 생각이 일자 마치 낚싯줄을 따라 이는 물결처럼 일파만파의 번뇌 망상이 일어나는 것을 표현한 것이다. 그럼에도 어부는 낚싯줄의 입질에 온 생각을 집중시키는데 밤은 깊어 가고 적막과 추위와 쓸쓸함은 무장무장 밀려들어도 고기는 물지 않는다. 이 역시 일파만파의 번뇌 망상을 관조를 통해 잠재우고 다시 정진에 몰입하지만 은산철벽 속에 갇힌 고독감과 한랭함의 끝 모를 고투 속에서도 반야지혜 혹은 '한 소식'은 좀체 찾아오지 않는 선승의 상황을 묘사한 것이다. 결국 어부는 낚싯줄을 철거하고 돌아오고야 마는데 그 빈 배에 밝은 달빛만 가득하다. 어쩌면 밤 깊도록 추위와 적막과 고독과 싸우며 소득 없이 돌아오는 모습이 너무도 안타깝게 여겨지는 순간이다. 헤밍웨이의 『노인과 바다』에서 몇 달 동안 고기를 잡지 못한 늙은 어부가 이틀 밤낮의 사투 끝에 잡아 올린 청새치를 몰려든 상어 떼에게 모두 뜯긴 뒤 앙상한 뼈만 끌고 귀환하는 모습을 연상시킨다.

한데 선승의 입장에서 보면 어부가 낚고자 하는 물고기는 사실 깨달음의 반야지혜이다. 불교에서의 반야지혜는 연기와 중도를 깨쳐 얻는 '공(空)'이라는 진실이다. 그러니까 시에서 보면 그 공은 이미 천지를 가득 비추고 있던 '달빛'이다. 그런데도 선승은 깨달음의 요체가 어디 딴 데 있기라도 하다는 듯 일파만파의 번뇌 망상 속에서 물고기가 잡히니 안 잡히니 하며 처절한 고독감과 쓸쓸함과 추위와 함께 치열한 고투 정진을 한 것이다. 결국 빈 배에 달빛만을 가득 싣고 돌아온다는 것은 한 번 깨친 눈으로 보자 이미 있던 달빛이 곧 '공'이라는 직관이 임하고, 그것이 빈 배 가득 충만해 있는 모습을 눈부시게 체험하게 되었다는 얘기다. 부연하면 빈 배 가득한 달빛은 관조의 대상이지 욕구의 대상이 아니다. 텅 비어 있으면서도 가득 채워진, 무와 유를 초월한 깨달음의 본래성이었던 것이다. 선자화상은 다른 시에서 "공리의 생각을 버리면 한가함을 얻어 평화를 누릴 수 있다(不計公利便得休)."고 읊었다.

다시 시로 돌아와서 살펴보면, 사실 평담하고 간촐한 이 시에서 마지막 "달빛만 가득 싣고 빈 배로 돌아오네"라는 시적 주체의 마음이 투사된 직관적 발견의 지혜가 없다면 이것은 평범한 낚시 행위의 시로 머물고 말았을 것이다. 하지만 '텅 빈 충만'이라고 할 수 있는 '빈 배 가득한 달빛'을 직관해 냄으로 말미암아 이 '활구' 하나가 전체 시를 선승들이 그토록 갈구하는 깨침의 미학을 대표하는 시로 자리매김하게 한다. 일체의 공리를 초월한 무용의 선적 경계이자 시적 경계를 추구한 심미 만점의 선계이며 시정이라는 것이다. 시에서의 직관과 통찰은 곧 시안이라고 할 수 있으며 그것이 얼마나 핵심적인 것인가를 알게 해 주는 예의 시이다.

이런 직관과 통찰력이 잘 구사된 시를 한 편 보자.

> 하늘의 그물은 성글지만
>
> 아무도 빠져나가지 못합니다
>
> 다만 가을밤에 보름달 뜨면

어린 새끼들을 데리고 기러기들만

하나 둘 떼 지어 빠져나갑니다

— 정호승, 「하늘의 그물」

이 시는 소품 같지만 풍경과 인사(人事)가 잘 교직된 풍경의 철학, 풍경의 미학을 완성시킨 하나의 좋은 작품이다. 이 시의 첫 구절은 노자 『도덕경』 73장에 나오는 "천망회회 소이불실(天網恢恢 疎而不失)"이라는 구절에서 왔다. 하늘의 그물은 넓고 넓어, 성글어 보여도 누구든 빠져나가지 못한다는 뜻이다. 일반적으로 이 문장은 하늘이 태연히 침묵을 지키는 것 같지만 인간의 잘못은 모두 가려진다는 뜻으로 해석한다. 하늘의 그물은 눈에 보이지 않고 인간이 만들어 낸 법의 그물은 눈에 보인다. 그래서 법의 그물을 피하여 자신의 욕망을 뒤좇는 사람들이 있지만 그들의 죄는 언젠가는 하늘의 그물에 걸리게 된다.

여기까지는 옛날 한시에서 쓰던 '전고(典故)'라고 하는 것을 현대시에서 적용한 것으로 고전의 문장을 자기의 관념적, 추상적인 생각으로 전용한다. 당연히 이것은 구체적 형상이 아니며 다만 어떤 진리나 진실의 예시이다. 여기에 구체적 사실이나 형상이 뒷받침되지 않으면 자칫 단정적 자기주장이나 철학적 진술로 머물고 말 것이다. 시인도 그것을 잘 알고 있기에 자기주장을 탄탄히 하고자 다음의 구체적 형상을 제시하기에 이른다.

그 하늘의 그물을 빠져나가는 존재들이 있다는 것이다. 가을밤에 보름달 뜨면 날아가는 기러기 떼이다. 그 기러기들은 '어린 새끼들을 데리고' '하나 둘 떼 지어' 빠져나간다. 한데 여기서는 기러기라는 대상이 중요한 것이 아니라 어린 새끼들을 데리고 하나 둘 떼 지어 날아가는 것이 중요하다. 다시 말해 어린 새끼를 보살피는 어미 새의 연민 어린 사랑, 하나 둘 떼 지어 날아가는 소박하고 평화롭고 단란한 가족의 정경이 의미를 지닌다는 것이다. 그렇게 작고 소박한 단란함을 비춰 주는 데에는 환한 보름달이 제격이다. 어설픈 초승달이나 싸늘한 그믐달은 어울리지 않는다. 어미 아비가 어린 새끼들 곧 자식들을 일평생 걱정하고 거두는 것은 하늘과 같은 일이고, 그런 자식들이 부모를 섬기는 것 또한 천륜의 일이다. 그러기에 하늘도 부모 자식 간의 일은 어떠한 경우에라도 가납(嘉納)을 하는 것이다.

물론 이 시에서는 이런 어설픈 해석이 중요한 게 아니라 그 촘촘한 하늘의 그물을 만들어 놓은 다음에, 그물을 유유히 빠져나가는 존재를 어떻게 새끼를 데리고 날아가는 기러기들이라고 단정을 했는가이다. 여기서 바로 직관과 통찰이 그 중요한 역할을 하게 된다. 어느 가을밤 천지간에 휘황한 보름달이 가득 차 있는 마당에 시인은 서 있다. 텅 비었지만 보름달이 충만한 하늘을 바라보노라니 마음이 티 한 점 없이 맑아진다. 마음에 없는 죄까지도 전부 꺼내어 말갛게 씻어 내고 싶은 달밤이다. 그런 맑음과 깨끗함이라면 웬만한 죄의 고백으로는 그 맑고 밝고 깨끗함의 형상인 보름달 속을 통과하기가 쉽지 않을 것 같다. 죄라면 그 찌꺼기나 부스러기라도 모두 걸러져야만 할 것 같기도 하다.

한데 그런 죄의 닦음이 필요 없는 존재들이 있을 것만 같다. 생각해 보니 찬 서리 치는 가을밤 어린 새끼들을 데리고 줄지어 가는 기러기 떼가 제일 먼저 떠오른다. 그 어떤 이유나 논리도 없이 그야말로 직관적으로 떠오른 기러기들에 대한 형상이 놀랍게도 전반부의 일방적 자기주장을 개연성 있게 밑받침하고 있는 것이다. 앞서 말한 대로 어린 새끼를 보살피는 어미 새의 연민 어린 사랑, 하나 둘 떼 지어 날아가는 소박하고 평화롭고 단란한 가족의 풍경은 결코 변치 않을 천륜의 풍경이라고 누구나 생각할 수 있는 보편성을 갖기 때문이다.

2. 핵심적 진실을 지각하는 힘, 통찰

숭혜 선사가 한 학인이 찾아와 "달마가 중국에 오기 전부터 있던 불법 진리는 어떤 것입니까?"하고 묻자 "만고에 변함없는 허공이요, 하루아침의 바람과 달(萬古長空 一朝風月)"이라고 시원스럽게 대답했다. 영원불변의 허공 속에서 끊임없이 일었다 사라지는 바람과 뜨고 지는 달을 보고 있으면, 그 바람과 달이라는 순간도 결국은 영원불변한 허공의 한 부분이라는 것을 직관적으로 간파한 것이다. 순간이 영원이요, 영원이 곧 순간이라는 그 찰나의 깨침이 바로 숭혜선사의 돈오요, 해탈이다.

숭혜 선사의 찰나의 깨침처럼, 시안(詩眼)이라고 하는 시의 핵심적 진실을 순간적으로 잡아내는 힘을 직관력 나아가 통찰력이라고 할 수 있다. 다음의 시에서도 그것을 확인해 보자.

물 먹는 소 목덜미에
할머니 손이 얹혀졌다
이 하루도
함께 지났다고,
서로 발잔등이 부었다고,
서로 적막하다고,

— 김종삼, 「묵화(墨畵)」

이 시의 1행과 2행은 누구의 눈에라도 확연히 그 풍경을 지각할 수 있도록 한다. 저물 무렵 어떤 시골집에서 소와 함께 하루 종일 일하고 돌아온 할머니가 소에게 물을 먹이며 그 소의 목덜미를 쓸고 있는 모습을 묘사한 것이다. 소와 함께하는 일은 대개 남정네가 하는데 할머니 집엔 일할 남자가 없는 모양이다. 아마도 아들은 전쟁에 징집되어 가서 돌아오지 않거나 할아버지는 사람 사는 일의 보편적인 문제의 하나인 사망으로 인해 할머니가 소를 끌 수밖에 없는 것일 수도 있다. 그러기에 할머니가 소의 목덜미를 쓰는 행위는 소와 함께 고단한 자기의 삶의 고통을 스스로 위무함과 동시에 소와의 교감을 통한 동일성의 확인과 같은 것이다. 소가 할머니와 똑같은 고단과 고통을 함께하는 동반자로 승격하는 건 할머니 손이 소의 목덜미에 얹힌 순간이다. 바로 뒤에 따르는 시행에서 시인의 본질로 육박해 가는 날카로운 주관적 직관인 "이 하루도/함께 지났다고,/서로 발잔등이 부었다고,"고 하는 말이 마치 할머니의 중얼거림처럼 이어지고 있기 때문이다. 이 직관이 물 먹는 소 목덜미에 할머니 손이 얹히는 단순하고도 객관적인 풍경을 소와 할머니 사이의 지극한 교감으로 바뀌게 하고, 할머니나 소나 삶의 고통과 아픔에서는 하나라는 것을 선명하게 확인하고 있는 것이다.

하지만 이 시는 여기서 끝나지 않는다. 마지막 행에 "서로 적막하다고," 하는 간결한 문장 하나가 더 있다. 이 문장 끝에 마침표(.)가 아니라 쉼표(,)가 찍힌 것처럼 존재의 고통과 비애는 계속될 수밖에 없는데, 이보다 더 깊은 울림은 모든 존재는 적막하다는 사실이다. 인간이 궁극적으로 다가가는 바가 원하든 원하지 않든 적막인데, 긴 여운을 만들어 내는 이 문장 하나가 가슴을 치고 영혼을 울린다. 한 존재가 맞닥뜨린 생에 대한 비애와 적막 그리고 그에 반응하는 섬세한 존재의 울림을 고스란히 확인케 하는 직관적 통찰이 이루어 낸 진실이다. 이런 진실은 우리 앞에 그저 놓인 천박하고 저열한 일상을 다시금 숙연히 가다듬게 한다.

그리고 이 시는 제목이 묵화인데 어떤 묵화를 보고 썼거나, 거꾸로 풍경과 인사(人事)의 여러 자잘한 가지를 생략해 버리고 고도의 긴장과 절제의 방법으로 여백과 농담의 미가 충만한 묵화의 세계를 지향하고자 한 것이다. 한 편의 시가 길이와 상관없이 핵심적 진실을 직관하고 통찰해 내는 힘이 얼마나 큰 의미를 확보해 내는지 여실히 보여 주는 시이다.

사물 속에 빛나는 고통처럼

또 저녁이 온다

버드나무 꽃가루가 자꾸 날아와

다래끼를 나게 하는 바다

선창가 외진 술집

금 간 담벼락 밑에 핀 질경이꽃처럼

먼지투성이의 삶을

눈빛으로나마 바다에 빠뜨리며 걷는다

시간을 들여다보느라

한 개의 초점만 남은 눈먼 시계공

수평선에 잔해를 이루며 노을은

시간의 땔감들을 한 단씩 태우며 저문다

새살이 돋아나는 통증인가

부서진 초침과 분침들

부드러운 상처 속에서 뽑어져 나오는 별들로

또 하나의 성좌를 이룬다

저 물속에서 피는 빛이 나에게 고통을 준다

– 박형준, 「저녁빛」

박형준의 시 「저녁빛」은 참으로 아름다우면서도 쓸쓸하고 고통스러우면서도 빛난다. 이 시는 첫 행부터 "사물 속에 빛나는 고통처럼"이라는 직관적 진술을 감행한다. 이 첫 행은 계속 이어지는 모든 행에 영향을 미치며 그 위용을 행사하는데, 과연 사물 속에 빛나는 고통이란 무엇일까. 사물 속에 내재해서 빛을 내는 고통이란 뜻으로 일단 분석을 해 보자. 이는 혹여 모든 사물은 시간 속에서 소멸하는 운명을 가지고 있고, 그럼에도 그런 운명의 순간순간을 빛내며 존재하는 것들의 고통과, 그러기에 더욱 아름다운 모습을 표현하고자 한 것일까. 버드나무 가지가 바람에 휘날리는 아름다운 봄날 바다에 왔는데 되레 그 버드나무 꽃가루가 자꾸 날아와 눈에 다래끼를 나게 하는 것부터가, 아름다움과 고통은 동전의 양면처럼 하나라는 뜻으로 읽혀 앞선 첫 행에 어느 정도 부합하는 객관성을 확보한다.

바로 이어지는 2연은 삶의 고통스럽고 신산한 풍경을 그린다. 선창가에 외진 술집이 있고, 그 술집의 금 간 담벼락 밑에 술집 주모의 삶과도 같은 질기디질긴 짓밟힘의 상징인 질경이꽃이 피어 있다. 하지만 그 질경이꽃과 삶도 금 간 술집 담벼락이 미구에 부서져 사라질 것처럼 고통의 먼지투성이와 같이 소멸을 향해 나아간다는 인식은 너무도 쓸쓸하다. 그래서 선창과 외진 술집과 금 간 담벼락과 질경이꽃들을 통해 시간 속에 스러져 가는 먼지투성이의 삶을 보게 한 눈빛이나마 바다에 빠뜨리며 걷고 있다.

그렇게 시간적 존재로서의 삶에 대한 쓸쓸한 인식은 곧바로 시의 핵심 부분에 "시간을 들여다보느라/한 개의 초점만 남은 눈먼 시계공"이라는 문장을 직관적으로 삽입시킴으로써 극대화된다. 사실 우리 인간의 삶이라는 게 시간을 들여다보느라 다른 모든 감각과 의식은 제거된 채 오로지 한 점의 초점만 남은 눈먼 시계공과 다를 게 무엇이 있는가. 시계공은 시간을 들여다보았지만 우리는 그 소멸의 시간 속에서 자기의 한 줌도 못 되는 생각과 소유물에 대한 주장과 집착으로 눈이 멀어 광활하고 찬란한 존재의 지평을 버려두고 허덕인다. 그러다가 시간 속으로 사라지는 쓸쓸한 사물로 전락해 버린다. 그러다 보니 수평선의 까치놀은 어느새 시간이라는 땔감을 한 단씩 태우며 저물어 간다.

하지만 노을이 지고 소멸에 대한 혹독한 감각과 인식도 어느새 잠잠해지며 하늘이 어두워지자 거기에 '새살이 돋는 통증'인 양 별이 돋는다. 시간으로 부서진 초침과 분침들이 별이 되어 하나의 성좌를 이룬다. 그것은 마치 부드러운 상처 속에서 뽑어져 나오는 것과 같다. 시간의 초침과 분침들이 부서져 별이 되고 그 별들이 부드러운 상처 속에서 뽑어져 나온 것처럼 하나의 거대한 성좌를 이루는 전치(轉置)는 아름답고 장엄하다. 그 별빛들이 바닷물 속에서 피어나기에 고통을 주는 것인지, 별빛과는 다른 선창의 술집 불빛들이 물에 피어나니 고통을 주는 것인지는 몰라도, 하여간 시간의 잔해나 먼지들이 하늘에서 별로 태어나 성좌를 이룬 것은 아름답고 장엄한 일로, 아직도 박형준이 시적 낭만성을 믿는 시인임을 알게 한다.

3. 직관과 통찰 시의 선적 이해

모든 시들의 핵심은 심미이다. 심미는 하나의 형상적 직관으로 본래가 실용적 목적을 가지고 있지 않다. 형상적 직관으로 획득해 낸 존재의 진실 하나가 사람을 감동의 도가니로 몰아넣거나 선적으로는 큰 깨침을 얻게 하여 한 사람의 삶의 전환을 주도하기도 한다. 선에서 대경관심(對境觀心)이라는 말이 있는데, 외계 사물을 대할 때 그 사물과 연계되는 자신의 마음을 통찰하는 것으로, 감성적 초월을 통해 순간을 영원으로 인식하는 통로를 가리킨다. 초록이 짙어 가는 오월, 담장의 덩굴장미가 아침 이슬에 반짝이는 선홍빛과 함께 향기의 진동으로 마당 일대를 온통 물들이는 것을 보았을 때, 우리는 그 꽃의 싱그럽고 아름다운 자태에 홀딱 반한다. 그 순간 일개 장미라는 사물이 장엄하고 숭고한 것의 본체처럼 여겨져 우리의 감성과 인식이 점차 꽃 피고 지는 일의 우주적인 일로까지 확대됨을 경험할 때가 종종 있다. 이런 경험을 신운이나 묘오를 겪었다는 것으로 봐도 무방하다.

그리고 이런 경험들은 분석적 사유 방식이나 논리적 언어 표현으로는 그 심미적 진실을 잡아낼 수가 없다. 선에서 언어의 문자적 의미에 매달리지 말라고 하는 것처럼, 시 역시 마찬가지여서 비록 언어의 은유적 기능을 차용하여 복잡 미묘한 감각과 의의, 신비한 체험을 하기도 하지만 여전히 언어 문자에 대한 축자적 해석이나 천착은 비평가에나 맡길 일인 것이다.

비 갠 하늘에서 땡볕이 내려온다. 촘촘한 나뭇잎이 화들짝 잠을 깬다. 공터가 물끄러미 길을 엿보는데, 두 살배기 아기가 뒤뚱뒤뚱 걸어간다.

생생한 생(生)! 우주가 저렇게 뭉클하다
고통만이 내 선생이 아니란 걸
깨닫는다. 몸 한쪽이 조금 기우뚱한다

바람이 간혹 숲속에서 달려 나온다. 놀란 새들이 공처럼 튀어오르고, 가파른 언덕이 헐떡거린다.
웬 기(氣)가— 저렇게 기막히다

발밑에 밟히는 시름꽃들, 삶이란
원래 기막힌 것이라고 중얼거린다

나는 다시
숨을 쉬며 부푼다. 살아 붐빈다.

— 천양희, 「여름 한때」

여름 한때, 비 그치고 땡볕이 내리쬔다. 비에 촘촘하게 늘어져 있던 나뭇잎들이 뜨거운 땡볕 때문에 화들짝 정신을 차린다. 공터에 앉아 물끄러미 길을 엿보듯 바라보는데 저만큼에서 두 살배기 아이가 뒤뚱뒤뚱 걸어가는 모습이 보인다. 순간 시인은 나뭇잎들만큼이나 화들짝 놀라며 정색하고 투사적 직관을 해낸다. "생생한 생(生)! 우주가 저렇게 뭉클하다"라고. 이어지는 문장에서 "고통만이 내 선생이 아니란 걸/깨닫는다."라고 하는 걸 보면 시인은 그간 삶과 사랑의 변주로 인한 고통으로 시달렸던 모양이다. 다른 시에서 그간 '물속에서 물 먹는 삶'을 살았다는 표현이 있듯이 익사나 다름없는 삶을 살았으니 그 고통이 얼마나 컸겠는가. 오죽하면 그 고통을 선생으로 삼았겠는가. 한데 그때 비 갠 날 공터에 접한 길에서 두 살배기 아이가 뒤뚱뒤뚱 걸어가는 모습을 본 것이다. 보통 사람의 마음으로도 아기가 뒤뚱뒤뚱 걸어가는 모습을 보는 것은 마음 설레고 싱그럽고 가슴 뻐근한 일임을 우리는 잘 안다. 하물며 지독한 고통에서 살았을 시인의 마음으로 보는 아이의 걸음은 어쨌겠는가. 오죽하면 그 아이의 생생한 생 하나가 우주가 되어서까지 시인의 가슴을 울렸을까. 아주 작은 아이 하나가 거대한 우주가 되는 일은 고통에서 탈출한 시인의 직관이 아니고서는 도저히 일어날 수 없는 일인 것이다.

어쨌거나 시인의 가슴 뭉클한 우주적 환희는 주위를 온통 생명의 기, 삶의 기운, 신생의 의지로 가득 차오르게 한다. 바람이 문득문득 숲속에서 달려 나오고, 그 바람에 놀란 새들이 공처럼 튀어 오르고, 심지어 뒤편으로 보이는 가파른 언덕조차 생의 크나큰 숨으로 헐떡거린다. 새삼 세상에 충만한 기(氣)가 저렇게 기막히다. 발밑에 밟히는 시름꽃들조차 삶이란 원래 기막힌 것이라고 중얼거린다. 물론 여기서 시름꽃의 기막힘은 그렇게 평생을 발밑에서 밟혀 사니 기막힐 수밖에 없지만, 그럼에도 그런 삶을 기어이 살아 내는 게 또한 기막힌 것이라는 이중적인 의미를 담고 있다. 물론 시름으로 짓밟혀 온 시인의 그간의 삶이 아이 하나 때문에 신생의 의지로 차오르는 기막힘을 이미 겪었지 않는가. 그러니 "나는 다시/숨을 쉬며 부푼다. 살아 붐빈다."고 외친다. 마치 "바람이 분다, 살아야겠다"고 외친 어느 서양 시인처럼. 다시 말하지만 뒤뚱뒤뚱 걷는 아이를 보고 "생생한 생(生)! 우주가 저렇게 뭉클하다"고 외친 직관과 통찰력이 있었기에 이 시는 평담하지만 큰 울림을 준 시가 될 수 있었던 것이다.

애끊는 정 말로는 할 길 없어	相思都在不言裡
밤 새워 머리카락 반 남아 세었구나	一夜心懷鬢半絲
소첩의 그리워하는 정 아시려거든	欲知是妾相思苦
손가락에 헐거워진 금가락지 보시구려	須試金環減舊圓

— 매창, 「규원(閨怨)」

이 시는 매창의 시 「규원(閨怨)」이다. 매창(李梅窓, 본명 이향금, 1573~1610)은 조선조 선조 때의 부안 기생이었다. 시와 문장에 능했고, 노래와 거문고 연주에 탁월한 솜씨를 보인 조선조 명기 중의 명기였다고 한다. 그녀는 타고난 시재로 주옥같은 시문들을 많이 남겼는데 위의 시도 그중의 하나이다. 천민 출신 시인 유희경을 무척 사랑하였으나 그가 전쟁에 나간 뒤 돌아오지 않자 무척 그리워하며 쓴 시라고 알려져 있는데, 여기서는 마지막 행이 직관과 통찰력을 빼어나게 발휘한 시안이다. 소첩이 그대를 생각하고 그리워하는 정 알고프거든, 그리움의 고통으로 손가락이 말라 버려서 금가락지가 헐거워진 것을 보라고 한다. 아마도 그 금가락지는 사랑하는 그대가 끼워 주고 간 것이리라. 확실한 구체적 형상을 통해 시적 진실의 핵심을 드러낸 솜씨가 만만치 않다. 그리워하느라 손가락이 말라 버려 헐거워진 금가락지라니!

한 편의 시에 미치는 직관과 통찰력의 힘은 시의 전부라고 할 수 있다. 시의 본질로 날카롭게 진입하는 직관적 투사와 그를 통해 시의 핵심적 진실을 획득해 내는 통찰력은 시인의 타고난 재능이기도 하거니와, 시에 대한 치열한 감각과 인식의 쇄신을 통해 힘들게 얻어지는, 그야말로 시의 형형한 눈이라고 할 수 있다.

인생에 대한 유추와 풍자

상상력의 힘 5

1. 계몽과 풍자로서의 유추

유추는 미루어 짐작하는 것이다. 두 개의 비슷한 사물이나 사실에서, 한쪽이 어떤 성질이나 관계를 가질 경우, 다른 사물도 그와 같은 성질이나 관계를 가질 것이라고 추리하는 것이 유추의 사전적 정의다. 기본적으로 유추는 두 대상을 마주 세움으로써 시작된다. 그리하여 두 대상의 유사성을 찾아 나가는데 물론 그 한편에는 항상 인간의 삶이 있다. 어쩌면 모든 시는 그것이 무엇을 노래하고 이야기하든지 간에 결국 우리의 인생을 노래하고 이야기한다고 할 수 있다. 이솝우화에 등장하는 여우는 여우가 아니라 사람이다. 오웰의 소설 『동물농장』에 등장하는 나폴레옹이라는 시커먼 돼지 역시 탐욕스런 인간의 상징적 대체물이다. 이 두 상징이 얼마나 엄밀히 조응하는가에 따라 유추의 효과는 그 빛을 발한다.

일반적으로 유추를 통해 획득되는 시적 인식은 계몽적이거나 풍자적인 형태로 드러난다. 유추의 대상을 통해 삶이 무엇인지를 배우거나 삶의 허위와 비루까지를 까발리며 그 진실의 속살을 맛보라는 것이다. 그런 유추의 시는 포괄적이고 일반적인 추상으로서의 삶을 문제 삼지 않는다. 자본이나 권력, 허영과 만용 등으로 왜곡된 어떤 특정한 삶을 풍자하거나 물고기와 대화하는 동네의 바보가 실은 그 순정한 마음으로 되레 삶의 외경을 느끼게 하는 존재라는 사실을 명료하게 인식하게 한다.

> 그 오징어 부부는
> 사랑한다고 말하면서
> 부둥켜안고 서로 목을 조르는 버릇이 있다
>
> — 최승호, 「오징어 부부 3」

3행으로 이루어진 이 짧은 시의 대상은 '오징어 부부'이다. 그 오징어 부부는 사랑을 표현하는 방식이 유별나다. 사랑한다고 말하면서 '부둥켜안고 서로 목을 조르는 버릇'은 결코 사랑의 자연스런 방식이라고 볼 수 없기 때문이다. 물론 서로 사랑의 행위를 하면서 꼬집고 때리고 물고 할퀴는 등 사디즘적 성애를 즐기거나 상대의 그런 행위에 오히려 복종하고 노예가 되고 싶어 하는 마조히스트도 있다는 사실은 익히 잘 알려져 있다. 그게 변태적 성욕인지 정신병인지 아니면 극도의 흥분된 성행위 상태에서 종종 있을 수 있는 행위인지는 몰라도 그게 일반적인 것이 아님은 분명하다. 한데 오징어 부부의 사랑 행위에 대한 남다른 이 표현은 오징어의 여러 개의 긴 발의 형상에서 취한 상상력으로서, 그러고 보면 이런 모습은 오징어 부부의 개성적인 사랑 표현 방식이지 굳이 특별할 것도 없다는 생각이 들기도 한다.

그럼에도 이 표현이 성공을 거두고 있는 것은 사랑한다고 말하면서 서로 목을 조르는 버릇이 있는 부부는 그 오징어 부부만이 아니라는 현실 때문이다. 우리 주변에도 이런 류의 사랑을 하는 커플이 의외로 많다. 사랑한다고 열정을 다해 말하면서 정작은 상대가 자기의 사랑 안에서만 존재하기를 숨이 턱턱 막히도록 강요하고 있는 커플들 말이다. 교묘하게도 사랑이라는 이름으로 상대의 모든 것을 구속하고 억압하고, 심지어는 폭력을 행사하고선 그 폭력마저 사랑하기 때문에 했노라고 비열하게 변명하는 예는 현실에서 곧잘 만날 수 있다. 결국 그 오징어 부부는 사랑의 본질을 깨닫지 못하는 어리석은 욕망으로 뒤덮인 인간이며 그 사랑의 방식은 우리들이 항용 지니고 있던 버릇이었던 것이다. 단 3행으로, 여러 개의 긴 다리를 가진 오징어의 특성을 풍자적으로 이용하여 우리 인간의 왜곡된 사랑의 행태에 대한 신랄한 비판을 가하고 있는 시의 날카로운 유추의 힘이 대단하다.

마치 외과 의사가 예리한 메스로 암 부위를 도려내듯 도시 문명의 음험한 뒷모습을 해부하는 데 능수능란한 최승호의 시를 한 편 더 보자.

밤의 식료품 가게

케케묵은 먼지 속에

죽어서 하루 더 손때 묻고

터무니없이 하루 더 기다리는

북어들,

북어들의 일 개 분대가

나란히 꼬챙이에 꿰어져 있었다.

나는 죽음이 꿰뚫은 대가리를 말한 셈이다.

한 쾌의 혀가

자갈처럼 죄다 딱딱했다.

나는 말의 변비증을 앓는 사람들과

무덤 속의 벙어리를 말한 셈이다.

말라붙고 짜부라진 눈,

북어들의 빳빳한 지느러미.

막대기 같은 생각

빛나지 않는 막대기 같은 사람들이

가슴에 싱싱한 지느러미를 달고

헤엄쳐 갈 데 없는 사람들이

불쌍하다고 생각하는 순간,

느닷없이

북어들이 커다랗게 입을 벌리고

거봐, 너도 북어지 너도 북어지 너도 북어지

귀가 먹먹하도록 부르짖고 있었다.

— 최승호, 「북어(北魚)」

위 시는 참 재미있는 시이다. 식료품 가게의 케케묵은 먼지 속에서 꼬챙이에 꿰어진 채 있으면서도 그 죽음과 아랑곳없이 손님이 사갈 때까지 하루쯤 더 살아서 무언가를 계속 말하고 있는 북어를 직접 들여다보듯 찬찬히 형상화하고 있는데 그 서술이 여간 재치 있는 게 아니다. 한 마리도 아니라 일 개 분대로 꼬챙이에 꿰어져 있는 죽음의 대가리들, 이들은 너나없이 혀가 자갈처럼 딱딱한데 시적 화자는 여기에 친절히 주석을 붙이길 "말의 변비증을 앓는 사람들과/무덤 속의 벙어리를 말한 셈"이라고 한다. 가령 예를 들어 세상의 자유와 민주, 정의와 인권 등의 일에 대해서는 단 한마디도 못 하고 자기 영리나 보신에만 몰입하는 벙어리 아닌 벙어리들을 조롱한 셈이다. 다음으로는 말라붙고 짜부라진 눈, 북어들의 빳빳한 지느러미는 막대기 같은 생각을 가진 사람들을 풍자하는데, 곧 자기의 경직된 생각으로 끈질기게도 자기주장만 펼치는 그야말로 빛날 리 없는 사람들이다. 남산에 가면 해병대 옷에 주렁주렁 메달들을 달고 막대기처럼 서서 만날 멸공 멸첩을 외쳐 대는 몇몇 노인들만이 아니라, 언론매체에 무슨 정치평론가라는 직함을 달고 나와서 잘했거나 못했거나 간에 자기 진영만을 아전인수 격으로 옹호하며 세상을 호도하고 여론을 왜곡하는 좌우 진영의 모든 논객들도 막대기 같은 사람들임에 틀림없다. 편견의 사시, 사고의 경직은 박사급 지식인일수록 더하다는 사실을 우리는 일상에서 신물 나게 보게 된다.

이런 사람들은 결코 "가슴에 싱싱한 지느러미를 달고/헤엄쳐 갈 데 없는 사람들"이다. 이미 죽음이 꼬챙이에 꿰어져서 자갈처럼 딱딱하게 굳은 혀와 말라붙고 짜부라진 눈과 빳빳한 지느러미로 어느 바다에론들 헤엄쳐 가겠는가. 이제 누군가 자기를 구매할 테니 한 번 더 죽음을 기다리는 수밖에 없는 것이다. 그러니 불쌍하다, 불쌍하다, 그런 북어와 같은 사람들이 너무도 불쌍하다고 생각하는 순간! 놀라운 반전이 일어난다. "느닷없이/북어들이 커다랗게 입을 벌리고/거봐, 너도 북어지 너도 북어지 너도 북어지" 하며 시인의 "귀가 먹먹하도록 부르짖고 있"는 것이다. 참으로 통쾌한 전복이다. 죽은 북어를 보며 사람들의 여러 비정상적인 행태를 유추하며 미주알고주알 조롱하고 있는 시적 화자를 향해, 그 커다랗게 벌린 입들로 "너도 북어지 너도 북어지"하고 부르짖는 북어들의 모습! 타자만을 조롱하고 희화하는 시인을 향해 치명적인 반격을 해 오는 북어들의 합창! 사실 이 반격의 이면에는 시적 화자 스스로 죽은 북어처럼 살아온 삶에 대한 통렬한 자기 성찰이 내재되어 있는 것을 우리는 금방 눈치챌 수 있다. 시인이 시적진실을 위해선 자기 자신까지도 과감하게 까발리고 비판할 수 있을 때 유추의 계몽이나 풍자는 제대로 성립할 수 있다. 어쨌든 죽은 북어들에 대한 형상적 표현의 성공으로 시를 읽고 있는 우리 독자들마저 진지한 성찰을 하게 하는 눈부신 힘을 발휘하고 있는 것이다. 시에서 유추와 전복의 힘이 이토록 강렬한지 미처 몰랐을 정도로 형상 사유가 너무도 싱그럽고 통쾌하다.

2. 발랄하면서도 뭉클한 유추의 진정성

시는 다른 질서나 체계 안에서 존재하는 대상 곧 사물 등을 자신의 질서로 바라보는 것이다. 시는 타자를 자신의 질서 안에 재편할 뿐만 아니라, 타자의 질서를 통해 자신의 존재가 뿌리내리고 있는 본질적 의미를 역설적으로 깨닫기도 한다. 이러한 타자를 통해 자신을 들여다보는, 혹은 자신의 질서 안으로 타자를 끌어들이는 시적 관계 양상을 유추라고 명명할 수 있다. 유추적 사유는 계몽과 풍자의 성질을 갖고 있기 때문에 겸손하게 사용해야 한다. 시적 화자가 우위에 서서 유추되는 대상을 희화화하거나 계몽적 주장을 강요해서는 아니 된다.

지난 세기의 치열했던 민중시들은 시적 화자를 '나'가 아니라 '우리'라는 공동체적 개념으로 전개해 나가면서 마치 '만인의 민중화'를 도모하기라도 하겠다는 듯 덤볐다. 그 뜨거운 열정으로 때론 계몽적인 구호를 때론 독재 권력자들을 희화화해 대느라 날밤이 새는 줄을 몰랐다. 정작 자기들의 삶은 민중들과는 털끝만치도 공유할 수 없는 사람들이 '비판적 지식인'이라는 이름표를 달고 어떤 상황을 선도한다는 계몽적 의지로 충만해서 마구 펜을 휘둘렀다. 그런 펜은 또 무기가 되어 자기들의 생각과는 다른 타자의 생각을 용납하기는커녕 풍자라는 이름으로 마구 공격하여 타자를 굴복시키려는 짓을 저질렀다.

하지만 민중시의 전범이라고 할 수 있는 신경림의 『농무』는 어느 시편 하나 민중들을 계몽하거나 권력자들을 발기발기 찢고 웃음거리로 만드는 짓을 하지 않았다. 오로지 민중적 현실의 서사를 단정한 민요적 리듬에 실어 진정스럽게 보여 주거나 왜곡된 현실을 조장해 온 세력들에 대한 준열한 비판을 가했다. 아마도 그 시집을 쓰는 동안 시인이 농협 서기 등으로 근무하면서 농민들과 자기의 삶을 늘 공유했기에 그런 시적 절제와 민중적 미학까지를 확보할 수 있었던 걸로 생각된다. "풍자는 투항의 시작이다"라는 말을 증명이라도 하듯 지난 세기 권력자들에 대한 수많은 풍자시를 써서 문단과 세상을 주름잡았던 시인들의 말로는 어느새 자기들이 그토록 경원해 마지않던 세력의 대열에 서 있는 경우가 허다하다.

비유의 일종인 유추는 원래 쓰고자 하는 관념이나 존재 등을 날것 그대로 쓸 수 없을 경우 거기에 대입될 수 있는 객관적 상관물인 구체적 형상을 빌려 와 그 형상의 특성을 치열하게 탐색하는 것부터 시작한다. 섣부른 계몽적 진술이나 카니발적 풍자는 큰소리 내지 않고 조용히 속삭이는 시하고는 거리가 멀다.

평생 동안 쌔빠지게 땅에 머리를 처박고 사느라
자기 자신을 한번도 돌아보지 않았다

가을날, 잎을 떨어뜨리는 곳까지가
삶의 면적인 줄 아는
저 느티나무

두 팔과 두 다리로 허공을 헤집다가
자기 자신을 다 써버렸다
그래도 햇빛이며 바람이며 새들이 놀다 갈 시간은
아직 충분히 남아 있다고, 괜찮다고,
애써 성성한 가지와 잎사귀를 흔들어 보이는

허리가 가슴둘레보다 굵으며
관광버스 타고 내장산 한 번 다녀오지 않은
저 다소곳한 늙은 여자

저 늙은 여자도
딱 한 번 뒤집혀 보고 싶을 때가 있었나 보다
땅에 박힌 머리채를 송두리째 들어올린 뒤에,
최대한 길게 다리를 쭉 뻗고 누운 다음,
아랫도리를 내주고 싶을 때가 있었나 보다

그걸 간밤의 태풍 탓이라고 쉽게 말하는 것은

인생을 절반도 모르는 자의

서툴고 한심한 표현일 뿐

– 안도현, 「느티나무 여자」

안도현은 위 시만 보아도 재치가 뛰어난 시인이다. 태풍이 지나간 뒤 쓰러진 마을의 느티나무의 모습에서 그 느티나무처럼 평생 땅을 일구며 억척스럽게 살아온 농촌 여성의 삶을 읽어 내는 모습이 아주 흥미롭다. 코믹하면서도 뭉클하고 발랄하면서도 진중한 시인의 발화법은 위트와 해학이 넘치면서도 블랙코미디의 성격을 띠고 있다. 첫 행에 "평생 동안 쌔빠지게 땅에 머리를 처박고 사느라/자기 자신을 한번도 돌아보지 않았다"라는 표현에서 알 수 있듯, 평생을 땅으로 엎드려 땅만 일구며 살아온 늙은 여자도 어느 날 "딱 한 번 뒤집혀 보고 싶을 때가 있었"는지 "땅에 박힌 머리채를 송두리째 들어올"려 버렸다는 것이다. 이는 느티나무가 태풍에 뿌리째 뽑혀 쓰러져 누워 있는 모습을 마치 느티나무 스스로, 아니 늙은 여자 스스로가 그렇듯 광포하게 욕망을 드러낸 양 블랙코미디를 펼치고 있는 것이다. 그 욕망이라는 것이 땅에서 머리채를 송두리째 뽑아 버린 뒤 "최대한 길게 다리를 쭉 뻗고 누운 다음,/아랫도리를 내주고 싶을 때가 있었나 보다"라는 표현에서 짐작할 수 있듯, 어쩌면 일찌감치 청상이 되어 성(性)에서 완전하게 소외된 채 평생 일만으로 살아온, 그야말로 흔히 농촌에서 볼 수 있는 전통적인 여성의 내면에 잠재된 피눈물 나는 욕정이 아니고 무엇이겠는가. 바로 그 지점을 읽어 내는 시인의 눈길이 예사롭지 않다는 것이다.

그러한 욕망도 처절하게 죽이고 땅만 일구며 살아온 여인의 삶은 "가을날, 잎을 떨어뜨리는 곳까지가/삶의 면적인 줄 아는/저 느티나무"와 같다. 부엌에서 논밭으로, 논밭에서 부엌으로만 왔다리 갔다리 한 생애의 면적이 가을날 잎을 떨어뜨리는 곳까지가 삶의 면적인 줄 알고 산 느티나무와 다를 바 무엇인가. 느티나무 잎 떨어지는 면적과 그 늙은 여자의 생애의 면적을 동일시한 시인의 시력이 예리하기 짝이 없으면서도 시를 읽는 사람들에게 울지도 웃지도 못하는 복합적인 감정을 유발하는 기막힌 표현이라고 아니할 수 없다. 그 느티나무 둥치처럼 "허리가 가슴둘레보다 굵"은 늙은 여자는 사실 지금껏 "관광버스 타고 내장산 한 번 다녀오지 않은" 그럼에도 다소곳하기만 했던 여자였다. 그런데 이제 태풍에 쓰러져 누운 채 "두 팔과 두 다리로 허공을 헤집다가/자기 자신을 다 써버렸다." 어쩌면 이 늙은 여자는 느티나무가 태풍을 맞은 것처럼 일로만 살아온 몸에 중풍을 맞고 쓰러져 병상에서 허우적거리고 있는 여자인지도 모른다. "그래도 햇빛이며 바람이며 새들이 놀다 갈 시간은/아직 충분히 남아 있다고, 괜찮다고,/애써 성성한 가지와 잎사귀를 흔들어 보이는" 느티나무처럼, 놀라서 찾아온 자식들과 마을 사람들에게 괜찮다 괜찮다 하며 그 마비되어 가는 팔다리를 애써 저어대고 있는 것이다. 그러한 유추가 가능한 것은, 무엇보다도 "그걸 간밤의 태풍 탓이라고 쉽게 말하는 것은/인생을 절반도 모르는 자의/서툴고 한심한 표현일 뿐"이라고 한 대목에서 시인의 성실함이 물씬 묻어나기 때문이다.

사실 느티나무가 태풍 때문에 쓰러진 것은 맞다. 하지만 그 느티나무에 비유된 삶을 살아온 늙은 여자의 입장에서 보면 중풍으로 쓰러졌건 또 다른 병으로 쓰러졌건 간에 상관없이 지금껏 광포하다시피 잠재한 욕정 한 번 못 풀고, 관광 한 번 못 가고, 밤낮으로 일만 해서 자식들 죄다 가르쳐 내보내며, 자기 자신을 한 번도 돌아보지 못한 삶의 내력 속에 이미 한 번쯤은 일어날 큰일을 내포하고 있었던 것이다. 그 큰일이라는 게 시골에서 보면 대개 큰 병으로 쓰러지는 일이 다반사니 그것 말고 무엇이겠는가. 시에서 "아랫도리를 내주고 싶을 때가 있었나 보다"라는 표현에서 알 수 있듯 짓궂은 블랙유머까지도 동원하고 "가을날, 잎을 떨어뜨리는 곳까지가/삶의 면적인 줄 아는/저 느티나무"라는 표현으로 뭉클하고도 진정스런 비유를 감행한 이 시는 유추적 표현의 교본이 될 만하다. 여기에 안도현의 발랄한 위트와 천연덕스런 해학성은 무겁고 고통스런 민중의 삶을 고통으로만 침잠시키지 않아서 읽는 사람으로 하여금 훨씬 부담을 덜게 하는 시적 전략이기도 하다는 것을 알 수 있다.

3. 인생과 사랑에 대한 지극하고도 정직한 유추

최승호와 안도현의 시는 인간적인 세계가 아닌 우화와 자연의 세계를 이야기하고 있다. 한데 이런 우화로서의 유추는 현실과의 접촉면이 부실하면 즉자적인 찬탄과 모멸이라는 양극단의 감정만을 초래할 뿐이다, 어떻게 한 편의 우화를 통해 삶의 현실성과 총체성을 획득할 수 있겠는가. 또한 자연으로서의 유추도 자칫하면 자연 세계의 환멸과 혹은 동경만을 가능케 할 뿐이다. 더구나 문명과 도시화의 극단 속에서 사는 사람들을 케케묵은 자연 소재로 조롱하고 비판하는 것이 얼마나 효과가 있을지 의심되기 때문이다.

그런 점에서 정공법으로 삶의 특정한 국면을 유추하게 하는 다음 이진명의 시를 보게 되면 보다 더한 시적 진정성과 성실성을 보게 된다.

걷고 걸어와
강변에 이르렀을 때
모래 들판은 흐지부지
강물에 잠겨 들어가고
무언가 좀 더 확실한 것
그럴듯한 구조물 하나 서 있지 않고
흐지부지 모랫벌처럼 없어지는 것
그 보잘것없음만이
방금 물 위를 쪼던 새처럼
분명하게 떠 있다

이 마을에서 오래 살았는지
수초 사이 애들이 버렸을 상자 곽을 떠내며

편안한 모습의 한 어른이 와서
흐지부지 물속으로 들어가 버린 모래 들판의 길을
삐걱이며 나무배에 싣고 간다

– 이진명, 「강변에 이르렀을 때」

이 시 속에서 화자는 지금껏 "모래 들판의 길"을 걷고 걸어왔다고 한다. 그리고 마침내 '강변'에 이르른 것이다. 그러자 지금껏 걸어왔던 "모래 들판은 흐지부지/강물에 잠겨 들고" 거기에 도착하면 있을 거라고 기대했던 "무언가 좀 더 확실한 것/그럴듯한 구조물 하나 서 있지 않고/흐지부지 모랫벌처럼 없어지는 것"만이 존재하고 있다. "그 보잘것없음만이" 방금 물 위를 쪼던 새처럼 분명하게 서 있는 끝의 무참한 풍경을 맞고 만 것이다.

그러고 보면 지금까지 걷고 걸어왔던 모래 들판은 무엇인가. 강변에 이르렀을 때 흐지부지 강물 속으로 잠겨 들어가 버린 모래 들판은 무엇인가. 흔히 인생을 물 한 점 제대로 없는 사막이라고 생각하는 사람들이 있다. 그 퍽퍽한 발걸음, 턱턱 막히는 숨길, 내리쬐는 땡볕, 앞을 가로막는 모래바람, 무엇보다도 목이 마르고, 가도 가도 끝이 보이지 않을 것 같은 모래 천지의 사막 길을 인생길로 여기고 걷는 사람들의 심정은 어떻겠는가. 생각만 해도 끔찍하고 모든 것을 일체개고(一切皆苦)로 겪을 것이다. 그 사막의 인생길에서의 유일한 꿈은 강물에 도착하는 일일 것이다. 강물에 도착하는 것은 유대인이 거친 광야를 지나 젖과 꿀이 흐르는 가나안 땅에 도착하는 것과 다를 바 없다.

그런데 마침내 그 강변에 이르니 지금껏 걸어왔던 모래 들판은 강물 속으로 잠겨 버린다. 거기에 무언가 좀 더 확실한 것, 강물만이 아니라 지금껏 고통스러웠던 삶의 보상과 위로와 구원이 되어 줄 확실한 것 하나 존재하지 않고 모든 게 강물에 잠겨 버리는 것이다. "그럴듯한 구조물 하나 서 있지 않"고 말이다. 그럴듯한 구조물이 지금까지 사막 들판을 걷고 온 고통을 해소시켜 줄 무슨 신이나 천국 같은 것일 리도 만무한데, 그런 것 하나까지 없으니 허망함으로 몸서리칠 일이기도 하겠다. 그러고 보면 구원이라고 여겼던 강물은 사실 무저갱의 강물이기도 했던 것이다. 그러니 참으로 "보잘것없음만이" 보잘것없게 거기 떠 있을 뿐이다. 그 보잘것없음만이 방금 물 위를 쪼던 새처럼 "분명하게" 떠 있는 것이다.

어쩌면 우리 인생의 끝에 오직 "보잘것없음만이" 공중의 부연 먼지처럼 떠 있을지도 모를 일이다. 아니 "분명하게" 거기 그렇게 존재할 일일 수도 있다. 권력과 재물에 대한 소유욕으로 몸부림쳐 왔던 인생, 명예와 지식의 갈구로 침식을 잊을 정도였던 인생, 신과 천국의 구원을 얻으려고 신앙과 사랑으로 살아왔던 인생, 건강과 자녀들의 성공이라면 영혼까지 팔아 왔던 우리의 인생이 그 "보잘것없음만"으로 종국을 맞게 될 줄이야 어디 짐작이나 했겠는가. 생각할수록 허망하고 허망한 일이다.

그런데 "보잘것없음만이" 존재하는 강변에서 어쩌면 망연자실하거나 두 눈 똑똑히 뜨고 그 참람한 풍경을 인식하고 있을 때 "이 마을에서 오래 살았는지/수초 사이 애들이 버렸을 상자 곽을 떠내며/

편안한 모습의 한 어른이 와서" 현실에서 결코 있을 수 없는 일을 행한다. 시적 화자가 지금껏 걷고 걸어 왔으나 강변에 이르렀을 때 "흐지부지 물속으로 들어가 버린 모래 들판의 길을/삐걱이며 나무배에 싣고 간다." 이 무슨 일일까. 눈앞에 벌어지고 있는 일이 도대체 무엇일까. 이는 결국 우리가 걸어왔던 고생길도 수초 사이에 버려진 상자 곽을 떠내듯이 보잘것없이 거두어지고야 말 것인즉, 이 일을 행하는 "편안한 모습의 한 어른"은 이 마을만이 아니라 어디에서든 감정과 이성도 없이 오래 살고 있고 앞으로도 오래 살아갈 '시간'이라는 것으로 짐작될 뿐이다.

이진명의 시는 어떤 수사나 기교도 없다. 그 발화법은 너무나 담담하고 직설적이다. 그럼에도 이상하게 범접할 수 없는 시적 진정성과 성실성을 읽게 된다. 자기 고통을 과장하는 변설도 없고 대상을 좀 더 아름답게 바라보고자 하는 미학도 없는데, 원불교 정녀의 소박하고 정갈하고 옷의 본래성에 도달했다고 할 수 있는 옷차림 같은 문장의 시를 쓴다. 그렇게 조용하고 정갈하게 말하면서도 시의 본래성, 삶의 본래성을 직시하게 하는 발화법이 독특하다. 이 시의 내용도 물론 '우의성'을 담고 있지만 최승호나 안도현의 시와 다르게 정공법의 시적 전개로 우리의 인생을 유추하고 있는 모습을 볼 수 있다.

못물에 꽃을 뿌려

보조개를 파다

연못이 웃고

내가 웃다

연못가 바위들도 실실

물주름에 웃다

많은 일이 있었으나

기억에는 없고

못가의 벚나무 옆에

앉아 있었던 일

꽃가지 흔들어 연못

겨드랑이에 간질밥을 먹인 일

물고기들이 입을 벌리고

올라온 일

다사다난했던 일과 중엔 그중

이것만이 기억에 남는다

– 손택수, 「연못을 웃긴 일」

손택수의 이 시도 의뭉하고 능청스런 발화법으로 시적 유추에 성공하고 있다. 이 시에서 시적 화자는 어느 날 "다사다난했던 일과 중"에 "연못을 웃긴 일", 이것만이 기억에 남는다고 밑도 끝도 없는 말을 한다. 그래서 살펴보니 연못 물에 가서 꽃을 뿌려 보조개를 파고, 그러자 연못이 웃고 나도 웃고, 못가의 바위도 물주름에 실실 웃고, 연못에서 많은 일이 있었으나 대개는 기억이 없고 "못가의 벚나무 옆에/앉아 있었던 일//꽃가지 흔들어 연못/겨드랑이에 간질밥을 먹인 일//물고기들이 입을 벌리고/올라온 일" 등 만이 다사다난했던 일 중 기억에 남는다고 하는 조금은 이상하고 좀 더 생각하면 종잡을 수 없는 말을 중얼거린다. 이것을 한 애인이 있어서 그녀와 함께 연못에 자주 와서 꽃을 뿌리고 노는 등 여러 사랑의 행위들이 있었으나 지금은 헤어지고 그 이별 끝에 특히 기억에 남는 몇 가지 일들만이 다사다난했던 일과 중 기억에 남는다는 내용의 시라고 소박하게 말할 수도 있겠다.

그보다는 여기서 '연못'을 바로 '애인'을 유추하게 하는 객관적 상관물이라고 하면 어떨까. 시에서 물, 달, 샘, 연못, 바다 등은 여자를 뜻하는 원형 상징으로 오래전부터 사용되어 왔다. 특히 샘이나 연못은 여자의 특정 부위와 연결시킨 비유로 많이 사용되어 왔는데, 손택수의 연못이 함의하고 있는 것도 자꾸만 '애인'으로 읽히는 걸 어쩌나. 이렇게 연못을 애인으로 보고 시를 읽어 가면 꽃을 뿌리고, 보조개를 파고, 서로 웃고, 그러자 옆의 바위를 포함한 모든 사물들이 웃고, 사랑의 번짐 같은 물주름이 번지고, 꽃가지를 흔들고, 겨드랑에 간질밥을 먹이고, 물고기조차 좋아서 입을 벌리고 올라온 일들은 모두 그녀와의 사랑의 행위라는 것으로 구슬처럼 주욱 꿰이는 것이다. 다만 그 일들의 기억은 그녀와의 수많은 사랑 행위 중에 일부이고 지금은 그러한 일 정도로만 남을 정도로 떠나간 애인의 추억도 아련해지는 상태이긴 하지만 말이다. 연못을 통해 애인과의 사랑의 행위를 유추하게 하는 손택수의 의뭉스럽고 능청스런 시적 전략이 재미있다.

제2부

우주, 삶, 나와 발견의 상상력

견자(見者, Voyant)의 시학

장소, 공간, 풍경의 꿈

침묵과 말과 시

공명의 감동, 상상력의 비의, 에로스의 시학

우주, 삶, 나와 발견의 상상력

1. 발견의 상상력과 우주

발견의 상상력만큼 시에서 중요한 것은 없다. 발견은 존재와 사물 곧 세계를 새롭게 보는 눈이다. 늘 그것이 그것인 일상으로 영위되는 세계를 새롭게 본다는 것은 엄청난 에너지를 요구한다. 그만큼 힘이 들기에 질 들뢰즈가 일상에서의 습관적 지각의 자동성을 지복(至福)으로 여겨야 한다고 했을까. 하지만 상투성과 진부함, 혹은 만사를 원만함과 평안함으로 감싸는 힘이 설렘과 약동 곧 생명의 비약적 율동을 외면할 때 진정한 시인이라면 어찌하겠는가. 아마도 권태와 환멸에 시달리다가 자기 내부에서 일어나는 그 어떤 '견딜 수 없음' 때문에 거친 황야로 늑대처럼 울부짖으며 내달릴 것이다.

한데 세계를 새롭게 본다는 것은 무엇인가. 불교에서는 삶은 지금 이대로 완전하며, 우리는 지금 이대로 부처라고 한다. 세계와 진리는 눈앞에 곧장 드러나 있다. 눈앞에 환히 드러나 있다고 해서 당처(當處)라고 하고, 자신의 발밑에 깨달음이 있다고 해서 조고각하(照顧脚下)라고 한다. 나아가 촉목보리(觸目菩提)라고 해서 눈에 보이는 모든 것이 깨달음이 아님이 없다는 것이다. 그런데 우리는 이성의 다른 이름인 분별지(分別智), 혹은 분별망상심 때문에 있는 그대로 드러나 있는 진리를 보지 못한다. 모든 것을 이분화하고, 세세히 분할하고, 치밀하게 해석해서, 자기에게 유리한 진실만 드러내기 때문에 통찰지(通察知)를 얻지 못한다는 것이다. 통찰지는 그 어떤 주객관적 분별이라도 훌쩍 뛰어넘는 직관 속에서 얻는 개인의 내밀한 체험으로, 이런 깨달음을 얻은 자만이 존재와 사물의 핵심을 두루 환하게 보게 된다.

이시영의 직관으로 건져 낸 단시들을 보면, 선가의 수행승들이 일행삼매(一行三昧) 곧 가고 머물고 앉고 눕는 모든 것에서 항상 하나의 직심(直心)을 행함으로, 주객이 나뉘지 않고 분별망상심이 개입되지 않는 마음 혹은 존재와 세계를 그냥 환하게 보는 것과도 같다.

> 배롱나무 배롱꽃이 새하얗게 지는 날
> 흐릿했던 길고양이의 두 눈이 화등잔처럼 반짝 켜지는 것을
> 바람 속에서 나는 지켜보았다

— 이시영, 「바람 속에서」

시인은 어느 날 바람 속에서 배롱나무 배롱꽃이 새하얗게 지는 것

을 본다. 배롱꽃은 분홍색인데도 새하얗게 진다고 한 것은 그만큼 많은 양의 꽃잎이 눈보라처럼 날리고 있는 모습을 표현하느라 그랬을 것이다. 하지만 여기까지는 객관적 풍경의 그림일 뿐이다. 한데 그 새하얀 꽃보라 속에 길고양이가 등장하는 것을 발견한다. 처음 등장할 땐 흐릿했던 눈이 새하얀 꽃보라가 날리자 "두 눈이 화등잔처럼 반짝 켜지는 것을" 보게 된다. 물론 이는 바람 속에서 시인만이 지켜본 것이기에 객관적 풍경이라기보다, 시인의 그 누구도 관여할 수 없는 직관적 투사를 통해 감득해 낸 심상으로, 그야말로 불교에서 말하는 깨달음과도 흡사하다. 자연의 순리가 가져다주는 눈보라와 같은 낙화의 아름다움에 고양이의 흐릿했던 눈마저 화등잔만 하게 켜지는, 그 환한 풍경을 바라보는 시인의 마음은 어느 우주로까지 열렸을까.

우리는 습관과 반복의 일상을 살면서 생명의 율동과 감동하는 마음을 잃어버렸다. 꽃보라가 날리자 미물 짐승인 고양이도 그렇게 감응을 하는데, 우리는 날이면 날마다 아파트 평수와 주식 시세와 새 자동차 출시 날과 스마트폰 액정에만 빠져 산다. 그러다가 죽음을 앞둔 카프카가 어느 날 연인이었던 밀레나에게 보낸 최후의 편지에서 더 이상 호흡할 수 없으며 보다 좋은 또는 보다 나쁜 시기가 오기를 속절없이 기다리고 있을 뿐이라고 쓴 것처럼, 우리도 아직 도래하지 않은 죽음 앞에 미리부터 철저히 노출되어 있는 시간 속에서 오로지 "일상사(日常事)로 백치의 머리통 같은 생을 채우고 있을 뿐인 것이다."(서동욱, 『생활의 단상』) 서동욱은 '나는 무엇을 할 수 있는가'에 대한 답은 '문학과 삶의 진실'이, '나는 무엇을 해야 하는가'에 대한 답은 '문학과 정치'가, '나는 무엇을 희망할 수 있는가'에 대한 답은 '문학과 구원'이 떠맡는다며 시인인 '우리는 무엇을 알 수 있는가'에 대한 답을 치열하게 요구한다. 과연 일상인이자 시인인 우리는 삶과 세계를 통해 무엇을 알 수 있는가!

2. 발견의 상상력과 삶

발견의 상상력은 어쩌면 지금까지 살아온 삶을 성찰하는 데서 출발할지도 모른다. '이뭣고?'란 화두를 들고 과거와 현재와 미래 그리고 자아와 세계의 모든 것을 크게 의심하여 마침내 은산철벽(銀山鐵壁)을 뚫고 백척간두에 올라선 뒤 앞으로 한 걸음 더 내딛는 선승의 정진일 때 비로소 세계는 새롭게 열릴 것이다.

20세기 말에 풍미했던 포스트모더니즘도 세계를 새롭게 보려는 상상력의 발로이다. 먼저 그동안 자신들이 절대적 진리라고 믿어 온 것에 대한 대대적인 회의를 시작했는데, 이는 불교의 대의단(大疑團)과도 같다. "진리란 신성하고 절대적인 것이 아니라, 단지 당대의 권력과 지식이 결합해서 만들어 낸 담론일 뿐이다."는 미셸 푸코의 말처럼 한 시대의 진리가 다음 시대에서는 허위가 될 수 있고, 또 지배권력에 따라 진실과 허위는 전도될 수도 있다. 절대적 진리가 무너지자 사람들은 탈중심과 주변부에 관심을 갖기 시작하는데, 자크 데리다의 '해체 이론'은 중심을 내부에서 해체하고 중심과 주변부의 부단한 자리바꿈을 제안한다. 서양이나 강대국, 동양이나 약소국의 개념이 흐릿해지고 순수문학과 서브 장르 문학의 경계가 해체된다. 결국 사물의 경계 해체가 일어나는데, 이는 문화의 경계, 인종 간의 경계 해체까지 감행된다.

그러므로 포스트모던 인식은 '이것 아니면 저것(either or mentality)'이라는 흑백논리가 더 이상 통용될 수 없는 것임을 밝혔는데, 이는 불교의 중도라는 법과 일맥상통한다. 석가모니가 고행과 쾌락의 양극단 속에서 어느 날 새벽별을 보고 홀연히 깨달은 중도처럼, 시인들도 지금껏 맞서 왔던 문학의 현실 사회 반영이니 언어의 자율성이니 하는 양극단을 버리고, 누구도 부정할 수 없는 삶이라는 일대사와 이의 구원에 대한 문학으로 거쿨지게 돌아와야 한다.

> 한 남자의 이력이 방바닥에 떨어져 있다
>
> 폭주하는 기관차 심장을 달고 쫓고 쫓기며
> 거친 갈기를 휘날리던 남자가
> 힘없이 떨어뜨리고 간 머리칼처럼
>
> 자신의 아바타로 충분한
> 가로 9센티 세로 5센티 스노우지
> 간단한 이력과 이름 앞에 견고하게 새겨진

상무이사

세상과 타협한 수백 번의 한숨이 소인(消印)처럼 찍혀 있고
짠물이 턱밑까지 차오르는 팽팽한 시간을 이끌며
꼿꼿이 버티던 삶의 방점이 침묵으로 굳어 있다

빳빳해진 목을 풀며, 앞서 오는 불안을 다독이는 동안
간간이 들려오는 루머 같은 소식
매운 맛에 얼얼한 혀끝이 긴 말을 붙잡는다

평평하게 닳은 구두 뒤축에, 날개를 달고 퍼덕이던 이력은
이제야 남자의 시간 속에서 슬그머니 발을 빼고
구석진 자리 깊은 잠에 빠져들 터

누군가 벗어버리고 간 허물 같은 무게의
그 낯선 남자가
닿을 수 없는 깊은 곳으로 자꾸만 가라앉는다

— 김애숙, 「명함」

이 시는 일상 속에서 발견한 어떤 명함을 통해 한 남자의 삶의 이력을 집요하게 성찰한다. 시인은 어느 날 "간단한 이력과 이름 앞에 견고하게 새겨진/상무이사"의 직함이 찍힌 명함을 방바닥에서 줍는

다. 방바닥에 떨어진 그 명함은 마치 "폭주하는 기관차 심장을 달고 쫓고 쫓기며/거친 갈기를 휘날리던 남자가/힘없이 떨어뜨리고 간 머리칼"과 같다. 남자의 그토록 휘날리던 '거친 갈기'가 '힘없이 떨어뜨리고 간 머리칼'로 대체된 것은 아마도 주운 명함이 닳고 낡았기에 나온 표현일 것이다. 시인은 곧바로 그 명함에 찍힌 '상무이사'라는 말에 주목한다. 그러면서 그 상무이사라는 명함엔 "세상과 타협한 수백 번의 한숨이 소인(消印)처럼 찍혀 있고/짠물이 턱밑까지 차오르는 팽팽한 시간을 이끌며/꼿꼿이 버티던 삶의 방점이 침묵으로 굳어 있다"고 한다. 사실 일반적인 회사에서 상무이사까지 직급을 달게 되었다면 세상과의 타협과 굴신과 한숨이 없었더라면 불가능했을 것이다. 또한 땀과 피눈물의 시간들을 팽팽하게 이끌며 하고 싶은 말들을 삼키고 침묵과 체념으로 일관하지 않았더라면 불가능했을 것이다. 어디 그뿐인가. 정리 해고에 대한 불안과 루머, 승진에 대한 경쟁과 좌절 등으로 점철된 삶은 평평하게 닳은 구두 뒤축에서 보듯 시쳇말로 '오줌 누고 뭐 볼 틈도 없이' 뛰었기에 그나마 상무이사 직함을 달았을 것이다. 그 상무이사가 이제 폭주하는 기관차처럼 달렸던 "남자의 시간 속에서 슬그머니 발을 빼고" 구석진 자리에서 깊은 잠에 빠져들며 "누군가 벗어버리고 간 허물 같은 무게"로, "닿을 수 없는 깊은 곳으로 자꾸만 가라앉는다"

하이데거가 『존재와 시간』에서 "현존재가 보통 일상생활 속에서 스스로 고유한 실존 가능성을 놓치고, 개성을 없애고, 세상에 동조하여 살아가는 '세인(世人, das Man)'으로 퇴락하고 있다."고 한 것처럼 명함 속의 상무이사도 세속인으로서 힘들게 살다가 세속인으로서의 삶을 다하는 것이다. 불교에서 말하는 제행무상(諸行無常)은 모든 존재는 항상함이 없다는 연기법의 시간적 표현인데, 명함 속의 낯선 남자는 이제 시절인연이 다하여 무상의 시간 속에 놓여 있다. 그리고 제법무아(諸法無我)는 모든 존재 속에 나도 너도 없다는 연기법의 공간적 표현인데, 명함 속의 낯선 남자는 역시 시절인연이 다하여 회사라는 직장과 상무이사라는 직함에서 놓여나게 된 것이다. 김애숙의 시는 이념이나 정의에 기대지 않고 삶에 천착한 바로써 미덥다. 삶의 중심보다 "구석진 자리의 깊은 잠"에 대한 관심이 아름답고, 이제 이것도 아니고 저것도 아닌 무상과 무아의 진리 그대로 삶을 보는 자비 혹은 측은지심이 녹아 있어 진정성이 있다.

3. 발견의 상상력과 나

발견의 상상력은 먼 데 그 '끝 너머'에 대한 상상력이기도 하다. 이는 곧 보이는 것 너머 보이지 않는 것을 보려는, 구원에 대한 상상력이다. 아득한 옛날부터 하늘을 열심히 관찰하는 사람들이 있었는데, 인류는 그들을 목자(牧者)나 목동(牧童)이라고 불렀다. 그들은 고대의 천문학자였다. 미술사학자이자 샤머니즘 연구가인 박용숙의 『천부경 81자의 비밀』이란 책을 보면 목자의 목(牧)은 소[牛]와 채찍[攵]이 결합된 글자로 소 떼를 몰고 다니는 사람을 일컫는다. 이들이 고

대의 천문학자였음을 알 수 있는 힌트는 인도인이 사용했던 산스크리트어나 힌디어에서 발견된다. 그 언어들에서 목자는 go라고 발음되며 복수형으로 사용하면 '별과 태양 광선, 그리고 지구'라는 의미가 된다고 한다. go에다 낙원을 뜻하는 pala를 더해서 만들어진 gopala는 소 떼를 치는 사람인 동시에 크리슈나 신을 뜻하는 말인데, 크리슈나는 용을 물리친 영웅으로 천문을 관장하는 인도의 최고의 신이다.

소를 치며 천문을 관찰하는 목자는 다름 아닌 시인의 모습이다. 시인 윤동주는 후쿠오카 감옥에서 살해되기까지 "별을 노래하는 마음으로 모든 죽어 가는 것을 사랑해야지"(「서시」)라고 다짐했고, 별 하나에 아름다운 말 한마디씩을 붙여 사랑하는 사람과 존재들을 호명했다. 조용미는 기원전에 그려진 별자리 지도를 보며 "별자리를 이은 선들은 부적처럼 어둠의 수면에 길들을 이어 놓았다"고 한 뒤 "은하수에서 흘러나오는 천상의 음악을 들을 수도 있다"(「천상열차분열지도」)고 했다. 이처럼 시인은 세속의 거친 풀밭에서 일상을 영위하지만 늘 '별'을 보고, '먼 데'를 응시하고, 그 '끝 너머'를 투시하는 꿈의 존재다.

멀어졌다
가까이 다가갈수록

무섭고 떨리기도 하겠지만 눈 한번 질끈 감으면 단숨에 꼭대

기까지 올라갈 수 있다고

다 볼 수 있으니까 손으로 쌍안경을 만들면 더 멀리 볼 수 있으니까 가질 수 있으니까 도시의 빌딩 숲을 지나 강을 건너 진짜 숲과 바다까지

끝말잇기처럼 자꾸만 조급해져

엘리베이터가 엘리베이터를 제치며 올라간다 바닥을 밀어내며 바닥이 너무 깊어지면 결국에는 슬퍼질지도 모른다고 생각하며

거기, 끝 너머가 궁금해
우리는 나란히 서서 딴 데를 바라보고

— 신덕룡, 「전망대」

「전망대」는 바로 먼데 그 '끝 너머'를 궁금해하는 시다. 이 시는 표면적으로 시적 레토릭뿐만 아니라 최소한의 시적 비유도 없는 참으로 무미건조한 시다. 심지어 자꾸만 조급해지는 독백 같은 언어조차도 사유(思惟)와는 먼, 되레 좀 모자란 사람의 어눌한 말투거나 고소공포증을 겪는 사람의 바짝 졸은 말투 같기도 하다. 좀 모자란 사람은 지능이 떨어진 사람이어서 세상 물정을 잘 모르는 사람이긴 하지만 그만큼 순수하고 순정한 사람일 것이다. 고소공포증을 겪는 사

람 또한 높은 데에 올라가면 심장이 졸아들 듯 고통을 겪는 사람이지만 올라가기 힘든 만큼 그런 높은 데를 더욱 강렬하게 오르고 싶어 하는 사람일 것이다. 어쩌면 시인은 세상에서 좀 모자란 사람이거나 사람의 발로 높은 곳의 신성함을 뭉개고 싶지 않은 고소공포증을 앓는 사람인지도 모른다. 모자라든 졸아들든 위로 위로 올라가는 엘리베이터를 탄 사람은 무섭고 떨리는 마음을 억누르며 눈 질끈 감고 꼭대기까지 올라간다. 어쩌면 강화유리로 된, 그래서 밑이 환히 내려다보이고 위로 올라갈수록 더욱 깊어지는 바닥에 붙들려 있기만 하면 의지박약한 자신이 너무 "슬퍼질지도 모른다고 생각하며" 그 바닥을 밀어내며, 엘리베이터조차도 1m를 제치고 10m로, 10m를 제치고 20m로… 계속 올라가 마침내 전망대 꼭대기에 닿는다. 다 볼 수 있고, 더 멀리 볼 수 있고, 본 것을 가질 수 있으니까, 도시의 빌딩 숲을 지나 강을 건너 진짜 숲과 바다까지 다 가질 수 있으니까, 그까짓 고소공포증쯤은 문제가 될 수 없었던 것이다. 하지만 그것으로 다가 아니다. 이젠 전망대 꼭대기에서 바라보는 "거기, 끝 너머가 궁금"하다. 저 먼 데 그 끝 너머, 저기 높은 데 그 끝 너머가 궁금한 것이다. 하지만 그 끝은 결국 어디인가.

그 끝 너머 가면 또 끝이 있을 것이다. 먼 데 바라보고 높은 데 올라가 보면 거기에 또 끝이 있을 것이다. 그런가 하면 그 끝에서 "우리는 나란히 서서 딴 데를 바라보고" 있는 게 아닌가. 나는 나의 끝 너머가 있고 너는 너의 끝 너머가 있기에 우리는 딴 데를 바라보는 것인데, 이는 곧 그 끝에서도 각자 자신을 바라본다는 말임에 다름 아니다. 그렇다. 사람들은 결국 자기 자신을 향한 직지인심(直指人心)으로 견성성불(見性成佛)의 꿈을 꾸는 존재인 것이다. 그것이 숙명이다. 피터 게이의 『모더니즘 – 새롭게 하라, 놀라게 하라, 그리고 자유롭게』란 책을 보면 "모더니스트들이 서로 눈에 띄게 다르긴 하지만 뚜렷한 공통점 두 가지가 있다. 하나는 이단의 유혹, 즉 관습적인 감수성에 저항하려는 충동이며, 또 하나는 철저한 자기 탐구다. 철저한 자아 탐구는 자기 응시를 수반하는 것으로 인습 타파보다 훨씬 더 뿌리가 깊다."고 하는 문장이 나온다. 불교에서는 이 자아, 자기, 자기 마음, 자성이 곧 공(空)이라는 것을 모든 경전의 핵심으로 삼고 있지만, 시인은 어떤가. 거친 풀밭에서 소나 양 떼를 치면서도 별을 관찰하고 천문 운행의 진리를 캐려는 목자처럼, 시인도 악성의 하품 같은 일상에 저항하며 그야말로 두려움과 공포 그리고 고역을 이기고 전망대 꼭대기에 올라서서 저 먼 데 그 끝 너머를 꿈꾸며, 끝내 자기를 응시하는 자가 아닐까.

견자(見者, voyant)의 시학

1

눈은 어느 순간 대상을 발견한다. 동시에 눈은 대상을 관찰한다. 발견과 관찰을 통해 눈은 대상을 본다. 대상의 깊이와 높이 그리고 특성 등 세세면면을 보며 대상의 본질을 알게 된다. 대상의 본질을 안다는 것은 시인에겐 평소에 보고 알아 왔던 그렇고 그런 상식적인 것이 아니라 그 대상에 대한 가장 독특하고 창조적인 깨달음을 동반한 앎을 안다는 것이다. 물론 그 앎은 대상의 내부에 있거나 너머에 있기 십상이다. 그 앎, 혹은 대상의 본질을 보기 위해 아르튀르 랭보는 "시인은 모든 감각의 오래되고 광대하며 이성적인 착란을 통해 스스로 견자(見者, voyant)가 되어야 한다."고 말했다. 견자란 진정한 현실, 세계의 본질을 꿰뚫어 보는 사람이다. 이를 위해 랭보는 감각의 착란과 언어의 연금술을 통해 현실과 다른 세계의 비전을 제시

했다. 사물의 배후와 존재 너머에 감춰진 의미를 깨닫기 위해 평소의 습관과 태도를 벗어나서 불경스러운 비전과 색감 짙고 진동하는 음의 울림을 뒤섞는데, 랭보에게 이는 시의 혁신과 세상의 전복을 꿈꾸는 데서 가능했다.

이런 견자인 시인의 눈이 고통 속에 놓여 있다면 어떨까. 다음 이진명의 시는 투명하고 예리하고 치열해야 할 투시의 눈이 아닌 고통에 시달리는 눈의 상태를 직설적으로 표현하고 있다.

눈이 아프니
뭘 봤니
뭘 많이 봤니

눈이 뿌여니
먼 데도
가까운 것도 틀렸니

눈이 쓰라리니
눈물이 나야 할 텐데
씻겨야 할 텐데

눈물이 없니
눈물이 없니

뻣센 눈

시린 눈

여기 아직 빛 때문이면

이 빛을 꺼야 하겠니

— 이진명, 「눈」

시인의 눈은 지금 아프다. 뭘 봐서, 뭘 많이 봐서 아프다. 아니다. 시인은 이렇게 단정적으로 말하지 않는다. 오히려 자기 자신이 아닌 마치 제3자에게 눈이 아프니? 뭘 봤기에 아프니? 뭘 많이 봤기에 아프니? 하고 묻는 양 진술한다. 하지만 5연에서 "뻣센 눈/시린 눈"이라는 질문이 없는 단정적 문장으로 보아 4연까지 이어지는 그 질문형의 진술은 제3자뿐만 아니라 자기 자신에게도 하고 있는 것이라는 사실을 짐작게 한다. 어쨌든 눈이 아픈 것은 그 눈으로 무엇인가를 봐서, 그것도 많이 봐서 생긴 병리적 현상이다. 시인이건 누구건 우리는 살아오면서 끊임없이 무엇인가를 보고 산다. 보지 않으면 살 수가 없다. 한데 현실적으로 그 보는 것이 봄날의 꽃이나 초여름의 초록이나 아이의 환하게 웃는 얼굴 등등 맑고 아름답고 향기 나는 것들이라면 좋으련만 그보다는 살인, 강도, 패륜을 저지르는 인간 실격자들이나 날이면 날마다 진영논리에 빠져 막말과 막장 드라마를 연출하는 위선의 정치인들이다. 이 어찌 아프지 않고 배기는 눈이겠는가. 내면적으로는 참답고 아름다운 진리와 미학의 길을 보려 하고, 도덕적이고 윤리적인 인간의 길을 찾고자 하고, 삶의 의미와 인간 구원의 길을 궁구하여 많은 것을 알고자 했다. 하지만 기형도가 「추억의 정거장」에서 "그동안 의심 많은 길들은/끝없이 갈라졌으니 혀는 흉기처럼 단단하다"고 한 것처럼 모든 길에서 의심만으로 늙어 이제 나는 눈이 아프다. 사물의 본질과 사건의 진실 그리고 보이는 것 너머의 궁극적 실체에 가닿고자 하는 눈이 '지옥에서의 한 철' 같은 사회적 현실에 다치고 멍들어 아프다. 그러니 이제 그 눈으로 무엇을 더 보겠는가.

눈이 아프니 눈이 뿌옇다. 눈이 아파서 시력이 저하된 것이다. 지금껏 먼 데 곧 꿈의 미래(유토피아)를 보고자 했고, 가까운 데 곧 오늘의 현실을 즐기고자(카르페 디엠) 했다. 하지만 그 먼 데엔 나의 눈물을 닦아 줄 신이 없고, 가까운 데엔 삶의 끔찍한 고통만 있으니, 지금껏 내가 보고 알고 살아온 삶은 틀린 것이다. 삶의 진정한 본문은 있지도 않는데 늘 해석만 일삼아 온 나날은 애초에 틀릴 수밖에 없었던 것이다. 그러니 다르게도 아니고 틀리게 살아온, 그렇게 보아 온 눈 곧 인생이 쓰라리다. 눈이 아프고, 눈이 뿌옇고, 이제 눈은 쓰라리기만 하다. 목불인견의 것들을 하도 많이 봐서 아프고, 삶의 수많은 난제들만을 양산해 온 나의 사유가 지리멸렬하다 보니, 이젠 시력의 저하로 눈앞의 것도 제대로 보지 못하고, 게다가 쓰라리기까지 하니 막막하다. 눈물이 나서 쓰라린 눈을 달래 줘야 하는데 눈물도 메말라 버린 삶의 폐허를 씻겨 줄 것은 무엇인가. 씻겨 줄 눈물이 없는, 의학적으로는 '안구건조증'인데, 삶의 윤기와 물기 곧 삶의 경이와 슬픔이 말라 버린 '인생건조증'에 처한 사람의 눈을 무엇으로 씻을 수 있다는 말인가. 그래서 "뻿센 눈/시린 눈"이다.

그런 눈의 고통, 시력의 저하, 안구건조증이 모두 "아직 빛 때문이면" 아직도 빛 때문이라면 "이 빛을 꺼야 하겠니"라고 시인은 말한다. 이는 자학과 체념의 목소리처럼 들린다. 너무나 극심한 고통 때문에 터져 나오는 끔찍한 절규와도 같다. 빛이 있어 보는 눈도 있으니 차라리 빛이 꺼지면 삶을 더 이상 응시하고 해석하는 일도 없으리라는 것을 어쩌면 부처의 적멸을 들어 조용히 답하는 것도 같다. "나는 장님이 되어 가는 사람의/마지막 남은 눈동자처럼 고독하다"는 말은 블라디미르 마야코프스키의 「나 자신에 관하여」에 나오는 시 구절이다. 그는 그렇게 말한 뒤 삶과 미학과 사회주의 혁명의 정치학에서 한계를 깨닫고 더 이상 속류 유물론에 공격당할 수 없는 전위(前衛)의 영혼을 권총 자살로 마감해 버린다. 이런 마야코프스키의 고독한 눈이 왜 삶의 뻿세고 시린 건조증을 앓고 있는 시인의 "아직 빛 때문이면/이 빛을 꺼야 하겠니"라는 고독한 문장에 어른거리는지 모르겠다.

2

눈은 어느 날 문득 자신을 발견한다. 눈은 동시에 세상을 관찰한다. 자아와 세계의 발견과 관찰을 통해 눈은 자아와 세계의 동일화를 꿈꾼다. 아니 현대시에선 그 주체와 대상의 불화를 까발리며 낭만성에 기반한 새로운 세상을 전망한다. 눈은 발견이니 관찰이니 동화니 불화니 낭만성이니 새로움이니 하는 모든 것들의 보는 행위를 통해 결국 인식이라는 사유의 성소에 이른다. "세계를 영원의 모습 아래서 포착하는 데에는 예술가의 작업 외에도 또 다른 것이 있다. 내가 믿기로는, 그것은 사유의 길이다. 그것은 말하자면 세계 위로 날아가, 세계를 있는 그대로 있게 한다. 세계를 위에서 날며 바라보며."라는 말은 루트비히 비트겐슈타인이 『문화와 가치』에서 한 말이다. 여기서 비트겐슈타인은 예술가와 철학자의 작업을 구분하는데, 그러나 예술가가 눈을 통해 포착하는 것은 사물과 존재의 현상만이 아니라 궁극적으로는 그 본질이다. 그 본질을 포착하는 것은 물론 '보일 듯이 보일 듯이 보이지 않는 따오기처럼' 구체적 형상을 통해서이지만, 실제는 무궁무진한 사유의 세계를 개진한다.

장자의 『소요유(逍遙遊)』편 서두에 '대붕 이야기'가 나오는 것은 익히 아는 사실이다. "북명에는 물고기가 있다. 그 이름은 곤이다. 곤의 크기는 몇천 리인지 알지 못한다. 변화하여 새가 되면 그 이름을 붕이라 한다. 붕의 등이 몇천 리인지 알지 못한다. 힘껏 날아오르면 그 날개는 드리운 구름과 같이 하늘을 다 덮는다. 이 새는 바다가 움직이면 장차 남명으로 가고자 한다. 남명은 하늘 연못이다." 그리고 괴이한 일을 적은 『제혜(齊諧)』라는 책에 "붕새는 남명으로 갈 때 물을 쳐서 삼천 리까지 솟아오르게 하고, 회오리바람을 타고 구만 리

하늘로 올라가 유월의 숨을 타고 간다."라고 적혀 있다. 이에 대한 구구한 해설은 수도 없이 나와 있으니 생략하거니와, 이 판타지의 거대함 곧 우주적인 상상력과 사유의 자유자재를 메추라기는 비웃는다. "대붕, 저놈은 어디로 가려고 생각하는가? 나는 뛰어서 위로 날며, 수십 길에 이르기 전에 수풀 사이에서 날개를 퍼득거린다. 그것이 우리가 날 수 있는 가장 높은 것인데, 그는 어디로 가려고 생각하는가?"

김혜순이 삶과 세계를 보는 눈은 장자의 거대한 사유와 같다. 다음의 시를 보자.

> 가출한 달의 머리를 깎고 발목을 묶어
> 새장에 넣은 다음
> 밥도 주고 그럭저럭 기르는 나날
> 달을 키운 다음
> 달의 몸을 풀어
> 내 수의를 짜게 해야지
> 아빠는 말했다
>
> 내가 창문 앞에 앉아 먼 산봉우리에 손을 갖다 대면
> 내 손은 저 산보다 높다
> 나는 한 손으로 산을 움키고 산의 허벅지를 쓸어내릴 수 있다
> 나는 늘 나에게서 시선을 떼지 않는 저 풍경보다 크다

나는 내 코 양쪽에 엄지손가락 두 개를 붙이고
여덟 손가락을 새의 벼슬처럼 편 다음
서울의 높은 산보다 더 높이 나는 큰 새가 될 수 있다

하루 종일 창가에 서서 내가 커지는 놀이

심지어 서울 풍경과 일대일 할 수 있을 것만큼 나를 키우는 놀이

지금은 붉은 노을이 코를 찌르는 시간
창 앞을 떠나지 않는 나를 질투하는 태양이 노란 성게젓갈 냄새를 풍기며 떠나면

내 방의 커튼은 구름 밖에 있다
아주 멀리 있다
커튼을 치면 심지어 먹구름이 딸려 온다
내 세수수건은 저 산의 정상에 걸려 있다
아주 멀리 있다
얼굴에서 어푸어푸 물을 흘리며
얼굴을 닦으러 멀리 갔다 오는 나날
혹은 발가벗고 물을 뚝뚝 흘리며
슬리퍼를 직직 끌며 젖은 수건을 들고 산으로 가는 나날

— 김혜순, 「그 사진 흑백이지?」 부분

장자의 거대한 판타지를 현실과 꿈의 경계에 구체화시켜 놓은 것 같은 위의 시는 김혜순의 특장이 잘 드러난 시다. 김혜순은 그동안 현실을 가부장적 지배의 문화로 보며 이성적이며 합리의 계산기를 두드려 대는 닫힌 구조의 세계로 인식한다. 그리고는 닫힌 세계의 내부에서 끓어오르는 무의식, 꿈, 환상, 달, 신화, 우주 의식을 통해 여성성을 강하게 드러내며 사통팔달 노닌다. 곧 현실과 꿈의 경계를 지우고 감각과 사유의 거대한 판타지를 만들어 내는데 그 내용과 형식이 너무도 과감하다.

이 시에서 '달'로 상징되는 여성적인 시의 화자는 아빠로부터 방에 유폐당했다. 아빠는 딸의 머리를 깎고 발목을 묶어 새장 같은 골방에 가두고 밥이나 조금씩 주면서 교양 교육으로 사육한다. 고분고분 말 잘 듣게 해서 끝까지 아빠를 잘 받드는 효녀가 되게 하여 마침내 아빠가 죽을 때 입을 수의까지 짜게 하겠다는 것이다. 마치 경복궁 교태전 뒤뜰에 몇 평 안 되는 새장 같은 공간을 왕비며 궁녀 등 내명부 여인들에게 내주며 모든 밖의 출입은 차단시켰던 성리학 이념 추종자들의 남성 권력자들처럼 말이다. 한데 시적 화자인 '나'는 그 억압과 유폐 속에서도 골방의 조그마한 창문 앞에 앉아 세상을 바라본다. 눈이 있는데, 눈의 다른 이름인 생각이 있는데, 어디서든 보고 생각하지 못할 것이 무엇이랴. 유폐된 조그마한 창문 앞에 앉아서 눈에 엄지손톱을 대고 '세상 보기 놀이'를 한다. 손톱을 눈에 갖다 대면 내 손이 저쪽 산보다 크다. 나는 그 손으로 산을 옮기고, 산의 허벅지를 쓸어내린다. 뿐만이랴. "나는 내 코 양쪽에 엄지손가락 두 개를 붙이고/여덟 손가락을 새의 벼슬처럼 편 다음" 서울의 높은 산보다 더 높이 나는 큰 새가 될 수도 있는데, 이는 모두 "하루 종일 창가에서 내가 커지는 놀이"를 통해 가능하다. 그리고 이를 통해 "나는 늘 나에게서 시선을 떼지 않는 저 풍경보다 크다"는 것을 확인하는 것이다.

더하여 '내가 커지는 놀이'를 통해 장자적 사유를 펼치길, 내 방의 커튼은 구름 밖에 있고, 내 세수수건은 산의 정상에 걸려 있고, 일생 동안 두 마디 말밖에 나누지 않은 아빠 같은 것은 젖은 수건처럼 참 멀리 두고 싶고, 어느 날은 내 생각의 집이 얼마나 큰지 "노를 저어 가서 베개를 건져 와야 잠을 잘 수 있을 정도"이며, 또 내 생각의 집은 얼마나 높은지 "날아가는 새를 베개 삼아야 할 때도 있다"고 한다. 하여간 그 크고 높고 아득한 사유를 통해 우주의 젖을 빨고, 수평선에 올라앉아 새에게 모이를 주고, 물 위에 널어놓은 이불을 끌어와 덮어야만 잠이 올 때도 있는 것이다. 아무리 가부장 사회 자체인 아빠가 여성 주체자인 딸을 '새장' 속에 넣어 밥이라는 미끼로 고분고분 기르려 하지만, 이것은 우리가 태중에 있을 때부터 잘못된 것이다. "우리가 아직도 태중에 있는 것처럼" 조심조심, 고분고분 키우고자 하지만 그러한 '사진'은 이미 흑백 시대의 사진인 것이다. 총천연색이 우주를 나투는 시대에 아직도 여자와 남자를 흑백처럼 가르는 시대의 보기와 논리로 세상을 재단하고 세상을 호령하는 '반쪽 사유'의 길을 걷는 사람들을 향해 유쾌하고 통쾌하고 상쾌한 놀이로 질타한다. 그래서 그 고리타분하고 시대 역행적인 반쪽 생각을 전복해 버리는 김혜순의 사유는 많은 면에서 장자를 닮았고, 장자의 관념적 사유를 시라는 구체적 형상을 통해 시대 속에 위치시켜 놓는 것이다.

3

존 버거는『본다는 것의 의미』라는 저서에서 "우리 눈에 보이는 것들 속에 존재하는 새로운 의미의 층위들을 드러내도록 만드는 관찰자로서의 우리의 역할을 탐구한다." 그는 동물원에서 보게 되는 동물 사진들을 통해 지금은 사라져 버린 동물과 인간관계의 방식을 일깨워 주고, 전쟁과 관련된 사진들로는 인간의 무참하고 무자비한 폭력성을 드러내는 데 초점을 맞춘다. 또한 로댕의 누드 작품들이 점토와 정욕을 통해 그가 주장하는 권위를 무심코 드러내는 이유와, 고독은 어떤 방식으로 자코메티 작품의 예술성을 드러내는가 하는 것 등의 질문 제기를 통해 우리의 시각을 조용히, 그리고 근본적으로 변화시켜 놓는다. 그는「벌판」이라는 사진을 통해서 "풀을 뜯고 있는 말 두 마리./점점 좁아지는 원형의 오솔길을 달려가고 있는 개 한 마리./버섯을 찾고 있는 노파./상공에서 떠돌고 있는 매 한 마리./덤불에서 덤불로 서로를 쫓고 있는 콩새들./어정거리는 닭들./이야기하고 있는 두 남자들./한쪽 귀퉁이에서 복판을 향해 아주 느릿느릿 이동하고 있는 한 무리의 양들./소리쳐 부르는 목소리./걷고 있는 아이."를 보여 준다. 그리고는 "당신은 그 들판에서 본 적이 있으며, 여전히 보고 있는 사건들에 대하여 말한다. 그 들판은 단순히 그 사건들을 둘러싸고 있는 테두리가 될 뿐만 아니라, 또한 그것들을 그 속에 포함하고 있는 것이다."라고 말한 뒤, 어느 순간 갑자기 "제3자적인 관찰의 경험이 그것의 중심에서 시작되어, 즉시 당신 자신의 것으로 인정할 수 있는 행복함을 탄생시키게 된다. 당신이 곁에 두고 있는 그 들판은 당신 자신의 삶과 동일한 비례를 가진 것으로 여겨진다."라고 한다.

존 버거와 같이 한 '철둑'을 보되 그 '너머'를 보는 안도현의 다음의 시다.

> 전주를 떠야겠다고 생각한 이후
> 아직 쓰지 못한 것들의 목록을 적었다
> 뚝 너머, 라고 부르지만
> 둑 너머, 라고 쓰면 거기가 아닌 것 같은 거기
>
> 1914년 철길이 놓인 이후
> 철둑이 생겼고 철둑 너머를 둑 너머, 라고 불렀겠지
> 너머, 꾀죄죄한 여기가 아닌 거기,
> 너머, 여기에 없는 게 반드시 있는 거기,
> 너머, 갔다 왔으나 갔다 왔다고 말하는 사람 없는 거기,

너머, 어제 지나칠 때 걸음이 빨라지던 거기

너머를 넘는 일은
어두워져야 가능했어
밤새 객실 칸칸마다 홍등을 달아 놓은 유람선 같았지
어깨 낮추고 바지에 손 찔러 넣고 귓등에 싸락눈 받으며
사내들이 돌아오던 저녁이 있었어

청춘의 고해소,
밤의 푸줏간,
어둡고 우울한 꽃밭,
그런 한가한 비유의 시절은 갔다

지금 전라선 기차는 지붕을 타고 달리지 않는다
전주역 자리에 전주시청이 들어선 이후에도
아직 유람선은 출항하지 않고 있다
포구에서, 길들이 흘러 들어와
바다에 처음 발을 담그는 거기에서

— 안도현, 「너머」

시인은 오랫동안 살아온 '전주'라는 곳을 떠나야 하는 모양이다. 그래서 이곳에서 "아직 적지 못한 것들의 목록"을 적다가, "뚝 너머,

라고 부르지만/둑 너머, 라고 쓰면 거기가 아닌 것 같은 거기"에 대해서 적는다. 거기는 1914년 철길이 놓인 이후 철둑이 생겼고 철둑 너머를 둑 너머라고 부른 데서 생긴 곳인 그 '너머'이다. 그런데 그 너머는 "꾀죄죄한 여기가 아닌 거기"이고, "여기에 없는 게 반드시 있는 거기"이며, "갔다 왔으나 갔다 왔다고 말하는 사람 없는 거기"이자, "어제 지나칠 때 걸음이 빨라지던 거기"이다. 도대체 '둑 너머'는 어떤 곳이기에 꾀죄죄한 여기가 아니고 여기에 없는 게 반드시 있는 거기인가. 그곳은 마치 "밤새 객실 칸칸마다 홍등을 달아 놓은 유람선" 같은 곳이다. 그러니까 그 '너머'는 우선 "청춘의 고해소"로 꾀죄죄한 청춘이 용서받고 활짝 어깨를 펼 수 있는 곳이다. 한데 그런 청춘의 고해소가 또한 "밤의 푸줏간"이다. 푸줏간이라면 소의 육체가 걸린 곳이니 그 너머는 육체로 상징되는 욕망의 향연이 펼쳐지는 곳 아닌가. 동시에 그곳은 또 "어둡고 우울한 꽃밭"이니, 어떤 어두운 행위가 벌어지고 그 죄책감으로 우울해지지만, 청춘의 욕망이 펼쳐지고 용서받는 곳이니 다시 '꽃밭'일 수밖에 없는 곳이다.

그럼 과연 그 너머는 어떤 곳인가. 이미 짐작 가는 바가 있겠지만 아마 철둑 너머는 홍등을 붉게 밝힌 세칭 '사창가'인 모양이다. 어두워져야 "너머를 넘는 일"이 가능한 그곳에서 시시각각 '발기'하는 욕정에 시달리는 청춘의 사내들이 그 육체의 욕망을 푼다. 청춘이 잘못한 게 뭐가 있겠는가. 오로지 그 충만한 욕정 하나가 죄 아닌가. 그 죄는 회개하고 고해할 것이 아니다. 오히려 그 죄를, 그 욕정을 풀어내는 행위가 고해일 것이다. 그런데 도덕과 현실에서는 죄가 되는 그 충만한 욕정을 당시로서는 성 개방도 되지 않은 '여기'에서 쉽게 풀 수 있는 곳이 어디에 있겠는가. 가난해서 꾀죄죄하고, 못나서 기죽고, 모든 것이 부족해서 불만일 수밖에 없는 여기 청춘의 현실 속에서 밤에 몰래 그 너머를 넘어가는 일은 그래서 향연이다. 그 욕정과 주눅 든 마음을 풀어 주고 닦아 주는 매음녀들과의 육체의 향연은 나의 기를 활짝 펴게 하고, 나의 없는 것을 다 채워 주는 것임에 다름 아니었을 것이다. 그러기에 그 '너머'는 "갔다 왔으나 갔다 왔다고 말하는 사람 없는 거기"이자, "어제 지나칠 때 걸음이 빨라지던 거기"이다. 충만한 욕정의 죄는 매음녀라는 사제에게서 용서받았지만 이것이 현실로 돌아오면 어둡고 우울한 죄의식을 초래할 일일 수밖에 없다.

그래서 거기는 갔다 왔으나 갔다 왔다고 말하는 사람 없는 거기이자, 우연히 어제 지나칠 때 걸음이 빨라지던 거기이다. 그곳에서의 죄와 고해와 육체와 어둠과 우울의 추억이 오늘 와서 생각하니 어쩌면 부끄럽게 여겨져 걸음이 빨라진 모양이다. 하지만 청춘들에게 그곳은 다시 가고 싶은, 다시 가서 뒹굴고 싶은 '꽃밭'일 것 같다. 그러기에 전주역 자리에 전주시청이 들어선 이후에도 그 홍등을 단 유람선 곧 사창가는 사라지지 않고 오늘도 건재하고 있다. "포구에서, 길들이 흘러 들어와/바다에 처음 밤을 담그는 거기." 많은 청춘들이 제 욕망대로 흘러 들어와 처음으로 동정(童貞)을 떼는 거기라는 곳들은 청춘이 존재하는 한 계속 존재할 수밖에 없는 운명을 지니고 있는지도 모른다. 지금도 그 여자들에게 죄를 고해하고 나서 "어깨 낮추고 바지에 손 찔러 넣고 귓등에 싸락눈 받으며/사내들이 돌아오던 저녁"을 생각하면, 귓불은 후끈 달아오르고 마음은 천근만근 우울해진다. 그럼에도 청춘들의 고해소이자 밤의 푸줏간이자 어둡고 우울한 꽃밭인 그곳의 추억을 "아직 쓰지 못한 것들의 목록" 속에 적어 넣는 시인의 진정이 가슴에 와 닿는다.

하지만 시인이 철둑 너머에 있는 청춘의 고해소인 사창가에서 추억을 되살려 내며 단순히 이것을 추억담으로 토로한 것뿐일까. 아닐 터이다. 시인은 이를 통해 청춘의 죄가 비록 어둡고 우울하지만 꽃밭일 수밖에 없다는 것을 말하고자 하는 것 같은데, 이를 이제 전라선 기차가 예전처럼 낮은 지붕 위로 달리지 않는 시절임에도 계속 유지되는 사창가를 통해 은유하고 있는 것이다. 죄와 꽃은 동전의 양면이다. 청춘과 쾌락은 한 몸이다. 욕정에서도 기인하는 욕망이 없는 사람은 살아갈 수가 없다. 그 욕망의 인간이 어떻게 아름다운 꽃의 영혼을 지향하는가는 순전히 당사자 개인의 문제이다. 인간은 본능만으로 전락하는 동물이 될 수도 있고, 그 욕망을 숭고한 예술과 철학으로 치환하여 '초인'이 될 수도 있는 것이다.

장소, 공간, 풍경의 꿈

1. 장소는 개인의 주관적 사연이나 역사가 구체적으로 요동치는 공간이다

우리에게 어떤 특정한 장소는 우리가 생각하고 행동하고 경험하는 구체적인 곳으로 존재한다. 그것이 과거에 존재했던 곳이면 추억을 불러일으키고, 현재에 존재하는 곳이면 생동하는 삶의 현장일 것이다. 김명인의 시 「동두천」은 교사인 화자가 미군 부대 옆 양공주들 거리의 학교에서 혼혈아를 가르쳤던 시절에 대한 '더러운 그리움'을 표현한 시이다. 또 곽재구의 「사평역에서」는 시골에서 올라와 도시의 역 앞에서 하루 종일 좌판을 벌이다 돌아갈 막차를 기다리는 초라한 민초들에 대한 '송이눈'처럼 따뜻한 애정을 피력한 시이다. 물론 김명인의 '동두천'은 개인이 추억할 만한 조그마한 장소이기보다는 분단 체제하에서 우리네 여성들이 겪은 커다란 고통의 현장이고,

곽재구의 '사평역'은 지도상에는 없는 역이지만 오지 않는 막차나 기다리는 초라한 인생들의 삶의 애환과 꿈이 애절하게 펼쳐지는 장소이다.

이처럼 우리 시에는 어떤 특정한 장소를 소재로 하는 시가 많은데, 이러한 장소는 개인적이거나 사회정치적이거나 대개 상징적인 곳으로서 기능을 한다. 유치환의 시 「행복」에서는 '우체국'이 '사랑하는 것은 사랑을 받느니보다 행복하나니라'라는 등의 사랑의 편지를 보내는 곳으로 기능한다. 또 황지우의 시 「어느 날 나는 흐린 주점에 앉아 있을 거다」에서는 '흐린 주점'이 사회적인 존재에서 멀어진 늙은 화자가 '아름다운 폐인'의 '먼눈으로 술잔의 수위만을 아깝게 바라'보는 곳으로 상징화된다. 물론 우체국이나 흐린 주점은 구체적이기보다는 일반적인 장소지만, 그 장소가 시적 화자에게 객관을 가로지르는 특별한 주관성으로 경험될 때 새로운 감각과 인식의 경험이 가능한 장소로 요동칠 수 있음을 보여 준다.

그래서 모든 장소는 주관적으로 경험된다. 어떤 장소들은 떠나온 고향처럼 그립거나 눈물 나는 곳으로, 혹은 어리던 날의 다락방처럼 아늑하고 포근한 곳으로 추억된다. 때론 월사금을 못 내 친구들 앞에서 담임 선생님에게 귀싸대기를 맞던 교실처럼 치욕적이거나 분노에 떨게 하는 곳으로, 또는 민주화 인사들에게 남영동의 대공분실처럼 두렵거나 공포에 떨게 하는 곳으로 기억된다. 그런가 하면 젊은 날 망망대해의 수평선처럼 뜨거운 정열과 질풍노도를 불러일으키는 곳으로도 경험되고, 요즘의 '영화관'이나 '컴퓨터 앱방'은 청소

년들에겐 모든 꿈과 사랑과 판타지가 이루어지는 어떤 화엄의 용광로 같은 곳으로 경험될 것이다. 사람들은 그런 주관적 사연이나 역사적 사건들이 강렬했던 장소를 잊지 않기 위해 그곳에 표식을 세워 기념하기를 즐겨 한다. 또 그 현장을 찾아 과거를 되돌아보거나 그때 그 장소의 일을 거울삼아 자기가 추구해 온 가치나 주장해 온 삶의 의지, 그것의 면면함을 다짐하기도 한다.

다음 김병호의 시는 '나라서적'이란 구체적 이름의 서점을 추억하는 시인데, 시인은 이곳을 사랑과 이별의 변주를 일으킨 장소로 경험한다.

순서 없이 서성거리는 사람들
얇은 표정으로 오목해진 사람들

너무 오래 기다리거나
아예 오지 않은
그이들은,
지금쯤 어디에 닿아 있을까

입김 덧쌓인 창유리로
깊고 맑은 이별은 흘러
캐럴을 연주하는 금관악기처럼
반짝이다 고이는데

검은 목폴라 속의 짧은 목례처럼
따뜻하고 그윽했던 시간
당신은 서둘러 어른이 되고
나는 이제야 당신의 침묵을 읽는데

새벽녘 창을 열면
생에 처음인 듯 눈이 내리고
당신이 가져갔던 시간 속으로도
눈이 내리고

어제는 오월
오늘은 십일월인, 나는
공중전화 부스에 맴돌던
말랑한 구름이 된다

내 청춘의 심장부가 있다면
충장로 우체국의 맞은편

밤새 태어난 행성처럼 반짝이며
금간 스노우 볼처럼 반짝이며
당신이 있던 곳

짧은 서정시처럼 눈이 내리지만

나의 몫은 아니었던,

— 김병호, 「나라서적」

광주 충장로에 있던 '나라서적'은 '나라'라는 이름이 매우 크지만 어감이 익숙하기도 한 서점이다. 그 시절 지역의 젊은이들에게 '우다방'이라고 불리며 기다림의 장소로 상징적인 곳이 된 광주우체국 맞은편에 자리한 서점이다. 거기서 5미터쯤 떨어진 삼복서점과 함께 충장로의 대표적인 서점이었는데 많은 젊은이들이 그곳에서 책을 보거나, 혹은 책을 보지 않으면서도 사람을 기다렸다. 김병호 시인에게도 그런 경험이 있었기에 그 서점에서 순서 없이 서성거리거나 얇은 표정으로 오목해진 사람들이 누군가를 기다리는 모습을 잘 알 수 있었나 보다. 한데 오늘 시인은 그 서점에 와서 그때 너무 오래 기다리거나, 아예 오지 않은 사람들은 "지금쯤 어디에 닿아 있을까" 하고 묻는다. 시 속의 표현대로 서둘러 어른이 되고, 기다려도 오지 않았던 "당신의 침묵을" 이제야 읽는 오늘, 그때 그 사람들의 행방을 묻는 심사는 무엇인가. 이루지 못한 젊은 날의 사랑에 대한 추억 때문인가. 사실 그곳은 입김이 덧쌓인 창유리로 "깊고 맑은 이별"이 크리스마스 때면 들리던 금관악기 소리처럼 흐르던 곳이고, 그럼에도 "검은 목폴라 속의 짧은 목례처럼/따뜻하고 그윽했던 시간"이 흐르던 곳이었다. 어쩌면 눈물 나도록 맑은 그리움으로 존재하는 추억의 장소이다. 하지만 깊고 맑은 이별이나 따뜻하고 그윽했던 시간은 오늘의 추억 속에서나 그러한 것이지, 당시 침묵 속으로 잠수해 버린 당신에 대한 기다림의 하염없음을 생각해 보면, 그 서점 이름대로 '나라'가 망한 것보다 더한 아픔이었으리라.

그렇다 하더라도 그곳은 "내 청춘의 심장부"였던 곳이다. 새벽녘 창밖으로 '생에 처음인 듯' 눈이 내렸으니 당신을 기다리던 그 순간은 얼마나 순결하고 열렬했을 것인가. 사랑은 연금술이라서 '생에 처음인 듯 내리는 눈'이라는 환상적인 말을 만들어 낸다. 하지만 결국 '당신이 가져가 버린 시간 속으로' 또 눈이 내리니 그 얼마나 안타깝고 쓰라렸을 것인가. 그 길고 긴 '시간들을 가져가 버린 당신의 무정함'이 준 고통은 사실 베인 상처에 뿌려 대는 소금보다도 몇 배는 더 쓰라렸을 것이다. 그러므로 그곳은 "밤새 태어난 행성처럼 반짝이며/금간 스노우 볼처럼 반짝이며/당신이 있던 곳"이었지만 지금은 아니다. 다만 "짧은 서정시처럼 눈이 내리지만/나의 몫은 아니었던" 것으로 존재하는 곳일 뿐이다. 마치 찰나의 깨달음을 집약시킨 선시처럼 가장 긴장되고 가장 뜨겁고 가장 강렬한 곳이지만 결국 그 모든 열정과 꿈과 타는 목마름들이 "나의 몫은 아니었던" 것들로 존재하는 이 아픔이라니! 그때는 '오월'의 찬란한 시절이었다. 그리고 지금은 '십일월'이다. 서둘러 어른이 된 십일월에, 그때 그 서점 옆 공중전화 부스 앞에 와서 서성거린다. 서성거리며 '말랑한 구름'이나 된다. 이는 그 시절 그 장소에 대한 회억으로 그립고 안타깝고 서럽고 쓸쓸한 마음의 갈래와 같은 구름으로나 젖는다는 이야기로, '나의 몫이 아니었던' 사랑, 시절, 청춘에 대한 만가를 부르고 있는 셈이다. 아름다운 문장들 속에 감추어진 그 애절함이 절절하게 흐르는 시이다.

2. 공간은 시간이나 존재의 궁극이 만나면 철학적이고 추상적인 풍경이 된다

서영채의 『풍경이 온다』를 보면 "공간과 장소는 서로 얽혀 있다. 아무것도 없는 순수한 공간은 오직 상상 속에서만 가능하고, 공간 없는 장소는 그 자체가 불가능한 개념이다. 객관적인 것으로서의 공간은 내버려 두면 스스로 투명해져 무한 공간이 된다. 공간의 무한성을 실감하는 것은 두려운 일이다. (…) 공간이 제약과 규정을 넘어 무한하게 확산하는 것임에 비해, 장소는 그곳에 거주하는 사람들의 진정성이 발원하는 한 지점을 향해 수렴된다."고 한다. 그럼에도 인간은 가끔 공간의 무한성 속에서 자기 존재의 본래면목을 처절하게 경험하기도 하고, 시간의 궁극을 만나 두렵고 덧없고 무진장한 실존의 비밀에 맞닥뜨리기도 한다.

어떠한 장소가 철학적이고 추상적인 공간으로 바뀌게 되는 경우는 카프카의 『성』이란 소설이 대표적이다. 카프카의 『성』은 주인공 K가 낯선 마을에서 일주일간을 보낸 이야기이다. K는 어느 날 성의 토지 측량사로 임명을 받아 성 아랫마을에 도착한다. 그래서 성 안으로 들어가려 하지만, 그 갖은 노력은 관리들이 들이대는 갖가지 알 수 없는 이유 때문에 수포로 돌아간다. 한데 여기서 이 방대한 소설의 한 가지 특징만을 들어 성이라는 소설공간이 어떻게 철학적이고 추상적인 곳으로 바뀌는 것인가를 살펴본다면, 주인공 K 그리고 K와 함께 등장하는 사람들은 대개 정확한 이름을 갖고 있지 않다는 점이다. 이는 이름이 없음으로 유형적(有形的) 현실을 구성하고 있는 일체의 것 곧 그가 누구인가 하는 것부터 그의 신체적 특징, 자연환경, 가족 관계, 보통 사람이 갖고 있는 갖가지 개인적이고 실제적인 이력이 제거되어 있다는 것이다. 나아가 이들은 일체의 장소, 일체의 역사 밖에 놓여서 현실과 허구에 관계없이 어떠한 인간보다도 더 고독한 공간에 처해 있다. 특히 그들은 고향 이탈과 방향감각의 상실 등 현대인이 겪는 전형적인 상황에 놓여 있음으로 인해 어떤 중심이 결여된 세계에 던져져 있는 것이다. 그 때문에 이 소설은 인간 존재와 세계에 대한 많은 철학적 질문을 함의하고 있고, 이로 인해 어느덧 추상적인 공간으로 바뀌며 '성'은 곧 인간의 구원과 실패 등 모호하고도 해독 불가능한 많은 문제들의 상징 공간이 되어 버린 것이다.

가와바타 야스나리의 『설국』의 첫 문장은 이렇다. "국경의 긴 터널을 빠져나오자, 눈의 고장이었다. 밤의 밑바닥이 하얘졌다. 신호소에 기차가 멈춰 섰다." 소설 못지않게 보기 드문 명문장으로 손꼽힌 이 서두는 독자를 마치 소설 속의 주인공과 더불어 어둑하고 긴 터널을 지나 막 은세계로 나온 듯한 환한 기분을 맛보게 한다. 한데 보이는 곳이라곤 온통 눈뿐인 차갑게 가라앉은 적요의 마을에 순간순간 타오르는 여자들의 아름다운 정열이 있다. 그 한적한 설국의 온천장에서 게이샤로 살아가는 고마코, 그녀에게서 발산되는 야성적인 정열과는 대조적으로 순진무구한 청순미로 마음을 끌어당기는 요코. 이 두 여자를, 도쿄에서 온 무위도식하는 여행자에 불과한 시마무라는 허무의 눈으로 지켜본다. 그것이 설국이라는 공간에서 이루어지는 바, 봄이 오면 사라질 설국이듯이 자연과 인간 운명에 내재하는 존재의 유한함과 유한하기에 더욱 아름다운 정열을 우수 어리고 회화적인 언어로 그려 낸다. 흔히 일본 문화는 순식간에 피었다가 순식간에 떨어지는 사쿠라처럼 유한하기에 덧없고 덧없기에 더욱 처절하게 아름다운 찰나의 존재에 대한 예술적 가공의 문화라고 한다. 『설국』은 아름다운 열정을 피웠던 여주인공의 슬픈 죽음으로 막을 내림으로써 가장 일본적인 소설이 되었고, 아울러 덧없고 슬픈 정열의 아름다움을 상징하는 꿈의 공간으로 추상화한 것이다.

성이나 설국 등 가상의 무한 공간은 두려울 수밖에 없다. 사람들은 존재의 궁극에 닿거나 종국의 시간을 생각하다 보면 놀랍게도 너무도 자연스럽게 어떤 무한 공간을 꿈꾼다. 현실 곧 이승 너머 피안의 공간을 바라는 것이다. 그것이 천국이든 극락이든 저승이든 무릉도원이건 마음과 육신의 열락이 이루어지는 그런 공간 말이다. 그런 공간에 닿기 위해서는 염라대왕의 통과의례쯤은 꼭 거쳐야만 될 것이라는 두려움으로 가득하다. 아니 그런 무한 공간에 내던져질 후생에 대한 염려로 너무도 두렵다. 그럼에도 사람들은 그런 순수하고 거룩하고 숭고한 공간으로 이동해 마지않을 자신의 연속적 동일성을 기어코 꿈꾸는 것이다.

시인들도 자신의 꿈과 사랑이 이루어질 공간을 창조하거나, 슬프고 불안하고 고통스럽고 두려운 현대 세계와 존재의 간극에서 오는 현실 때문에 늘 새로운 천년 왕국을 꿈꾼다.

여기에 들어가면 안 됩니다.

금지 표지판과 짙은 안개를 뚫고
이제는 꺼져 버린 양초를 들고 거리를 나섭니다.

우리는 가시철조망과 불에 탄 나무들이 둘러싼 구멍 주위에 모여 있습니다.
검은 호수와 같은 구멍에는 달이 뜨고 별이 반짝입니다
하늘에는 이리저리 흩어져 있는 검은 새들,
지상에는 기울어진 나무들,
멀리 바벨탑이 희미하게 서 있는 곳으로부터 우리는 너무 멀리 왔습니다.
우리가 있는 곳은 구멍 안입니까, 바깥입니까.

달도 별도 없는 공중을 바라보며
우리는 불붙은 뗏목을 타고 떠내려가고 있습니다.

흘러내리는 촛농처럼 졸음이 쏟아집니다.
긴 뿔을 단 사슴이 뾰족한 풀을 뜯고 있고
새들은 날개를 몸에 붙이고 바닥에 뒹굴고 있습니다.

자, 이제 밧줄을 내려요.
잘린 손목들을 이어 붙여요.
저기 저 흐린 빛이 흘러나오는 구멍 속으로,
모든 것이 빨려 들어가는 음화 속으로,
모든 것을 뱉어 내는 양화 속으로,

여기로 오세요.
검은 산책은 이제부터 시작이에요.

– 신철규, 「검은 산책」

신철규의 시에서, 들어가면 안 되는 '여기'라는 공간은 어떤 곳인가. 지금 우리가 살고 있는 '현실'이라는 공간인가. 들어가면 안 되는데도 "금지 표지판과 짙은 안개를 뚫고/이제는 꺼져 버린 양초를 들고" 거리를 나선다. 모든 것이 금지 표지판과 같이 닫힌 현실과 짙은 안개와 같은 불안과 막막함을 뚫고 나선 것이다. 한때 광장을 가득 메우기도 했으나 지금은 꺼져 버린 촛불 아닌 양초를 들고 말이다. 그 양초는 무엇을 밝히기 위함인가. 한데 그렇게 나선 '거리'가 '여기'인가. 아니다. 아무래도 '여기'는 3연 첫 행에 나오는 "가시철조망과 불에 탄 나무들이 둘러싼 구멍"인가 보다. 그런 구멍은 과연 어떤 공간이기에 '나'가 아니라 '우리' 모두가 그 구멍 주위에 모여 있는 것인가. 무엇인가 큰일이 있었기에 가시철조망과 불에 탄 나무들로 둘러쳐진 구멍일진대 그 구멍은 도대체 무엇인가. 그 구멍이 얼마나 크기에 "검은 호수와 같은 구멍에는 달이 뜨고 별이 반짝"일까. 그 구멍 위 "하늘에는 이리저리 흩어져 있는 검은 새들"과 "지상에는 기울어진 나무들"도 있다. 그 구멍은 과연 어떤 공간일까? 이어지는 "멀리 바벨탑이 희미하게 서 있는 곳으로부터 우리는 너무 멀리 왔습니다."라는 구절로 보아, 아마 그 구멍은 '바벨탑'으로 상징되는 '금지된 욕망'의 분출로 인해 모든 것이 불타 버려서 호수도 검고 새도 검고 나무는 기울어진 그 폐허의 공간일 것도 같다. 그 폐허로 황량한 곳에 다만 달이 뜨고 별이 반짝일 뿐인 것이다. 아니 그 바벨탑의 욕망으로부터, 그 욕망의 폐허로부터 이제는 소격되어 있지만, 마침내 "달도 별도 없는 공중을 바라보며/우리는 불붙은 뗏목을 타고 떠내려가고 있습니다."라고 한 걸로 보아 우리는 여전히 그 참상을 겪고도 불붙은 욕망으로 소돔과 고모라의 강을 뗏목 정도에나 의지하며 떠내려가고 있는 것 아닌가. 그러기에 "우리가 있는 곳은 구멍 안입니까, 바깥입니까."라고 묻지만 우리는 그 욕망의 구멍 안에서도 바깥에서도 여전히 욕망의 화신으로 불붙고 있는 것이다.

"흘러내리는 촛농처럼 졸음이 쏟아"져 지치게 하는 욕망, "긴 뿔을 단 사슴이 뾰족한 풀을 뜯고 있"는 것처럼 어떤 거친 것이나 왜곡된 것도 삼켜 버리는 욕망, 그러기에 "날개를 몸에 붙이고 바닥에 뒹굴고 있"는 죽은 새처럼 인간의 원초적이고 궁극적인 자유조차 반납해 버린 채 그것의 노예가 되어 버린 욕망, 그 욕망의 호수처럼 거대한 구멍 속에 밧줄을 내리고, 잘린 손목들을 이어 붙여 다시 내려가고자 하는 욕망, 그 "흐린 빛이 흘러나오는 구멍 속으로" 어서 어서 빨려 들고 싶은 욕망, "모든 것이 빨려 들어가"지만 "모든 것을 뱉어 내는" 욕망이라는 음화 혹은 양화 속인 구멍. 그 욕망의 구멍이 곧 '여기' 현실 세상이다고 하는 듯 이곳으로 오라고 부른다. 이곳에서 이제부터 '검은 산책'을 하자고 한다. 이는 결국 '여기'라는 곳을 곧 '욕망의 구멍'이라는 공간으로 상징화시켜 높이(바벨탑)와 깊이(구멍)와 넓이(호수)를 모른 채 타오르는 욕망의 무지막지함을 보여주려고 하는가 보다. 아울러 그런 무지막지한 욕망에 대한 두려움과 그 욕망의 폐허에 대한 두려움이 '빨려 들어감'과 '뱉어 내어짐'으로 반추되는 현대 세계를 신랄하게 야유하며 이를 욕망의 궁극적 본질에 닿게 한다. 그러므로 '여기'라는 '구멍'은 마치 카프카의 『성』의 다른 예인 존재론적인 욕망의 공간으로 변환하며 순식간에 철학적이고 추상적인 곳으로 상징성을 획득하게 된다.

3. 풍경은 존재론적 사건들과 시간의 추이가 생동하는 세계이다

풍경이란 단지 아름답거나 인상적인 경치 같은 것이 아니라, 한 장소에서 어떤 힘이 요동칠 때 터져 나오는 떨림이다. 어느 날 풍경이 나를 습격하여 내가 풍경에 대한 두려움이나 황홀에 빠지게 되는 것은 "풍경 자체가 생각하고 세계가 나를 만졌기 때문"이다. 세잔은 "풍경이 내 속에서 자신을 생각한다. 나는 풍경의 의식이다."고 말했다. 풍경이 나를 습격한 것은 내게 풍경을 바라보는 시선이 있기에 가능하다고 한 것보다 한 걸음 더 나아간 말이다. 이처럼 우리는 풍경과 교감하기도 하고 풍경에 압도당하기도 하는데, 모든 풍경 속에서 나는 존재론적 사건을 경험하게 되고 시간의 흔적을 남기게 마련이다.

독일 화가 카스파르 다비드 프리드리히의 「안개 바다 위의 방랑자」(1817~1818)는 우뚝 선 바위산 꼭대기 위에 서 있는 한 남자의 뒷모습과 그의 눈앞에 펼쳐진 광활한 안개 바다가 그려진 그림이다. 짙은 녹색의 코트와 오른손에 쥔 지팡이, 바람에 흩날리는 금발의 주인공은 요동치는 안개 너머의 저편을 응시하고 있다. 그림 속의 주인공이 응시하는 곳은 정확히 알기 어렵지만, 그림을 보는 이들은 그림 속 남성의 눈을 빌어 그와 함께 어딘가를 바라보도록 초대받는다. 이는 신성하고 신비로운 자연 앞에서 자기 존재의 이유와 궁극의 섭리를 고독하게 찾는 구도자를 형상화한 것이라고도 하고, 혹은 벼랑 끝에 한쪽 다리를 올리고 서 있는 방랑자의 모습이 광대한 절경과 대비를 이루면서 인간의 보잘것없음과 하찮음이 극대화되어 있다는 평도 있다. 그럼에도 그의 그림에 인물이 높은 바위 위의 화면 중앙에 뒷모습으로 배치된 것은 그 그림을 바라보는 감상자로 하여금 방랑자와 함께 신성하고 신비한 자연이건, 알 수 없고 기대되는 미래건, 아니면 그것들 앞에 선 자기 내면의 고독이나 우울을 들여다보라고 하건, 우리의 시선을 끝없이 빨아들이고 있다는 것이다. 그림 속 풍경이 이토록 신, 자연, 미래, 고독, 내면 등을 강렬한 시선으로 응시하게 하는 경우도 드물다.

반면에 에드워드 호퍼의 그림 「햇볕 속의 여자」(1961)는 흐트러진 침대 옆 방바닥에 양탄자처럼 깔린 햇볕과 그 위에 전라(全裸)의 몸으로 담배를 들고 서 있는 여자를 그린 그림이다. 여자는 옆으로 서서 다리를 살짝 벌린 채 햇볕의 따스함과 창문을 통해 들어오는 바람에 몸을 맡기고 생각에 잠겨 있는 모습이다. 빛은 그녀의 앞부분을 덮고 있고, 빛이 닿지 않는 몸의 뒷부분은 급격히 어두워진다. 여자의 몸매는 매끄럽지도 않고, 완만한 곡선을 이루지도 않고 있다. 유방은 약간 늘어져 팽팽하고, 다리는 빛이 만드는 곱지 않은 경계선 때문에 다소 남성적인 근육질로 착시하게도 한다. 그 때문에 '중년 여성'이라는 인상을 풍기는데 이제 빛을 잃어 가는 육체, 그러기에 울적해진 사색, 그러나 아직도 질긴 에로스의 잔여가 방 안에 가득한 것들이 그 증거이다. 에로스의 잔여라 함은 잠자리는 흐트러져 있고 하이힐은 침대 밑에 널브러져 있는 걸로 보아 전날 밤 잠들기 전에 무슨 일이 있었던 것을 짐작게 하고, 그 일 때문에 담배를 들고 다리를 벌리고 서서 뭔가 울적한 사색에 젖어 있는 것 같은 풍경이 꼭 시들어 가는 중년의 섹스 후의 아침 풍경 같아서 하는 말이다. 사실 그걸 바라보는 감상자들마저 뭔가 처연한 감정이 들게 하는 이 그림은, 여자가 아침 햇볕을 온몸으로 맞고 서 있지만 되레 그 아침 햇볕과 하이힐, 담배 등 소도구들로 인해 질긴 섹스의 잔여와 울적함과 외로움이 더 적나라하게 드러나 보이는 것 같다. 이런 그림 속 풍경을 보면 덧없이 흐르는 시간이 환하게 보이고, 근육질의 두 다리로 완강히 서 있는 것 같아도 이미 육체는 늙어 가고, 어쩔 수 없이 행동보다는 사색적인 인간이 될 수밖에 없는 자신을 보게 된다. 참으로 쓸쓸한 침실 풍경을 만들어 낸 화가의 표현 방식이 장식성 하나 없이 너무 정직하다.

내가 보고 있는 사람들이
나를 보지 못한다
그들은 야트막한 언덕에서
내려오고 있다

그 사람들이 내 눈언저리를 지나
아래로 사라진다
고작 2층에서 내려다보며
아는 체해야 할지 고민하는 시선을
아무도 알아채지 못한다

가까운 사람이 갑자기 죽은 날
내 눈물을 봤던 사람

이 골목에다 한꺼번에 집 다섯 채를 사서
침입자처럼 세입자를 내쫓은 사람
착착 포갠 골판지 묶음을 아우라처럼 인 사람
나를 보지 못한다

바닥에서 사는 나를
2층 높이에서 3층 높이에서 10층 높이에서
내려다보는 시선들이
들러붙은 내 몸에서

오래된 받침목을 빼 버린
하늘이 흘러내린다

– 조은, 「높은 시선」

조은의 시 속에도 풍경이 존재한다. 하지만 카스파르 다비드 프리드리히나 에드워드 호퍼의 그림처럼 그 풍경을 통해 인간 존재의 이유와 섭리, 시간 속에 놓인 우울하고 쓸쓸한 인간 실존의 적나라한 모습을 보게 하기보단, 일상 속 골목 풍경을 통해 시선의 층계를 보여 준다. 시적 화자인 '나'는 골목의 맨 밑 '바닥에서' 산다. 그래서 나는 늘 올려다볼 수밖에 없다. 그러기에 골목의 야트막한 언덕에서 내려오는 사람들을 나는 볼 수 있는데, 그들은 나를 보지 못한다. 왜냐하면 그들의 발길이 내 '눈언저리'를 지나 아래로 사라지기 때문이다. 바닥에 있는 집은 아마 반지하 방 같은데 거기서 창으로 내다보면 그 눈언저리와 사람의 발길이 같은 수평에 놓일 것이 아닌가. 나는 그 사람들을 "아는 체해야 할지 고민하는 시선"을 갖고 있지만 이를 "아무도 알아채지 못한다" 그 사람들은 "가까운 사람이 갑자기 죽은 날/내 눈물을 봤던 사람"이고, "이 골목에다 한꺼번에 집 다섯 채를 사서/침입자처럼 세입자를 내쫓은 사람"이고, "착착 포갠 골판지 묶음을 아우라처럼 인 사람" 등이다. 내 모진 슬픔을 본 사람, 기껏 이런 허름한 골목에다 집 다섯 채를 사서 그것도 위세라고 세입자를 내쫓은 사람, 상자를 주워 머리에 차곡차곡 인 사람 등 모두가 장삼이사다. 그들은 모두 내 '눈언저리'를 지나가지만 나는 소심해서 머뭇거리며 그들에게 알은체를 못 한다. 그러나 심정적으로는 이미 그들과 똑같은 처지의 존재인 것만은 분명하다. 나의 시선은 그들의 발길과 늘 수평을 이루기 때문이다.

한데 "바닥에서 사는 나를/2층 높이에서 3층 높이에서 10층 높이에서/내려다보는 시선들이" 있다. 아마 허름한 골목을 경계선으로 반대쪽에 고층 아파트가 포진해 있는 모양인데 그들은 높이 있기에 나를 내려다본다. 나는 반지하 방 창문 높이쯤에 있는 바닥의 시선으로 올려다볼 수밖에 없지만 그들은 그 누구라도 나보다 높이 살기에 나를 내려다볼 수밖에 없다. 설령 그들이 내려다보고 싶지 않다고 해도 이미 구조적으로 2층, 3층, 10층 높이로 계층화 되어 있기 때문에 나를 내려다볼 수밖에 없는 것이다. 그 내려다보는 시선들이 내 몸에 들러붙을 정도로까지 느낀다는 것은 너무 과민 반응 아니냐고 할지 모르지만, 같은 학군인데도 고층 아파트 학생들이 가는 학교가 있고 길 이편의 허름한 주택에 사는 학생들이 따로 가는 학교가 있다지 않는가. 바닥에 사는 사람의 심정을 전혀 알지 못하는 사람들은 그걸 과민 반응이라고 할 것이다. 한데 비록 바닥에 살지만 그동안 내 몸 스스로 '받침목'이 되어 가난의 정직함, 내일에 대한 희망, 평등한 세상에 대한 꿈, 정의와 사랑의 진정한 가치 등을 수렴하고 상징화시킨 '하늘'을 믿고 하늘을 받치고 살아왔지만, 이제 '오래된 받침목'인 내 몸이 무너지면서 하늘이 무너져 내리는 참경을 겪고 마는 것이다. 그러므로 이 시는 매우 현실적인 풍경 속에서 밑바닥 인생을 사는 사람의 매우 우울하고 고통스럽고 참람한 마음의 시선을 리얼하게 보여 준다. 그러면서 자본주의의 계층구조가 공고화한 현대 도시 사회의 부정성에 대한 비판을 예리하게 묘파하고 있는 것이다. 특히 이를 호퍼의 그림처럼 아무 수식도 없이 정직하고 사실감 있게 보여 주는 것은 큰 미덕이다.

침묵과 말과 시

1

어느 시인이 '별들의 바탕은 어둠이다'라고 했는데 말의 바탕은 침묵이다. "침묵은 하나의 원형상(原形像)이다. 침묵은 사랑, 믿음, 죽음, 생명 등과 같은 다른 원형상들과 마찬가지로 본래적으로 자명하게 존재한다. 침묵은 원현상들 중에서 가장 먼저 태어났다. 말하자면 아무것에도 소급시킬 수 없는 원초적 '주어져 있음(所與)'이다."(막스 피카르트, 『침묵의 세계』) 사계절과 자연과 사물, 언어와 자아와 신화, 사랑과 예술과 진리들이 모두 침묵을 바탕으로 존재한다. 오늘날 '소란-능변'과 '실리-효용성'만이 모든 것을 지배해 버린 세계에 침묵은 다만 존재할 뿐 아무런 목적도 갖고 있지 않고 이용할 수도 없는 존재의 대지이다.

모든 것은 침묵으로부터 시작되었다. 인간의 말이 잠든 어느 폐촌의 대지에 서 보면 사위는 순식간에 침묵이 장악한다. 우리는 이때 일종의 두려움과 불안감까지 느끼게 된다. 거기에 침묵의 시원성과 원초성이 자리하기 때문이다. 우리는 그런 침묵으로부터 시작하고 무엇인가를 새로 창조할 수 있다. 그것은 역설적으로 침묵을 통해서 모든 것의 시원성과 원초성에 참여할 수 있게 된다는 뜻이다. 그러한 침묵이라는 원형상이 오늘날 파괴되어 버렸다. 위의 책에 의하면 성(性)이라는 것도 인간에게 또 다른 원형상의 하나인데, 침묵이 파괴되어 버린 까닭에 지나치게 성이라는 원형상에 매달린다. 그래서 다른 원형상의 대열과 질서 속에서 보호되지 못하는 바람에 모든 기준을 잃어버리고 파탄의 지경으로 나아갔다는 것이다.

인간에게는 "모든 것 중에서 가장 뛰어나고도 위험한 존재인 언어가 주어졌다. 창조하고, 파괴하고, 멸망으로 치닫다가 다시 영원한 어머니이자 최고의 명장인 자연에게 되돌아올 수 있도록"(횔덜린) 하는 언어 말이다. 여기에서 '자연'은 '침묵'으로 읽힌다. 말은 침묵에서 나와서 우리가 자기 자신을 증명하고 생성할 수 있도록 무궁무진하게 활약한 뒤에 다시 침묵으로 되돌아간다. 침묵에서 말이 발생하고, 그것에 의해서 침묵은 창조 이전에서 창조로, 선사에서 역사로, 인간 가까이로 나왔지만, 침묵은 다시 말 이전으로 되돌아간다. 하지만 침묵은 말을 통해서 비로소 그 의미와 진정한 가치를 얻게 되는 것 또한 사실이다.

침묵에서 나오는 것이 언어이지만, 또한 "언어는 인간에게 앞서 주어진 것이다. 인간이 말을 시작하기 이전부터 언어는 인간 속에 있었다. 그렇지 않았다면 인간은 처음부터 말을 할 수 없었을 것이다. 인간은 자신 속에 선험적(先驗的)으로 내재하는 언어를 사용해서 말을 하는 것이다."라고 막스 피카르트는 말한다. 메를로-퐁티는 "인간이 말을 배우기 이전부터 언어는 인간 속에 내재해 있다. 언어는 스스로 가르치며 스스로 해석한다. 이것이 바로 언어가 발휘하는 기적이다." 라고 말하는데, 태어난 직후 아이는 동물들이 그러는 것처럼 몸짓과 소리로 의사를 표시하지만, 어느 순간 새로운 차원에서 발생한 몇 개의 어휘가 아이의 입에서 터져 나온다. 그것이 바로 '선험적 언어' 자체라는 것이다. 그 선험성이 아이를 언어 속으로 밀어내, 아이는 마침내 그 언어로 하나의 세계에 속하고 하나의 세계를 창조해 낸다.

김중일의 다음 시는 그 '선험적 언어'를 '훔쳐 온 입'이라는 이미지로 환치시켜 밤에 잠자지 않고 울어 대는 아이를 통해 인간이 언어로 이룬 세계의 소란을 증언한다.

태어나며,

누구나 입은 누군가로부터 훔쳐 온 것이다. 물론 입속에 평생을 써도 다 못 쓰도록 가득 담긴 목소리까지도. 펑펑 써 대는 것이다. 마음껏 낭비하는 것이다. 허공에 지폐를 뿌리듯 바닥에 휴지를 버리듯 입을 벌리고 쏟아지는 대로 내뱉는 것이다. 말하는 것이다. 부르고 속삭이고 입맞춤하며, 내가 잃어버린 입을 더듬어 찾는 것이다. 본능처럼 우는 것이다. 물론 이 울음도 처음부터 끝까지 내 것이 아닌 것이다. 내 것만은 아닌 것이다. 내 입의 주인이 울어야 할 것을, 그가 누군지도 모르는 내가 대신해서 우는 것이다. 언제, 어디서, 어떻게, 왜 훔쳐 온 건지도 모른 채 입을 훔쳐 와 우는 것이다. 내가 우는 울음의 주인을 반드시 찾아내야 한다. 그 사람과 눈물과 숨소리로 빚은 딸 하나를 낳아야 한다. 꾹 뺨을 손가락으로 누르면, 세상에 흐르는 가장 차가운 눈물이 밤새 배어 나올 것 같은 딸의 얼굴에 미리 속죄의 입맞춤을 해야 한다.

> 울지 말고 어서 자라 어떤 입을 훔쳤기에,
> 유독 울음 많은 우리 아가, 매일
> 밤을 촛불처럼 밝혔다가, 작고 빨간 입술로
> 밤을 촛불처럼 불어 껐다 하는 아가, 훔쳐 온
> 누군가의 입을 크게 벌려
> 누군가를 대신해 먹지도 자지도 않고
> 밤새 우는 우리 아가
>
> – 김중일, 「훔쳐 온 입」

태어나면서 인간은 누군가로부터 '훔쳐 온 입'으로 "평생을 써도 다 못 쓰도록" 말을 펑펑 써 댄다. 마음껏 낭비한다. 물론 여기서 훔쳐 온 입은 인간에게 '선험적으로 주어진 말'이다. 그 말로 아이가 밤에 잠도 자지 않고 입을 크게 벌려 울어 대는 것부터 시작해서, 인간은 "허공에 지폐를 뿌리듯 바닥에 휴지를 버리듯 입을 벌리고 쏟아지는 대로" 말의 홍수를 쏟고 말의 태산을 쌓는다. 그뿐인가. 그 말로 누군가를 불러내어 속삭이고 입을 맞춘다. 마치 "내가 잃어버린 입을 더듬어 찾는 것"처럼 누군가를 존재의 소외와 은폐 속에서 호명해 내어 관계를 짓고 역사를 만들고 하나의 커다란 세계를 형성하고 파괴한다.

그런데 시인은 이 말이라는 것이 "처음부터 끝까지 내 것이 아닌 것이다. 내 것만은 아닌 것이다. 내 입의 주인이 울어야 할 것을, 그가 누군지도 모르는 내가 대신해서 우는 것이다."라고 하며 "언제, 어디서, 어떻게, 왜 훔쳐 온 건지도 모른 채 입을 훔쳐 와" 오늘 그를 대신해서 내가 울어야만 하는 "울음의 주인을 반드시 찾아내야 한다"고 한다. 왜 말도 자기가 해 놓고 울음도 자기가 울었으면서 그런 핑계를 대는가. 하지만 그건 책임 회피나 책임 전가가 아니다. 말은 원래 침묵에서 나왔기 때문에 말의 주인은 침묵이다. 지금껏 그가 지폐를 뿌리듯 휴지를 버리듯 '터진 입'으로 마구 말을 쏟아 냈던 것은 다만 말의 주인인 침묵을 몰랐기 때문이다. 인간에게 선험적으로 주어진 언어, 그 언어의 주인인 침묵을 몰랐기 때문이다. '소란-능변'과 '실리-효용성'의 세계 속에서 막스 피카르트가 숨은 신(Deus Absconditus)이라고까지 표현한 침묵을 어떻게 알았겠는가. 그걸 몰랐기에 '말의 고통'으로 울 수밖에 없었던 것이다.

하지만 늦지 않았다. 시인은 밤 내 자지 않고 "밤을 촛불처럼 밝혔다가, 작고 빨간 입술로/밤을 촛불처럼 불어 껐다 하는 아가"의 악머구리처럼 울어 대는 딸아이를 통해서 울음의 주인, 말의 주인을, 거기에다가 "내가 우는 울음의 주인"까지를 반드시 찾아내야 한다고 다짐하기 때문이다. 물론 이 '울음의 주인'을 '울음의 원인'으로 해석하여 아기가 우는 것은 본능적 욕구가 충족되지 않아 그런 것이라 할 수 있다. 또 어른들의 말의 낭비를 "호기심과 잡담과 애매함"(하이데거)의 세속적 삶을 위한 자기과시, 자기PR의 한 방편이라고 할 수 있으며, 어른들의 울음은 사회로부터의 실패나 연인으로부터의 가혹한 배신 등등으로 인해 생긴 절망의 표현이라고 할 수도 있다. 하지만 이 울음과 말의 과잉은 침묵으로부터 멀어져 나오는 바람에 본래적 자기의 모습을 찾지 못한 채 헤매는 현대인의 고독과 외로움이 불러온 것이다.

그래서 말은 자신이 솟아 나온 침묵과의 연관 속에 계속해서 머물러야 한다. 말이 다시 침묵으로 향하는 것 곧 자신이 생겨 나왔던 그곳으로 향하는 것은 인간의 본질에서 당연한 것이다. 침묵은 여전히 시원성과 원초성 속에 존재한다. 그 시원성과 원초성 속에서 인간과 인간의 언어는 자기의 본래 모습을 찬찬히 들여다봐야 한다. 시는 존재의 본래 모습과 존재의 적막을 밝히려 들기에 기본적으로 시원성과 원초성 속에 자리한 침묵을 지향한다. 시인이 자기 내부에 가장 높고 가장 뛰어난 어떤 것을 가지고 있다 하더라도 말로 표현하지 않으면 그대로 머물러 있을 뿐이지만, 위대한 시인은 자신의 말들로써 대상을 완전히 포획하지 않는다. 침묵의 자리를 남겨 다른 시인이나 독자들에게 한마디 끼어들 수 있게 해야 한다. 이 말은 김중일의 위 시에도 적용된다. 「훔쳐 온 입」은 요사이 젊은이들에게 유행처럼 번지는 랩 가사처럼 말을 사용하는 바람에 침묵이 머무는 '신비한 자리'가 사라져 버린 느낌을 준다.

2

많은 시인, 작가와 철학자들이 세상의 '소란-능변'과 '실리-효용성'의 세계 속에서 진정한 침묵을 갈구한다. 샤를 피에르 보들레르는 밤마다 자기 방으로 파고들면서 느끼는 희열을 다음과 같이 부르짖었다. "드디어! 혼자다! 들리는 소리라고는 이따금 뒤늦게 기진맥진한 채 굴러가는 삯마차의 바퀴 소리뿐이다. 몇 시간은 고요를, 아니 휴식을 얻게 되리라. 드디어! 사람의 얼굴이 가하는 포학은 사라졌으니, 이제 나 자신 말고는 아무도 나를 괴롭히지 못한다. (…) 모두가 못마땅하고 나 자신이 못마땅한 나는 밤의 침묵과 고독 속에서 나를 되찾아 조금은 거만해지고 싶다."(샤를 보들레르, 『파리의 우울』)

미셸 페로의 『방의 역사』에 의하면 카프카는 침묵을 즐기며 밤마다 글을 쓸 수 있는 호텔 방을 갖고 싶어 했고, 마르셀 프루스트는 침실 벽을 콘크리트로 뒤덮고 일꾼들을 고용해 위층 아파트에서 하려 했던 공사를 못 하게 방해했다. 프랑스의 작가 에티센 세낭쿠르의 소설 『오베르망』에서 동명의 주인공은 알프스산맥을 발견하면서 "별장의 고요, 달빛 속에서 다른 세상의 소리가 들렸다." "우리의 나날은 흡사 폭포처럼 침묵에서 새어 나온다." "산속의 고요는 향기도 거의 없지만 무어라 말해야 좋을지 모를 정도로 정감이 가는, 이를 테면 함초롬하면서도 소박한 꽃 두 송이다. 들판의 수레국화와 데이지, 요컨대 들국화와도 같다."고 말한다.

『파랑새』의 작가 모리스 마테를링크는 "우리는 살지 않은 시간에 대해서만 말한다. 어떤 흔적을 남기는 유일한 삶은 침묵으로만 이루어진다."라고 말했다. 철학자 가브리엘 마르셀은 "말은 충만한 침묵에서 나오고 침묵은 말에 정당성을 부여한다."(알랭 코르뱅, 『침묵의 예술』)고 말했다. 이런 침묵을 위해 어떤 공간, 자연, 사원 등에 들면 침묵은 우리를 저절로 침묵 속으로 데려가 우리의 본래 모습을 볼 수 있게 할까. 아니면 침묵을 수련하고, 침묵을 규칙적으로 몸에 익히고, 침묵의 전략과 기술을 개발하여, 내 몸과 영혼에 맞는 침묵의 시간들을 생활화해야 하는 것은 아닐까.

한데 침묵은 정녕 말하지 않는 것만이 능사가 아니다. 아까 횔덜린이 모든 것 중에서 가장 뛰어나고도 위험한 존재인 언어가 인간에게 주어졌다고 말하지 않았던가. 창조하고, 파괴하고, 멸망으로 치닫다가, 다시 영원한 어머니이자 최고의 명장인 자연에게 되돌아올 수 있도록 하는 언어 말이다. 이때 언어는 물론 호기심과 잡담과 양비론과 자기기만과 분노와 끔찍한 비극을 조장하기에 능란한 현대인의 언어는 아닐 것이다.

막스 피카르트는 이렇게 말한다. "침묵에는 유익하고 사랑스러운 요소만 있는 것이 아니라 지옥 같고 사악한 침묵의 바닥에서 나옴직한 어둡고 끔찍하고 적의에 찬 지옥의 요소도 있다."라고 말이다. 이는 어떤 두려움과 공포에 짓눌려 침묵하고, 나와 무관한 타자의 일이라서 침묵하고, 오랜 고립과 소외 탓에 말을 하고 싶어도 하지 못해 침묵하는 등 어쨌든 말해야 할 때 말을 하지 못하는 침묵 때문에 침묵의 진정한 의미와 가치가 의심받는 경우도 있다.

아래 장옥관의 시는 이런 잘못된 침묵 때문에 자기 내부에서 흘러나오는 양심의 소리를 듣고 고통을 당하며 진정한 고요와 침묵에 이르지 못하는, 어쩌면 현대를 살아가는 우리들의 쓸쓸한 자화상일 수도 있는 모습을 사실감 있게 그려 낸다.

그가 밟고 있는 게 축구공인 줄 알았다
가랑비 부슬부슬 내리는 아침나절
판잣집 즐비한 골목길 눅눅한 공기 속으로 퍼덕거리는 소리 잦아들더니 제복이 누군갈 밟고 서 있었다
젖은 시멘트 바닥에 한 여자를 엎어 놓고
검은 구둣발로 얼굴을 밟고 제압하고 있었던 것
등 뒤로 한쪽 팔을 꺾어 움켜쥔 채
모자 벗어 제친 이마에 난 땀을 닦고 있었다 으으으,
뒤틀린 입술에서 끊임없이 신음이 새어 나오고 있었다
몸빼바지 가랑이가 축축하게 젖어 있었다
몸집 작고 마른 남자 하나가 쪽문 안으로 급히 사라지고 있었다 내 눈길을 느낀 동료가 만류하는 척했다
뭔가 준동하는 게 있었지만 금세 냉정을 되찾았다
공무를 집행하는 데 방해가 되어서는

안 된다는 시민의식 때문이라고

다시 말하면, 흙탕에 뒹구는 여자의 뚱뚱한 육체가 혐오스러웠기 때문이라고, 생각했다

못 본 척 그 곁을 지나쳤다

그런데,

그날 이후 아무리 똑바로 누워 자도 잠 깨면 바닥에 뺨 대고 엎어져 자는 나를 발견했다

축구공 껴안듯 지구를 껴안는 거라고,

생각하기로 했다 다만 구둣발바닥을 핥고 싶었다

아무도 나를 제압하지 않았다 오로지 내가

나를 제압한 것이었다

— 장옥관, 「제압하다」

가랑비 내리는 어느 날 시인은 판잣집이 늘어선 골목에서 "젖은 시멘트 바닥에 한 여자를 엎어 놓고/검은 구둣발로 얼굴을 밟고 제압하고 있"는 공무 집행자를 보게 된다. 흙탕에 뒹구는 여자의 "뒤틀린 입술에서 끊임없이 신음이 새어 나오고 있었"는데 그 여자는 혐오스러울 정도로 뚱뚱했고, 여자의 "등 뒤로 한쪽 팔을 꺾어 움켜쥔 채/모자 벗어 제친 이마에 난 땀을 닦고 있는" 제복은 몸집이 잡고 마른 남자였는데 시인과 동료가 나타나자 쪽문 안으로 급히 사라졌다. 물론 그 광경을 본 시인은 마음이 '준동'한 걸로 보아 목불인견의 불의에 대한 의분이 일었음에 분명하지만 친구가 만류하는 척하자 이내 냉정을

되찾는다. "공무를 집행하는 데 방해가 되어서는/안 된다는 시민의식 때문이라고/다시 말하면, 흙탕에 뒹구는 여자의 뚱뚱한 육체가 혐오스러웠기 때문이라고, 생각"하며 못 본 척 그 곁을 지나친 것이다.

하지만 시인은 "그날 이후 아무리 똑바로 누워 자도 잠 깨면 바닥에 뺨 대고 엎어져 자는 나를 발견"한다. 어쩌면 그렇게 엎어져 자며 제복의 구둣발에 무자비하게 제압당하고 있는 꿈도 꾸었으리라. 공권력에게 무자비하게, 그러니까 아주 부당하게 제압당하고 있는 참상을 보고도 그것이 공무 집행이려니, 혹은 뚱뚱한 여자가 그런 대우를 받아도 될 만한 짓거리를 한 사람이겠거니 하며 외면했던 자기의 양심이 스스로의 의식을 끊임없이 쪼아 대기 때문이었을 것이다. 그 양심은 마침내 자기를 희화화(戱畵化)하는 지경에까지 이른다. 자기가 그렇게 무의식적으로 뺨 대고 엎어져 자는 것은 축구공 껴안듯 지구를 사랑하여 껴안고 자는 거라고, 다만 그렇게 생각하기로 한다. 이 얼마나 우스운 의식의 장난인가.

말해야 할 때 말하지 못하고 침묵한 양심이 마침내 그 뚱뚱한 여자를 짓밟던 제복의 구둣발바닥까지를 핥게 하는 비굴한 양심으로 바뀐다. 아무도 '나'를 제압하지 않았는데 나의 양심이 스스로 나를 제압하여 옴짝달싹 못 하게 하는 이 슬픈 아이러니라니! 1980년대 군홧발 시대에나 있을 법한 공권력의 부당한 사용이 오늘날 어디인가에서도 벌어지고 있으리라. 이를 목격할 때 우리는 과연 돌보다 더 무거운 침묵을 깨고 그것에 얼마나 항의를 할 수 있을 것인가. 그것이 만약 나에게 닥친 일이거나 혹은 내 가족이 겪는 일이라면 젖

먹던 힘까지 다해서 그 부당함에 강력히 항의하고 언론에 제보하고 청와대에 청원하는 일까지 했으리라.

사실 침묵에서 나온, 모든 것 중에서 가장 뛰어나고도 위험한 존재인 언어 곧 말이라는 것은 창조와 파괴뿐만이 아니라 자유와 정의와 진리를 위해서 사용되어야 하는 것이다. 자유와 진리와 생명 등은 침묵처럼 원형상이기에 세계의 모든 존재의 바탕이 된다. 사실 이러한 존재의 바탕이라는 점에서 침묵과 말과 인간은 하나이다. 인간과 말은 서로 분리할 수 없이 상대의 내부에 자리한 관계이다. 이미 말한 대로 인간에게 앞서 주어진 언어의 선험성은 인간을 인간이게 하는 기본적이면서도 총체적인, 하나의 생생한 존재이다.

이런 언어, 말이 스스로의 존재나 존재 의미 자체가 되지 못하고 말이 더 이상 말이 아닌 어떤 기호 같은 것으로 점점 변해 가고 있다. 단 한마디도 진정성을 담보하지 않는 TV 속 잡담의 말, 자본에 왜곡된 권태와 환멸의 삶을 천박하게 자극하는 모든 호기심의 말, 이럴 수도 있고 저럴 수도 있겠거니 하며 양비론이라는 애매함으로 빙빙 돌리는 말, 마우스와 키보드 그리고 컴퓨터 화면에 기호로 존재하는 말들이 이미 인간에게서 말의 본질과 언어의 정신을 송두리째 앗아 가고 있다. 이런 본질과 정신을 망각한 말과 언어로 과연 자유와 정의와 진리와 생명과 사랑과 평화를 어떻게 만들어 갈 것인가. 아울러 이를 통해 어떻게 인간이 인간다움을 견인해 내며 세계와 우주의 창조자가 될 것인가.

3

언어와 시의 관계는 어떠한가. 마르틴 하이데거에 따르면 "언어 자체가 본질적인 의미에서 시"이며, 시는 "언어의 근원"(『횔덜린의 송가』)이다. 일상적인 언어, 즉 존재를 왜곡하고 은폐하는 평준화된 언어와는 달리 시는 "순수하게 말해진 것"이자 존재를 밝히는 근원적인 말이다. 하이데거가 후기 사상에서 존재의 언어를 경청하고 그것에 응답하는 언어로서 시인의 언어를 꼽았던 것의 이유이기도 하다. 하이데거는 심지어 『숲길』에서 "존재 사유(思惟)는 시 짓기의 근원적인 방식이다. 다른 무엇보다도 그 속에서 비로소 언어가 언어에, 즉 언어의 본질에 이른다."라고 하는데, 시는 "존재의 적막에 대답하는 말" 곧 존재의 침묵을 밝히는 말이기 때문이라는 것이다.

시는 세계 자체이며 가장 근원적인 세계이다. 그것은 사유와 시로서 밝혀진다. 왜곡과 은폐, 소외와 적막으로 잠자고 있는 세계를 매 편의 시에서 새롭게 깨우는 것은 언어와 시인의 일이다. 그러기에 "한 편의 완전한 시를 보면, 마치 이 세상에서 다른 시는 더 이상 존재할 수 없을 것 같다. 이러한 시는 매번 새로운 것을 이야기한다는 인상을 준다. 말해진 장소 그곳에서뿐만 아니라, 동시에 모든 곳에서 이야기를 한다. 말의 비현실적 현실성은 대개 시에서 분명히 드러난다. 세계는 한 편의 시로 가득하다."(막스 피카르트, 『인간과 말』)고 한다. 하지만 보들레르는 "한 편의 시는 무엇인가를 이야기하지 않는다. 시 자체가 무엇인가다."라고 말한다. 한 편의 시가 곧바로 하나의 세계라는 말이다.

처서(處暑) 지나고
저녁에 가랑비가 내린다.
태산목(泰山木) 커다란 나뭇잎이 젖는다.
멀리 갔다가 혼자 돌아오는
메아리처럼
한번 젖었다가 가랑비는
한밤에 또 내린다
태산목(泰山木) 커다란 나뭇잎이
새로 한번 젖는다.
새벽에는 할 수 없이
귀뚜라미 무릎도 젖는다.

– 김춘수, 「처서(處暑) 지나고」

이 시는 관찰의 섬세함과 그것을 가시화하는 묘사 언어의 정밀함이 돋보인다. 처서 지나고 내리는 저녁의 가랑비에 "태산목(泰山木) 커다란 나뭇잎이 젖는다."랄지, 한 번 멎었다가 다시 내리는 가랑비를 "멀리 갔다가 혼자서 돌아오는 메아리처럼" 내린다고 한달지, 그 가랑비에 "새벽에는 할 수 없이/귀뚜리미 무릎도 젖는다."라고 표현한 것은 일상적이고 기계적인 우리들의 삶 속에 은폐되어 있는 세계를 드러내는 선연한 미적 인식이 있기에 가능한 일이다.

한데 이런 시에서는 언어가 자발적으로 온다. 처서라면 늦여름 더위가 물러나고 아침저녁으로 쌀쌀한 기운이 느껴지며 풀이 더 이상 자라지 않는다. 그런 처서가 지난 뒤 내리는 저녁 비는 저절로 '가랑비'일 수밖에 없고, 그 비에 젖는 나뭇잎도 커다란 '태산목'이나 오동나무 잎일 수밖에 없다. 처서 지나면 햇빛이나 우주의 기운이 쇠해지기 때문에 커다란 나뭇잎들은 금방이라도 떨어질 지경에 처해 있을 터인데, 거기에 쌀쌀한 기운을 가득 머금은 가랑비가 그것도 저녁에 내리니 처연함이 온 공간을 공명시키고도 남음이 있다. 이런 쓸쓸함과 처연함을 공명시키는 시 언어는 어떤 목적이나 의미를 드러내려는 강렬한 의지보다는 저절로 오는 존재와 사물들이 스스로에 대해 말하는 소리에 귀를 가만 기울인다.

일상적인 언어에서 언어가 거기 있기 위해서는 어떤 특별한 행위가 필요하다. 그래서 일상적인 언어를 향해서는 인간이 움직여야 한다. 그리고 일상적인 언어는 무언가를 갈망하고, 인간은 자기 자신이나 사물에 대해서 말하는 인간의 소리를 듣는 것이다. 하지만 시인의 언어는 자기 충족적이다. "아침이다. 성스러운 이른 시각, 몇 방울의 이슬이 떨어지는."(클롭슈토크)이라고 표현된 것처럼, 시는 어느 순간 침묵 속에서 문득 날아드는 반딧불과도 같은 것이다.

용도를 확정할 수 없는 칼이,

새파란 칼이 하나 있습니다

서늘합니다 순간순간 무섭습니다

고요히 다룹니다

날 끝에는 무지개가 삽니다

매일 보이지는 않습니다

한번은 날 위에 장미꽃 한 송이를 떨어뜨려 본 적이 있습니다

새가 날아갔습니다

붉은 새

그 후로 그 무지개의 집에

떨어뜨려 볼 것의 목록이 가슴 저 밑바닥에서부터

올라오곤 합니다

앞이 침침한 날이면 느리게 조심하며

숫돌에 갈아놓곤 합니다

무지개의 집

– 장석남, 「무지개의 집」

시인에게 용도를 확정할 수 없는 새파란 칼이 하나 있다. 식칼인지 대검인지 검도인지 모를 칼은 다만 서늘하고 순간순간 무섭다. 그래서 고요히 다룬다. 어떤 용도를 확정할 수 없기에 여러 용도로도 쓰일 수 있는 칼은 침묵 속에 놓여 있다. 침묵 속에 고요히 놓여있는 것만으로도 칼은 이미 자기 존재의 본질을 선연하게 드러낸다. 어느 날 칼에 빛이 비쳐 들었는지 예리하고 서늘한 칼끝에 무지개가 서린다. 그 찬연한 무지개는 물론 매일 보이지는 않는다. 한데 그 용도를 알

수 없는 칼은 어쨌거나 유용한 목적으로 사용되어야 할진대 시인은 그 무지개가 서린 칼날을 되레 무용의, 무목적의 용도로 사용한다.

즉, 한번은 무지개가 서린 칼날 위에 "장미꽃 한 송이"를 떨어뜨려 본 것이다. 그런데 놀라워라! 그때 붉은 새 한 마리가 날아올라 사라진다. 마치 마술사가 비둘기를 손안에 넣고 흔들어 펴면 장미 한 송이가 짠! 하고 생생하게 피어 나오듯이 말이다. 그 후로 시인은 칼을 '무지개의 집'으로 명명했는데 이는 칼날 위에 무지개가 서린 탓에 작명된 것이겠다. 한데 장미꽃 한 송이를 떨어뜨려 본 후에 그 칼만 보면 칼날 위에 "떨어뜨려 볼 것의 목록이 가슴 저 밑바닥에서부터" 올라오곤 한다. 칼날이 무지개의 집이 됐으니, 그 집에 먼저 빨간 장미꽃을 떨어뜨려 붉은 새를 날려 보았겠다. 그러면 이제 주황 속의 밀감을 하나 떨어뜨리면 서쪽 하늘에 노을이 쫙 깔릴 것인가. 또 노란 풍선을 떨어뜨리면 노란 병아리가 종종거리고, 파란 하늘 조각을 떨어뜨리면 파랑새가 파란 장미를 물고 날아오를 것 아닌가. 그리고 초록 사과와 남빛의 구슬과 보랏빛 도라지꽃을 떨어뜨려 보면 또 어떨까. 떨어뜨려 볼 것의 수많은 목록이 가슴 저 밑바닥에서부터 끓어올라 오곤 하는 시인은 앞이 침침한 날이면 아주 느리게 조심하며 칼을 숫돌에 갈아 놓곤 한다, 무지개가 사는 집이 된 칼은 그래서 늘 서늘하게 날이 서 있을 것이다.

여기까지 읽고 보니 "용도를 확정할 수 없는 칼"은 사실 시인의 "시심(詩心)"일 것 같다는 생각이 든다. 그 시심은 모든 존재와 사물 앞에서 늘 서늘하게 날이 서 있는데, 그 칼날에는 빨주노초파남보의 무지개로 상징되는 희노애락애오욕의 감정이 서려 있겠다. 혹은 오색 칠색 갖가지 색으로 저마다의 빛깔과 향기를 내뿜는 온 누리의 두두물물(頭頭物物)이 살다가 무뎌진 시심의 칼날을 숫돌에 가는 날이면 찬란한 시편이 되어 날아오를 것도 같다. 칼날 위에 무지개가 매일 보이는 것은 아니지만 시를 쓰는 데 있어 앞이 침침하며 흐려진 날이면 느리게, 조심하며 시심의 칼날을 숫돌에 잘 벼려 두는 것이다. 식칼도 대검도 아닌 굳이 용도를 확정 지을 필요가 없는 시심의 칼을 무지개가 사는 집으로 간직하고 싶은 것이다.

정녕코 이런 시들은 자발적으로 온다. 과연 일상인 중 누가 칼날을 무지개의 집으로 환치시킬 수 있는가. 더구나 이 시는 예의 어떤 목적과 큰 의미를 지향한다기보다 새파랗게 날 서 있는 칼날 같은 시심을 고요히 다루어 무지개와 같은 시를 낳고 싶은 오직 그것 하나, 무목적성과 무용성으로 되레 존재를 서늘하게 환하게 밝히고 곧장 고요와 침묵 속으로 잦아드는 시 하나에 대한 시이다. 그래서 이 시는 무목적성과 무용성의 시만이 존재의 환한 무지갯빛을 낳을 수 있다는 시인의 시론으로도 충분히 읽혀질 수 있는 시인 것이다.

서두에 말한 대로 '소란–능변'과 '실리–효용성'만이 삶과 세상의 모든 일에 판을 치는 이 참람한 시대에 늘 시를 침묵에 다가서게 하고, 어눌한 듯하면서도 감각과 인식의 전환을 일으키는 놀라운 표현을 발견해 내며, 목전의 이익에서 해방된 무목적, 무용성의 철학을 시에 담아내는 장석남은 존재의 근원을 밝히는, 말의 과잉 시대에 흔치 않는 시인이다.

공명의 감동, 상상력의 비의, 에로스의 시학

나의 시론

1. 공명의 감동

미국의 노인병 신경병리학자인 비비언 클레이턴은 지혜(wisdom)의 성분을 인식적 차원과 성찰적 차원과 타인과 공명하면서 그들을 도울 수 있는 동정적 차원으로 나눈다(김영민, 『집중과 영혼』). 이에 견준다면 시적 지혜도 우리 인식에 깨달음의 충격을 주어야 한다. 그리고 감각의 쇄신과 사유에 있어서의 성찰을 줄 수 있어야 한다. 마지막으로 시는 타인과의 공명을 통한 감동을 자아내야 한다. 나는 이 중 타인과의 공명을 이루는 시들을 우선으로 살피는데, 신경림의 『농무』는 '공명의 감동'을 자아내는 시로써 고전적 모범을 보인다.

나도 한때 가담했던 1980~1990년대 민중시를 잠깐 거론하면, 그때 '우리'는 '민중시'라는 이름으로 시를 통해 세계를 변혁하고 민중을 구원하리라는 거대 담론을 좇아 눈에 불을 밝히고 열변을 토했다. 나에게는 이것이 '질풍노도'와 '피 끓는 청춘' 시절의 의분에 사무친 열정이기도 했지만, 많은 시들이 관념과 구호 일색이어서 민중시의 태두인 신경림의 시를 뛰어넘지 못했다. 이는 신경림처럼 철저히 삶으로 육화된 공명의 감동을 자아내지 못했기 때문이다. 그 감동을 다음 최영철의 「인연」이라는 시가 또한 마련하는 게 얼마나 다행인가.

> 오늘은 특별한 날이라고
> 자장면집 한켠에서 짬뽕을 먹는 남녀
> 해물 건더기가 나오자 서로 건져 주며
> 웃는다 옆에서 앵앵거리는 아이의 입에도
> 한 젓가락 넣어 주었다
> 면을 훔쳐 올리는 솜씨가 닮았다

어느 문학 담당 기자가 "생이 삶에게 베푼, 모든 개발 가능한 감성의 골짜기들을 모두 섭렵하지 못한 채로 눈을 감으면 어떡하나, 노심초사했을 것 같은, 질 나쁜 아이들이 나타났다."고 한 말이 기억난다. 그는 예술가나 시인들의 감각의 쇄신과 감각의 확대를 주문하며 이 말을 썼다. 하지만 오늘날 성(性)이 용광로처럼 끓는 사회는 이를 오역하여 어떤 성의 형태라도 개발하겠다는 듯 각양각색의 성폭력에다 스와핑에 그룹섹스까지 잉여쾌락의 기괴함과 변태의 극치를 향해 질주하는 사건들을 하루가 멀다 하고 보도한다. 후기 자본사회는 잉여쾌락의 사회이다. 욕망이 넘치고 넘쳐도 늘 결핍과 공허에 시달리는 잉여쾌락 때문에, 물건이 넘쳐도 생산을 멈추지 못한다. 잉여쾌락은 반복을 낳는 욕망의 동인이지만, 그것이 지나치면 결국 도착증적 파시즘으로 퇴행하고 모든 것이 멈추는 죽음, 폐허, 파멸에 이른다. 거기에 가족인들 온전히 살아남을지 의문을 갖지 않을 수 없다.

하지만 최영철의 「인연」 같은 시를 보라. 지금 시의 주인공 남녀는 아마도 결혼기념일을 맞았거나 어느 한쪽의 생일을 맞아서 외식을 나온 모양이다. 한데 그 특별한 날 자장면집에 와서 기껏해야 짬뽕을 먹는 걸로 보아 노동자나 서민의 삶을 면치 못한 부부일 것이다. 그럼에도 그 짬뽕에서 오징어 조각 정도일 해물 건더기가 나오자 서로 건져 주며 웃는 걸로 보아 아직도 그들 사이엔 꿋꿋하고 씩씩한 사랑이 존재하는 것이다. 더구나 그들에겐 옆에서 앵앵거리는 아이도 있지 않는가. 한데 아이에게 한 젓가락 넣어 주자 그 면을 훔쳐 올리는 솜씨가 부모를 닮았다고 하는, 그 사실을 포착해 내는 시인의 예리한 눈을 보라. 이것을 사랑의 질기디질긴 '인연'으로 번역하는 시인이 아직도 이 땅에 존재하는 것이다. 흔하디흔하게 겪는, 그리고 무심코 지나쳐 버리는 일상의 한 장면을 시적 경험으로 포착하여 우리에게 사랑과 가족의 소중함을 일깨워 준다.

그렇게 아름다운 인연으로 동그랗게 빛나는 이 '공명의 감동'을 보면 고흐의 「감자 먹는 사람들」이 생각난다. 등불 아래 다섯 명의 식구가 낡은 탁자에 둘러앉아 감자를 먹고 있는데 램프의 불로도 어둠을 다 밀어내지 못해 실내는 진한 회색조이다. 접시로 내밀고 있는 가족들의 손은 힘든 노동으로 인해 거칠고 투박하고, 차려진 식탁 또한 찐 감자와 차 한 잔뿐으로 초라하기 그지없다. 하지만 그 어느 식사 장면보다도 진실함이 가득해 보이는 이 식사 장면이 최영철의 시와 자꾸 오버랩된다. 물론 최영철의 시는 밝고 산뜻한 스냅사진이고 고흐는 짙고 어두운 유화라는 차이는 있지만, 예술과 시에 있어서 공명의 감동만큼 중요한 것이 없다는 것을 아주 진정스럽게 보여주는 작품들이다. 여기서 나의 시 「시린 생」을 한번 보자.

살얼음 친 고래실 미나리꽝에
청둥오리 떼의 붉은 발들이 내린다

그 발자국마다 살얼음 헤치는
새파란 미나리 줄기를 본다

가슴까지 올라온 장화를 신고
그 미나리를 건지는 여인이 있다

난 그녀에게서 건진 생의 무게가
청둥오리의 발인 양 뜨거운 것이다

어느 평론가는 위의 시 1연과 2연을 두보의 「절구 2」 중 "파란 강물에 새 더욱 희고(江碧鳥逾白)/푸른 저 산, 꽃에 불이 붙은 듯(山青花欲然)"이라는 1구 2구와 비교하며 두보의 시가 파란 강물과 흰 새, 푸른 산과 붉은 꽃의 대비로 선연한 그림을 그린 것처럼 「시린 생」도 푸른 미나리와 붉은 오리발을 대비시키며 "오리의 붉은 발자국마다 새파란 미나리 줄기가 살얼음을 헤친다."는, 놀라운 직관력을 보인다고 평했다. 또 시인 오태환은 비평집 『그곳에 가지 않았다』(2018)에서 이 시 중 미나리를 건지는 '여인'을 기층 민중으로 인식하는 경우와 부조리한 세상을 고단하게 건너는 뭇 민생으로 인식하는 경우의 의미를 타진한다. 전자의 경우처럼 여인이 "자본으로부터 소외되고 권력으로부터 부당하게 대상화되었다."고 인식할 때 "그녀에 대한 연민은" 민중시의 담론에 의해 "학습된 것일 수 있고", "이런 맥락이라면 경직된 감상으로 떨어질 위험을 안는다."고 말한다. 반면에 여인을 후자로 인식한 경우 "그녀를 바라보는 순간은 실존적 각성의 순간이며, 그녀에 대한 연민은 자신의 연민과 등치적(等値的) 관계에 놓이게 된다. 이때 '새파란 미나리 줄기'와 '청둥오리 떼의 붉은 발들'의 선명한 감각적 연대는 비극적 아름다움으로 시 전체가 일으키는 공명대의 음역을 확장한다."고 평가한다.

시인들 누구나 현실주의적 시각에서 시를 출발시킬지라도 그 의미가 삶의 '실존적 각성'의 단계에까지 닿는, 그런 의미의 중첩을 이루고자 갖은 애를 쓸 것이다. 「인연」의 "면을 훔쳐 올리는 솜씨가 닮았다"랄지, 「시린 생」의 "난 그녀에게서 건진 생의 무게가/청둥오리의 발인 양 뜨거운 것이다" 등의 구절이 현실주의적 시각의 평범성을 일거에 깨뜨리며 실존의 진실에 가닿고자 하는 열정의 소산이라고 할 수 있다. 어쨌거나 한 편의 시가 공명의 감동을 자아낼 수 있는 것은, 김수영의 말대로 활주로에 배 바닥을 대고 온몸으로 밀고 달려야 창공으로 찬연하게 떠오르는 비행기처럼 온몸으로 삶을 밀고 나갈 때 가능할 것이다.

2. 상상력의 비의

요새 젊은 시인들은 시를 일상이나 삶에서 출발시키기보다는 추상적 관념에서 끌어오는 경우가 많은데 활달한 상상력과 화려한 이미지로 사유를 구축하느라 일견 애를 쓴다. 하지만 관념이나 이념, 현란한 이미지나 상상력이 구체적 삶의 자리를 찾지 못하면 시인들 누구나 거치는 그 흔한 상투적 진술로 시가 전락할 수도 있다. 그런데도 오늘날 평론이나 시론들을 보면 이런 철학적 기호와 이미지로 가득한 시를 무슨 수수께끼나 푸는 듯 각양각색의 이론을 들이대서 해석하는 데만 신경을 쓴다. 그럼에도 우리는 삶의 구체적 경험을 통한 이미지나 상상력의 활달한 전개를 하고 있는 김혜순을 만난다. 그녀의 시 「잘 익은 사과」다.

> 백 마리 여치가 한꺼번에 우는 소리
> 내 자전거 바퀴가 치르르치르르 도는 소리

보랏빛 가을 찬바람이 정미소에 실려 온 나락들처럼
바큇살 아래에서 자꾸만 빻아지는 소리
처녀 엄마의 눈물만 받아먹고 살다가
유모차에 실려 먼 나라로 입양 가는
아가의 뺨보다 더 차가운 한 송이 구름이
하늘에서 내려와 내 손등을 덮어 주고 가네요
그 작은 구름에게선 천 년 동안 아직도
아가인 그 사람의 냄새가 나네요
내 자전거 바퀴는 골목의 모퉁이를 만날 때마다
둥글게 둥글게 길을 깎아 내고 있어요
그럴 때마다 나 돌아온 고향 마을만큼
큰 사과가 소리 없이 깎이고 있네요
구멍가게 노망든 할머니가 평상에 앉아
그렇게 큰 사과를 숟가락으로 파내서
잇몸으로 오물오물 잘도 잡수네요

자유분방한 언어와 화려한 상상력을 통해 우리의 삶과 세상을 풍요롭게 확장시켜 주는 김혜순. 그녀는 우리의 세계가 눈에 보이는 지배 질서만이 아니라는 듯 꿈과 현실, 초현실의 경계를 마구 지워 버린다. 그리고 이 모든 것들을 거대한 '타이타닉호' 같은 데 넣고 흔들어서 전혀 낯설고 새롭고 휘황한 세계를 마치 실재처럼 펼쳐 보인다. 물론 이것은 그녀가 「쓰레기와 유령」이라는 시론에서 밝히듯 '바리공주'로 상징되는 여성적 글쓰기에 의한 것이다. 곧 여성이라는 이유만으로 버려진 뒤 헤아릴 수 없는 고통 속에 처하지만 그녀를 고통 속에 처하게 한 가부장적 지배 질서를 지워 내며 새로운 구원의 도정에 오르는, 바리공주로 대변되는 여성주의적 글쓰기 말이다. 때론 지배 담론에 대항하는 카니발적 블랙 유머를, 때론 가부장제 사회의 상징 질서를 만드는 이성 중심주의에 근거한 문어체 대신 구어체를, 때론 품격이 있는 정공법 대신 신랄한 풍자와 야유와 조롱 그리고 해체의 양식인 패러디를, 그리고 때론 누구보다도 진지한 서정시를 통해 시대정신과 여성의 현실을 누구보다도 잘 톺아 내는 그녀의 다양한 시 형식은 눈이 부실 지경이어서 한없는 매혹과 찬탄을 유발한다.

「잘 익은 사과」는 한편으론 단정한 서정시풍이지만, 여기서도 연상적 상상력이 유려하고 속도감 있게 펼쳐진다. 아마 시인은 모처럼 고향 마을에 돌아와 자전거를 타고 골목을 이리저리 돌고 있는 모양이다. 그 자전거 바큇살이 치르르치르르 도는 소리가 마치 백 마리 여치가 한꺼번에 우는 소리 같고, 보랏빛 가을 찬바람은 정미소에 실려 온 나락들처럼 바큇살 아래에서 자꾸만 빻아지는 소리 같다. 때마침 하늘의 한 송이 구름은 미혼모의 눈물만 먹고 살다가 먼 나라로 입양 가는 아가의 뺨보다 더 차갑게 흘러서 내 손등을 덮어 준다. 그런데 여기서 주목할 것은 백 마리 여치 우는 소리-자전거 바퀴 도는 소리-보랏빛 찬바람 소리-정미소에 실려 온 나락 빻아지는 소리-입양 가는 아가의 뺨보다 더 차가운 구름-내 손등을 덮어 주는 구름-천 년 동안 아직도 아가인 사람의 냄새가 나는 구름-그리고 노망든 할머니가 오물오물 잡수시는 큰 사과까지 이어지는 연상적 상상력이 청각, 시각, 촉각, 후각, 미각 이미지 등을 총동원하여 가을 고향 마을의 풍경을 만든다는 점이다.

그렇게 자전거를 타고 고향 마을의 골목길을 도는 행위가 둥글게 둥글게 길을 깎아 내는 행위가 되고, 나아가 고향 마을이라는 큰 사과를 깎아 내는 행위와 연관되며, 그러므로 구멍가게 평상에 앉아 큰 사과를 숟가락으로 파먹는 노망든 할머니는 고향 마을의 모든 소산(所産)으로 존재하며 그 마을을 지키고 주재하는 벅수 할멈이거나 대지모신이라 할 수 있다. 이 시를 김승희는 "슬픈 아가의 순결에서부터 파파 할머니의 성스런 노망에 이르기까지 사과 한 알을 중심으로 아름다운 시간과 공간의 조화를 형상화해 낸 아주 놀라운 작품으로 김혜순 시인이 만들어 낸 또 하나의 진경이다."(2001년 소월시문학상 심사평)라고 말한다. 김혜순의 상상력의 요술 펜이 움직이는 곳엔 세상의 모든 존재의 무궁무진과 그 비의의 판타지가 휘황하게 드러난다. 여기서 '존재의 비의'를 드러내고자 한 나의 시 「장엄」을 본다.

저 순백의 치자꽃에로

사방이 함께 몰린다.

그 몰린 중심으로

날개가 햇빛에 반사되어

쪽빛이 된 왕오색나비가 내려앉자
싸하니 이는 향기로
사방이 다시 환히 퍼진다. 퍼지는
그 장엄 속에선
시간의 여울이 서느럽고
그 향기의 무수한 길들은 또
바람의 실크자락조차 보일 듯
청명청명, 하늘로 열려선
난 그만 깜깜 길을 놓친다.
놓친 길 바깥에서
비로소 파정(破精)을 하는
이 깊은 죄의 싱그러움이여!

이 시는 평론가 정과리로부터 "서정의 극점을 보여 주는 시다. 극점이 보인다는 것은 서정의 표준이 아니라는 뜻도 된다. 서정을 세계의 자아화라는 말로 요약한다면, 이 시는 그 자아화의 끝에서 문득 자아의 소멸을 겪는다. 그 충만과 소멸 사이의 긴장을 장엄이라고 말할 수 있다."(『현장비평가가 뽑은 올해의 좋은 시, 2000』)는 평을 받은 적이 있다. 순백의 치자꽃이라는 '중심'이 있고 그 중심으로 "사방이 함께 몰린다." 그런데 그 '몰린 중심'으로 쪽빛 왕오색나비가 내려앉자 "싸하니 이는 향기로/사방이 다시 환히 퍼진다." 그 응축과 확산의 극점을 한자리에서 조용히 응시하는 순간, 부재하는 시간조차 서느럽게 감각되고 향기의 바람 자락은 하늘을 '청명청명' 연다. 그 하늘로 첨벙 빠져 버릴 것도 같다. 치자꽃이라는 존재의 순백과 향기가 하늘의 길까지도 열어젖히는데, 그 비의에 '나'도 몰래 파정(破精)을 하는 '싱그러운 죄'에 흠뻑 젖지 않고 어찌 배기랴. 꽃 한 송이의 빛깔과 향기로도 우리의 삶은 우주로까지 확장하는 기쁨을 얻는다. 그 비의가 싱그럽고 경이롭기 그지없다.

3. 에로스의 미학

삶의 위의를 통한 공명의 감동, 참신한 상상력으로 존재와 생명의 비의를 드러내는 시를 얘기했다. 세 번째로 나의 시론은 사랑과 이별의 변주곡에 가닿는다. 모든 시는 사랑의 시다. 사랑과 시는 놀랍도록 서로 닮았다. 애인을 향해 '사랑'이라는, 누구나 쓰는 범속한 단어로는 자신만의 고유한 사랑을 전할 수 없어 아무도 모르는 유일하고 새로운 사랑의 언어를 모색하는 지난한 과정, 이것은 시 쓰기의 지난함이기도 하다. 김상욱은 "오직 자신만의 관점으로 세계를 보는 완벽한 주관성, 자신의 세계를 방기할 정도로 타자에 몰두하는 전적인 몰아(沒我), 그 어떤 언어로도 자신을 드러낼 수 없다는 절망과 모색 등이 시와 사랑의 교차 지점이다."(『시의 숲에서 세상을 읽다』)고 말한다. 오태환의 「별빛들을 쓰다」라는 시가 그 좋은 예다.

필경사(筆耕師)가 엄지와 검지에 힘을 모아 철필로 원지 위에 글씨를 쓰듯이 별빛들을 쓰는 것임을 지금 알겠다

별빛들은 이슬처럼 해쓱하도록 저무는 것도 아니고 별빛들은 묵란(墨蘭) 잎새처럼 쳐 있는 것도 또는 그 아린 냄새처럼 닥나무 닥지에 배어 있는 것도 아니고 별빛들은 어린 갈매빛 갈매빛의 계곡 물소리로 반짝반짝 흐르는 것도 아니고 도장(圖章)처럼 붉게 찍혀 있는 것도 아니고 더구나 별빛들은 반물고시 옷고름처럼 풀리는 것도 아니고

별빛들은 여리여리 눈부셔 잘 보이지 않는 수평선을 수평선 위에 뜬 흰 섬들을 바라보듯이 쳐다봐지지도 않는 것임을

지금 알겠다 국민학교 때 연필을 깎아 치자 열매빛 재활용지가 찢어지도록 꾹꾹 눌러 삐뚤빼뚤 글씨를 쓰듯이 그냥 별빛들을 아프게, 쓸 수밖에 없음을 지금 알겠다

내가 늦은 소주에 푸르게 취해 그녀를 아프게 아프게 생각하는 것도 저 녹청(綠靑) 기왓집 위 별빛들을 쓰는 것과 하나도 다르지 않음을 지금 알겠다

나는 이 시 제목 '별빛들을 쓰다'라는 말을 '사랑을 쓰다' 혹은 '시를 쓰다'라고 읽고 싶다. "필경사가 엄지와 검지에 힘을 모아 철필로 원지 위에 글씨를 쓰듯이" 혹은 "국민학교 때 연필을 깎아 치자 열매빛 재활용지가 찢어지도록 꾹꾹 눌러 삐뚤빼뚤 글씨를 쓰듯이" 원지 위에 순정의 마음을 또박또박 쓰는데, 그건 별빛들로 은유화된 사랑

의 여러 감정과 고백이다. 사랑에 대한 생각으로 이슬처럼 해쓱하도록 저물고, 묵란 잎새처럼 묵묵 청청해지고, 닥나무 닥지의 아린 냄새에 배이고, 갈매빛의 계곡 물소리로 반짝반짝 흐르고, 도장처럼 붉게 찍히고, 반물고시 옷고름처럼 풀리기도 한다. 사랑은 굳이 이런 것들이 아니라고 반복하지만 그 반어들이 오히려 사랑의 고공과 심연을 애타게 보여 준다. 이는 한 편의 시를 써 가는 과정의 다양한 변주라고도 할 수 있다.

하지만 그럼에도 그 사랑은 "여리여리 눈부셔" 차마 쳐다보지 못하고 먼 데 수평 위에 뜬 흰 섬들이나 애절하게 바라보는데 참으로 가슴 아리는 일이다. 끝내는 "늦은 소주에 푸르게 취해 그녀를 아프게 아프게 생각하는 것"밖에 도리가 없고, 그것은 녹청이 앉도록 오래오래 기왓장에 부서지는 별빛을 바라보는 일과 같은 것이다. 자기의 고유한 사랑을 표현한 말을 찾아내느라 모국어의 찬연한 아름다움과 절절한 슬픔에 몰입했는데, 이를 통해 사랑 때문에 얼마나 쓸쓸하고, 얼마나 아리고, 얼마나 아픈지를 보여 준다. 존 암스트롱은 『사랑의 발견』이란 책에서 '도취'를 "치명적이고도 날카로운 황홀"로 정의한다. 이 시에서 시적 화자는 이러저러한 별빛들에 도취되어 있는데, 이는 사랑의 네 가지 강렬한 경험인 갈망, 황홀, 고통, 모든 가치의 근원이 그대라는 로맨틱한 환상에 젖어 반짝이고 또 아프게 울고 있는 것이다. 너무나 눈부셔 차마 쳐다보지도 못하는 사랑처럼, 마지막 나의 목숨과 바꿀 시 한 편도 가슴만 치며 가능태의 미완성으로 남듯이 말이다. 이제 나의 시 「직관(直觀)」을 본다.

간밤 뒤란에서

뚝 뚜욱 대 부러지는 소리 나더니

오늘 새벽, 큰 눈 얹혀

팽팽히 휘어진 참대 참대 참대숲 본다

그중 한 그루 톡, 건들며 참새 한 마리 치솟자

일순 푸른 대 패앵, 튕겨져 오르며 눈 털어낸 뒤

그 우듬지 바르르바르르 떨리는

저 창공의 깊숙한 적막이여

사랑엔, 눈빛 한번의 부딪침으로도

만리장성 쌓는 경우가 종종 있다.

이 시를 읽은 몇몇 분들은 2연을 왜 넣었는지 모르겠다고 했다. 하지만 시인 정진규는 역시 대가답게, 그 2연의 열쇠로 "사랑은 절대 순결의 충만이며 그 탄력이다. 마침내 저 무한 궁륭(穹窿)의 아득함으로 치솟아 올라 가물가물 점 하나로 잦아들게 하는 몰입이 있다."(『좋은 시 94』)고 평했다. 덧붙이면 뚝 뚜욱 부러질 정도의 운동과, 활처럼 휜 팽팽한 긴장과, 패앵 튕겨져 오르는 격렬한 사정과, 바르르바르르 떨리는 황홀과, 그 뒤에 가물가물 잦아드는 적막의 에로스, 그 싱싱한 에로스의 도정을 굳이 말해야 옳을까. 시는 궁극적으로 에로스의 미학이다. 에로스를 통한 사랑의 찬가다. 롤랑 바르트가 『사랑의 단상』에서 "모든 것을 향해 모든 것에 맞서 사랑하는 사람은 사랑을 '가치'로 긍정한다."고 했던 바, 시인들은 사랑을 모든 가치의 으뜸으로 생각하는 사람들이다. 삶과 사랑에서의 불안, 의혹, 절망, 빠져나오고 싶은 욕구에도 불구하고 시인은 모든 것에 대한 사랑을 긍정하기를 멈추지 않는 사람이다.

좀 더 자유롭게 삶의 절절한 경험을 통한 공명의 감동을 자아내는 시, 활달한 상상력과 사유로 모든 존재를 쇄신하고 그 비의를 캐는 시, 궁극적으로 애인과 세상과 우주에 대해 사랑을 긍정하기를 멈추지 않는 시가 모든 시의 길 아닐까.

제3부

생사성식(生死性食)의 삶에 대한 고통스런 노래

사랑과 시간의 슬픈 영역

인간의 욕망과 고독의 가혹한 심해

생의 질문과 몽산

백석의 시 「여우난골족(族)」과 잘 먹고 잘 노는 어린아이

생사성식(生死性食)의 삶에 대한 고통스런 노래

우리 인간에게 있어 삶보다 선행하는 것은 아무것도 없다. 존재에 대한 물음도, 진리에 대한 인식도, 가치 판단과 아름다움에 대한 추구도 먹고, 일하고, 사랑하고, 죽는 현실적 삶의 문제에 결코 앞설 수는 없다. 리처드 도킨스의 『이기적 유전자』 등에 의하면 인간 존재는 동물들과 하등 다를 것이 없다. 동물들은 먹고, 자고, 종족을 복제하고, 죽으면 한살이가 끝난다. 인간이 아무리 위대한 문명을 건설하고 빛나는 문화를 창조한 만물의 영장이라 해도 그 모두가 '배부르고 등 따순 삶'이라는 정치와 경제의 요체, 그것의 달성을 통한 행복한 삶에 대한 추구는 동물들과 다를 것이 없는 것이다.

인간에게는 역사상 '세 가지 최대 실망'이 있었다. 그 첫째는 코페르니쿠스에 의해 지구가 태양계를 도는 둥근 혹성이라는 사실을 알았을 때의 실망, 둘째는 인간이 다른 모든 존재와 같이 진화한다는 다윈의 진화론이 발표되었을 때의 실망, 셋째는 인간이 리비도(성적 본능)의 산물 그 이상도 이하도 아니라는 프로이트의 정신분석학이 출현했을 때의 실망이다. 코페르니쿠스가 우주의 중심으로서의 지구를 부정하고, 지구가 태양을 도는 행성에 불과하다는 사실을 밝혀내자 사람들은 무엇인가 불안함을 느꼈다. 지구는 네모진 중심이고 그 지하에는 지옥이 있고 하늘에는 천국이 있다고 생각한 인식 체계가 무너졌기 때문이다. 아니 인식 체계가 아니라 플라톤적이고 기독교적인 믿음 체계가 무너진 탓이다. 한데 이제 다윈까지 인간은 신의 특별한 창조물이 아니고 원숭이종으로부터 진화했다고 주장하자 사람들은 경악에 빠졌다. 인간이 신의 각별한 보살핌을 받지 못하는, 그저 무수한 삼라만상 중 하나의 티끌에 지나지 않는다는 진화론이 발표된 후 이는 창조론과 격렬한 논쟁을 일으켰다. 이 역시 과학과 기독교적 믿음 체계의 대립이었다. 여기에다가 인간이라는 게 사랑이니 믿음이니 하는 것보다 성적 본능의 산물이라는 리비도설이 나왔을 때 인간의 실망은 극점에 달했다.

양자물리학 또한 모든 존재는 원자로 구성되어 있다가 그 붙어 있는 원자들이 느슨해져서 흩어지면 그것으로 끝이라고 말한다. 그러고 보면 부처가 일찌감치 깨달은 인간의 자성을 공(空)이라고 간파한 것은 매우 과학적이고 탁월한 혜안이었다. 어쨌거나 우주만큼 위대하지도 티끌처럼 미천하지도 않은 인간 존재는 타생물의 삶과 별반 다름이 없다는 것으로 결론이 모아지고 있는데, 이는 곧바로 삶의 가치에 대한 심각한 회의를 불러온다. 인간이 이러할진대 굳이 진리니, 도덕이니, 미학이니 하는 것들을 따져 살아야 하느냐는 뼈

아픈 질문을 불러오기 때문이다. '신-인간-동물'이라는 수천 년 내려온 위계적 인식 체계의 붕괴는 인간의 생존 의미에 대한 새로운 질문과 패러다임을 요구한다.

하지만 바로 그 질문 앞에서도 사람은 이미 배가 고프고, 일을 해야 하고, 처자식이 보고 싶고, 절망과 꿈에 시달리는 삶에 나포되어 있다. 바로 이런 삶의 선행성과 나아가 현재성을 확인하고자 인간 존재론까지 들먹인 셈이다. 시인들은 자기만의 독특한 발화법으로 거친 자본 문명 속에서도 내밀한 존재의 심연과 꿈을 들여다보고, 관습적이고 감각화한 삶과 세계에 성찰과 인식의 충격을 가하기도 하지만, 무엇보다도 이런 사람살이의 애환을 버무려 공명의 감동을 끌어내는 시들을 즐겨 쓴다. 오히려 이런 삶의 시에서 감각과 현실과 미학을 두루 갖춘 명품들을 쏟아 낸다. 인간 존재에 있어 모든 것에 선행하는 '삶'이라는 문제, 그 보편적인 문제에 대해서는 빈부귀천이며 장삼이사가 공감할 수밖에 없기 때문이다.

1. 노동의 끔찍한 비명

그의 셔츠는 중간쯤부터 단추가 잘못 꿰어져 있었다. 끝단 높이가 맞지 않는다고 말해 줘야 하나. 말해 줘야 한다면 언제 말해 줘야 하나, 생각하는 사이 그는,

"저에게 밤하늘은 천 미리 강판처럼 보입니다. 그게 내 삶이
죠."

말했다.

태풍이 지나간 날이었다.

망원에서 망원역으로 풍산역에서 풍산으로 걷는 동안 어두운
건물 위로 쾅쾅, 못 박는 소리처럼 노을이 번져 가고 있었다.

천 미리 강판에 뚫린 별.

강판을 긁으며 들어가는 쇳소리 때문에 횡단보도 앞에서 두
귀를 막고 서 있는 사람을 보았다. 셔츠 끝단처럼 높이가 맞지 않
는 밤이 오고 있었다.

– 신용목, 「THE SCREAM」

삶에서 육체노동만큼 '비명'을 내지르게 하는 것도 없다. 제목이 영문 대문자로 된 신용목의 시 「THE SCREAM」은 비명, 절규, 환호 등으로 번역되지만 시의 마지막 연에 나오는 "강판을 긁으며 들어가는 쇳소리"에 "두 귀를 막고 서 있는 사람"으로 보아 '비명'으로 해석해야 될 것 같다. 강판을 긁으며 들어가는 쇳소리는 비명과 다를 바 없는 것인데 사실 치명적으로 고막을 자극한다. 누구도 그 소리

에 신경이 끊어지는 듯한 육체적 반응을 하지 않을 수 없다. 그 소리를 듣는 순간 우리의 정신이나 영혼은 이미 털끝만치의 흔적도 없이 사라져 버린다. 이빨이 득득 갈리는 그 쇳소리에 의한 멘탈 붕괴와 영혼 탈출을 막기 위해서라도 누구나가 귀를 막지 않을 도리가 없는 것이다.

그런데 매일매일 그 쇳소리를 들으며 '천 미리'나 되는 강판을 자르고 구부리고 구멍을 뚫는 아마도 금형 설계를 하는 사람과 시인이 술을 마시고 "망원에서 망원역으로 풍산역에서 풍산으로" 걷고 있는 모양이다. 술 마실 때 풀어 젖혔던 금형공의 셔츠는 이제 단추가 잘못 꿰어져 흐트러진 품새인데, 시인은 그걸 보고도 셔츠 "끝단 높이가 맞지 않는다고 말해 줘야 하나" 말아야 하나 생각만 할 뿐이다. 셔츠 단추를 직접 다시 잠가 줄 수도 있을 텐데 그 행위로 상처 입을 수도 있는 금형공에 대한 배려 때문인지, 아니면 모든 것이 생각만 있을 뿐 시인도 이미 술에 취해 행동 의지를 상실한 탓인지 망설이기만 한다.

그때 그는 말한다. "저에게 밤하늘은 천 미리 강판처럼 보입니다. 그게 내 삶이죠."라고. 그럴 수도 있겠다. 사실 강판을 보면 색깔이 푸르스름한 기운이 도는 맑은 검은빛이다. 태풍이 지나간 날의 맑고 깨끗한 밤하늘이 어쩌면 강판 빛과도 같다. 그러기에 밤하늘이 강판으로 보인다는 것은 노동자가 느끼는 실제로나 시인의 비유로나 매우 적합한 표현이다. 그때 어두운 건물 위로 노을이 번지는데 이것이 "쾅쾅, 못 박는 소리처럼" 번져 가고 있다고 한다. 태풍이 지나간 날의 고요하고 맑은 하늘이 천 미리짜리 강판으로 보이고, 그 하늘에 퍼지는 아름다운 노을이 쾅쾅 못 박는 소리처럼 번져 간다. 그렇다면 여기에서 노을이 아름답다는 말은 이제 수정되어야 한다. 분홍 노을이건 핏빛 노을이건 금형공에게 노을은 천 미리 강판에 쾅쾅 못을 박을 때 나는 소리의 구체적 형상으로 읽힌다. 이 역시 금형공 입장에서는 매우 적합한 공감적 비유이다. 게다가 노을은 고된 노동의 피가 흘러 하늘 가득 번지는 소리로도 들린다. 한데 그로 인해 "천 미리 강판에 뚫린 별"이 탄생하는 것이다. 하늘에 별 하나 뜨는 것도 노동자들에겐 이런 어마어마한 노동의 결과로 이루어진다는 것을 말하는 것이다.

힘에 겨운 금형공의 삶의 핍진한 현실을 인식한 시인은, 순간 "강판을 긁으며 들어가는 쇳소리 때문에 횡단보도 앞에서 두 귀를 막고" 선다. 어찌 아니겠는가. 밤하늘이 강판처럼 보인다는 금형공의 말에서 촉발된 상상력은 노을과 별을 거쳐 급기야 비명과 같은 쇳소리에 이르러 귀를 막을 수밖에 없는 강력한 통증을 유발한다. 한데 그보다는 여기서 '강판을 긁으며 들어가는 쇳소리'는 금형공이 내지르는 끔찍한 '비명'으로 해석해야 할 것 같다. 왜냐하면 이것이 '태풍이 지나간 날'의 일이기 때문이다. 밤하늘이 천 미리 강판처럼 보일 정도로 평생을 금형공으로 몸 바쳐 온 회사에서 아마도 감원이나 강퇴의 태풍으로 쫓겨난 날이기에 옷매무새가 흐트러지도록 술을 먹었고, 그 때문에 격앙된 감정이 강판을 긁으며 들어가는 쇳소리 같은 삶의 끔찍한 비명을 질렀을 것이다. 그런 전제가 있을 때만 지금껏 셔츠 끝단의 높이를 가지런히 한 정상적인 삶에서 이제 셔츠 끝단 높이가 맞지 않는 "밤이 오고 있었다"고 말할 수 있다. 그 밤은 절망과 고통의 밤일 것이기 때문이다. 그러고 보면 시 서두에 시인이 단추가 잘못 꿰어진 금형공의 옷매무새를 바로 잡아 주지 못하고 그것에 대해 차마 말도 못하고 망설이기만 했던 이유가 명징하게 이해된다. 공장에서 쫓겨나 술에 취해 옷매무새쯤 흐트러졌다고 해서 무엇이 잘못이란 말인가. 옷매무새를 잡아 준들 또 그에게 무슨 위로가 될 것인가!

시 제목 'THE SCREAM'은 한글 '비명'보다는 훨씬 더 '강판을 긁으며 들어가는 쇳소리'의 표현에 가까운 소릿값을 가지고 있다. 또 시 본문에는 '술'이라는 단어가 한 자도 나오지 않지만 1연의 정황상 그렇게 이해했으니, 이는 '즐거운 오독'이 될 수도 있겠다.

2. 사랑의 끔찍한 통증

쉐장 아래쯤 어두운 구석
따닥 따다닥! 합선 불꽃이 인다
무엇이 끊어지는 자세다

보고 싶다

이 말은 자주 제 집을 떠나
마음이나 생각기숙사에 갇혀 지낸다

보고 싶어

저린 부위는 잘 잡히지 않는데
이 아이 어려서부터 헛생각하고 같은 동네에서 자랐다고
불시에 찾아왔다 말없이 그냥 가는
바람하고나 이웃했다 한다
선사께선 가랑잎 타는 연기보다 가벼우니, 걱정 마라
내려만 놓으면 쉬이 날아갈 거다
그림자에 묶여 살지 말라 했지만

보고 싶어 죽겠는데

통증보다 강렬한 감각은 없고
고통보다 무섭고 힘센 놈은 없다
눈 뜨면 일어나는 통증, 이 감각은
자동기술법까지 익혀
혼자서 눈물을 흘리고
오목뼈를 단단하게 누르는
돌덩이보다 무거운 실재다

보고 싶다

기숙사 책상 필통 위에 칼금 새겨진 글씨
거기 앉은 먼지를 털며 더욱 선명해진
너를 물체주머니에 넣는다

— 김경옥, 「마음에 반대하여」

장옥근의 시 「저녁」은 "한 사람과의 거리가/점점 멀어질 때/저녁이 온다//그 거리만큼 그 사람이 차오를 때/저녁은 온다//그래서 저녁은/늘 출렁거린다"며 사랑의 멀어짐과 그리움을 간명하게 표현한다. 하지만 그 간명함 뒤에는 얼마 만한 고통과 고독이 있었을 것인가. 살붙이처럼 늘 붙어 있던 그 사람과 마음의 서늘한 틈이 생기면서 몸도 멀어진다. 처음에는 침대를 따로 쓰고, 다음에는 각방을 쓰고, 마침내 한 사람은 서울로 또 한 사람은 광주로 떠나간다. 그때쯤 사랑의 불꽃은 식어 쓸쓸한 저녁이 온다. 물론 이 '저녁'은 외로움과 불면과 죽음을 동반할 수도 있다. 하지만 아직은 암흑의 밤이 아닌 저녁이다. 사랑의 불꽃은 식었지만 그 재 속에 조금은 불씨가 남아 있다. 그 불씨는 후회와 탄식과 그리움으로 되살아나 서울과 광주 사이의 거리만큼을 떠나간 그 사람으로 다시 가득 채운다. 이 얼마나 변덕쟁이 요물 같은 사랑인가. 그러기에 사랑의 모든 마음은 늘 출렁거릴 수밖에 없다. "나는 당신을 영원히 사랑하겠습니다."라는 그 고정불변의 새빨간 거짓말을 보라. 출렁거리는 사랑의 마음을 전혀 모르는 이 거짓말이 어떻게 아직도 통용되는가. 이 거짓말을 차마 눈 뜨고 볼 수 없어 보르헤스는 진정을 다하여 다음과 같이 말한다. "당신을 영원히 그리고 하루 더 사랑하겠습니다." '하루 더'라는 말 하나를 덧붙임으로 사랑을 영원에 대한 헛된 약속 대신 시간 속으로 끌어내려 이승의 시간만큼이라도 꿋꿋이 사랑하겠다는 자세를 보여 준다. 이런 자세야말로 멀어짐과 그리움으로 출렁거리는 사랑의 변주를 조금은 달랠 수 있을지도 모른다.

이성복이 우리의 삶을 생사성식(生死性食)의 체계라고 말했을 때 여기서 성은 사랑이고 식은 먹는 것에 관한 일이니 노동이다. 삶이란 태어나서 노동하고 사랑하고 죽는다는 이야기이다. 이렇게 삶의 한가운데를 차지하고 있는 사랑이란 과연 무엇인가. 종족 보존의 양식인 섹스 말고 진정으로 사랑이란 무엇이며, 그 사랑의 형상은 무엇으로 구체화될 수 있는가. 괴테의 시를 보면 사랑은 상대방에게서 매혹을 발견하는 것이고, 매혹은 상대방에게서 어떤 특별함을 발견하는 것이다. 그리고 그 특별함은 '첫눈'에 포착되는 매혹이 나를 강렬하게 끌어당기는 힘이다. 단테가 베아트리체를 만났을 때, 매혹을 느꼈던 것은 성모 마리아를 닮은 그녀의 미소였다. "그대의 눈에서 불타는 미소가/내 눈과 더불어 나의 깊숙한 곳에 있는/은총과 천국에 함께 도달했다고 믿고 있소"(단테, 『신곡』)라는 시구에서 알 수 있듯 단테는 베아트리체의 미소에 첫눈에 반한 것이다. 그리고는 평생 두 번밖에 만나지 못하고 일찍 죽어 이루지도 못한 그녀와의 사랑을 필생의 역작인 『신곡』의 '천국편' 속으로까지 끌어들인다.

김경욱의 「마음에 반대하여」라는 시도 단테처럼 첫눈에 반해 이끌렸으나 무슨 이유인지 모를 이유 때문에 이루지 못한 사랑을 평생 간직한 채 살아가는 마음의 고통을 표현한 시일 수 있다. 마음에 반대하여 자꾸만 보고 싶고, 보고 싶은 그 아이는 분명 단테가 베아트리체의 미소에서 발견한 매혹만큼이나 무엇인가 특별함이 있었을 텐데 시에서 그 정보는 없다. 다만 "기숙사 책상 필통 위에 칼금 새겨진 글씨"로 추억될 뿐인 '너'는 여전히 '나'의 "췌장 아래쯤 어두운 구석에" 자리를 잡고 불꽃을 일으키고, 무엇이 끊어지는 듯한 통증을 일으킨다. 그 "통증보다 강렬한 감각은 없고/고통보다 무섭고 힘센 놈은 없다" 그 통증은 심지어 "자동기술법까지"까지 익혀 시시때때로 나를 눈물 흘리게 한다. "오목뼈를 단단하게 누르는/돌덩이보다 더 무거운 실재"인 이 아이는 사실 "어려서부터 헛생각하고 같은 동네에서 자랐다고/불시에 찾아왔다 말없이 그냥 가는/바람하고나 이웃했다"고 하는 소문만을 누군가에게서 전해 들었다. 그런 아이를 잊어 보고자 선사까지 찾아갔는데, 사랑 그 애착은 "가랑잎 타는 연기보다 가벼우니" 모든 건 그냥 내려놓고 헛된 상(相)에서 머물지 말라고 조언한다. 하지만 끔찍하리만치 강렬한 통증을 안고 살면서도 그 헛된 상을 놓지 못하고 '보고 싶다'는 말을 연발하는 사랑은 황홀한 지옥인가, 지옥의 망상인가. 별 수사도 없이 '통증'만으로 일관한 이 단순한 시가 텍스트로 채택된 것은 이 시가 사랑의 지옥에 대해서 말하는 듯싶어서이다.

물론 이 시는 잊지 못하는 사랑에 대한 통증을 말하는 시가 아닌, 김경욱이 학교 교사임에 비추어 보면 기숙사 책상 필통 위에 칼금의 글씨를 새겨 놓고 말도 없이 바람처럼 사라져 버린 어떤 학생에 대한 아픈 기억으로 우는 시일 수도 있다. 하지만 말 못 할 사연만을 남겨 놓고 떠나 버린 제자를 아프게 추억하는 스승의 마음이 이렇게 깊다면 그가 삶의 사랑꾼인 것은 분명하다.

3. 죽음의 끔찍한 지옥

때로는 사람이 지옥을 찾지 않고 지옥이 사람을 찾기도 한다

두려움일 수도 있고 가엾음일 수도 있고, 아니면 두통이거나 복통일 수도 있고, 이렇게 지옥의 목소리가 사람을 찾아오기도 한다

나는 불타고 싶구나
모르는 언어로 말하고 싶구나
미리 지옥을 보지 않겠니

다 진실이다. 저마다의 고통이 다 고통이듯, 이곳에서는 신을 보기 위해 같은 노래를 여러 번 부른다.

그래도 그들을 견디게 하는 건
몇 장의 고증된 그림들과 진중한 건반들이다

지옥이 두려운 사람들,
노래가 끝나면
누군가는 오른손에서 빛이 흘러나왔다고 하고, 누군가는 물 위를 걸었다고 했고, 누군가는 갈라진 하늘에서 소리가 들렸다고 했다.

여기서 모든 것이 시작됐다.
지옥은 오는데
그는 오지 않았다

– 허연, 「지옥에 관하여」

허연의 「삽화 5」라는 시에는 화장장에서 "사선으로 들어온 햇살이/이승과 저승을" 나눈다는 내용이 있다. 인간은 그렇게 죽어서 화장되면 그뿐, "곤란한 일은 없다"고 단정할 수 있는데, 인간은 미리서부터 삶 속으로 죽음의 지옥을 끌어온다. 아니 지옥이 두려워 예배당에 찾아가 "신을 보기 위해 같은 노래를 여러 번" 부르지만 두려움, 가엾음, 두통, 복통 등등 갖가지 모습으로 지옥의 목소리가 사람을 찾아온다. 또한 지옥은 사람들이 해 대는 신앙의 열정과 방언과 판타지로도 찾아온다. 지옥을 끌어들이는지도 모르고 지옥을 초래하는 이런 행위는 모두 진실이고 고통이다. 이 고통은 모두에게 저마다의 고통이듯이 저마다의 지옥이다. "그래도 그들을 견디게 하는 건/몇 장의 고증된 그림들과 진중한 건반들이다." 그렇다. 사람들은 신과 진리에 대한 추상적 인식보다는 구체적 형상으로 나타나는 증거를 시청하는 데서 믿음이 더욱 상승한다. 그 증거는 예배당이나 성당의 벽에 걸린 수태고지나 십자고상의 그림들, 성가대가 부르는 진중한 음률 때문에 거룩한 영혼을 느끼게 하는 찬송가 등이고 이것이 그들 믿음의 토대이다. 참으로 허약한 토대일 수밖에 없는 그 그림과 찬송이 함께하는 예배가 끝나면 사람들은 누군가는 "오른손에서 빛이 흘러나왔다고 하고, 누군가는 물 위를 걸었다고" 하는 등 환시를 보고, "누군가는 갈라진 하늘에서 소리가 들렸다"고 하는 환청을 듣는다. 아마도 죽음의 지옥을 쓸어 낼 메시아에 대한 환시와 환청 등 갖가지 판타지일 것이다. 인간이 어떻게 이렇듯 자신을 잃어버리고 환상에나 취해 산다는 말인가. 사실 인간의 고통과 지옥은 종교에서부터 시작됐다고 해도 과언이 아니다. 강요된 믿음과 독단적 판타지로 펼쳐 대는 지옥과 이를 극복하고 도래할 천국의 메시아! 하지만 "지옥은 오는데/그는 오지 않았다"고 시인은 말한다. 맞다. 올 리가 없다. 지옥은 인간 스스로가 창조하고 마음속에 끌어들였는데 어떤 메시아가 있어 그 지옥 속으로 오겠는가. 사람들이 자기 마음속에 오롯이 존재하는 정법안장을 모른 채 타력에 쉽사리 자기의 주체적 자유를 바쳐 버리는 이 끔찍한 지옥을 차마 민망하여서 무슨 낯으로 바라보랴.

이런 슬픈 이야기는 이미 도스토옙스키의 『카라마조프 가의 형제』 대심문관 편에 보면 잘 표현되어 있다. 제도 종교의 권위(추기경-대심문관)와 그 종교의 이념적 실체(그리스도-죄수)가 대립하는 '극시' 중에 지상에 강림한 예수를 잡아 교회 감옥에 가두고 대심문관이 찾아가 공박한다. "예수 너는 당시에 '나는 너희에게 자유를 준다'고 하지 않았느냐. 그런데 너는 오늘 인민의 자유라는 것이 어떤 것인지 보았을 테지. 오늘날 인민들은 어느 때보다도 자기들이 자유롭다고 생각하고 있다. 그들은 자기들의 자유를 스스로 우리들 교회에 반납해 주었다. 그러나 이 일은 이룩한 것은 우리들이지 네가 아니다. 넌 이렇게 되는 것을 바라지 않았을 것이다. 이런 자유를 바란 건 아닐 것이다."라고. 이 말을 쉽게 풀면 "예수, 너는 사람들이 자유로운 선택에 의해 하나님을 믿어 주기를 바랐다. 자유로운 선택이라야만 진정이 있기 때문이다. 너는 그 진정을 바랐다. 그래서 언제나 자유를 소중한 것으로 알고 그렇게 가르쳤다. 그런데 인민들은 네가 생각한 대로 자유를 그처럼 소중한 것으로 알지 않았다. 그들은 어렵게 사는 자유보다 수월하게 살 수 있는 속박을 도리어 바랐다. 그래서 교회에선 예수 네 이름을 빌려 인민들을 속박하고 그 대신 질서와 안녕을 주었다. 말하자면 우리의 말에 순순히 복종하는 사람에겐 은혜를 주고 안심을 주지만 복종하지 않는 자는 불태워 죽인다. 이렇게 해서 우리의 왕국은 완성된 것인데 넌 뭣하려고 나타났느냐는 말이다."(『이병주의 동서양 고전탐사』)라고 바꿀 수 있다. 실제로 소설에선 예수가 강림한 날 100여 명이 넘는 이교도가 국왕과 군중들이 지켜보는 가운데 대심문관의 지휘 아래 한꺼번에 분살(焚殺)되었다.

종교의 이념적 실체와 실천보다는 제도 종교의 권위와 독단만이 판치는 세상은 중세나 소설 속의 세상만이 아니라 21세기 한국에서도 기가 막히게 펼쳐진다. 정치나 자본 권력의 세습을 신랄하게 비판하던 대형 교회가 자기들의 부자세습은 철저히 옹호한다. 교회를 세우고 부흥시킨 목사가 안하무인의 제왕이 되어 젊은 여학생 신도들을 수없이 성폭행해도 신도들은 오히려 목사를 두둔하고 성폭력을 고발한 피해자들을 교회를 분열시키는 마귀 세력이라고 몰아붙인다. 전국의 노른자란 노른자 땅은 몽땅 사 놓은 교회가 설교에선 부동산 투기와 복부인을 비판하거나, 반대로 큰 부자로 사는 사람은 그 순종과 믿음에 대한 하나님의 보상과 축복이라고 옹호한다. 그래서 헐벗고 가난한 자는 더 이상 교회라는 왕국의 문턱을 넘을 수 없다. 이건 비단 기독교만이 아닌 불교 등 다른 종교계에서 끊임없이 일어나는 황금의 맘몬에 대한 발가벗은 숭배의 행태이다. 사람들은 그런 교회에 스스로 예속을 자청하여 들어간다. 그리고는 삶 속에 무단한 지옥을 초래한다. 가만히 있었으면 몰랐을 지옥을 교회에 가서 배우고, 또 그 지옥을 피하기 위해 통성기도를 하고, 없는 돈을 갖다 바치고, 교회가 시키는 온갖 봉사에 나선다. 아무리 그렇더라도, "지옥은 오는데/그는 오지 않았다"고 시인은 단호하게 말한다.

인간은 생사성식이라는 고통스런 방식의 삶을 살아간다. 이 생사성식은 모든 철학과 담론에 선행되어 있다. 핍진한 노동에서 오는 비명, 사랑의 곡절에서 오는 통증, 그리고 죽음의 노예가 되어 몸부림하는 지옥 등은 인간이라면 누구라도 고통스럽게 겪을 수 있는 끔찍함이다. 시인들은 이런 삶들의 끔찍함을 외면하지 않고 정색을 한 채 달려든다. 그리고 그 끔찍함을 정면으로 응시하라고 한다. 그래야만 끔찍함을 넘어선 삶의 가능성을 일말이라도 찾을 수 있을 것이라고 진정을 다하여 말한다. 이것이 시의 진실이자 힘이다.

사랑과 시간의 슬픈 영역

1. 유한한 시간 속에서 평행선을 달리는 내 사랑과 나

17세기 영국의 시인 로버트 헤릭(1591~1674)의 「처녀들에게, 시간을 소중히 하기를(To The Virgins, to Make Much of Time)」이라는 시는 다음과 같이 시작한다. "할 수 있을 때 장미 봉오리를 모으라./시간은 계속 달아나고 있으니./그리고 오늘 미소 짓는 이 꽃이/내일은 지고 있으리니."라고. 달아나는 시간 속에 처해 있는 모든 존재의 유한성에 대한 인식을 아주 명쾌하게 보여 주는 시다. 영화 〈죽은 시인의 사회〉(1989)에서도 키팅 선생이 학생들에게 이 시구절을 인용하며 '카르페 디엠(Carpe diem)' 곧 '오늘을 잡아라'고 외친다. 이는, 지금 장미를 따 모으라는 말이 연애에 소극적인 연인을 유혹하는 시에 관용구처럼 쓰여졌듯, 능동적이고 주체적인 삶에 적극적으로 나서지 않는 학생들에게 자극제가 되기를 바란 것이었다.

오늘을 잡지 않는다면 김규성의 시 「겨울 녹차」에서처럼 "시간은 어제의 타동사로만 검은 등을 드러낼 뿐/내일의 사막을 배회하는 백야의 모래바람과 쌍둥이"가 되고 만다. 내가 주재하는 자동사로서의 시간이 아니라 그 자체로만으로는 움직일 수 없고 움직임의 대상인 목적어가 필요한 타동사의 시간에 끌려다니다 이윽고 사막의 모래바람으로 배회하는 시간을 만나게 되고 만다는 것이다. 하물며 같은 시계를 보면서도 권태의 시간·몰입의 시간·근심의 시간·종말의 시간·유희의 시간·명상의 시간 등등 서로 다른 시간 안에 살고 있을진대, 우리는 언제쯤이나 모래바람으로 흩어지는 시간의 갈기를 붙잡을 수 있을까. 다음 김규성의 시 속의 '내 사랑'과 '나'도 유한한 시간 속에서 서로 다른 여행을 하는 존재들이다.

내 사랑은 멀고 먼 서쪽 바다 노을과 눈부신 순간의 그림자놀이 여행을 하고
나는 극동의 빈 들에서 내 영원의 가슴속 투명한 해저를 여행한다

내 사랑은 지친 시간의 잔주름을 펴는 동안 나는 낡은 책장의 먼지를 턴다

내가 소쇄원 대숲 사이 찻잎의 윤슬을 모아 한 모금 차를 끓이는 동안

백 년 전 화가는 깊고 고요한 무등의 악보를 그린다

불현듯 백 년 후 새벽 입김 푸르다

— 김규성, 「겨울 녹차」 부분

시간은 유한한데, 내 사랑과 나는 같은 시간 속을 살면서도 기차 레일처럼 서로 평행선의 삶을 산다. 우선 내 사랑은 먼 서쪽 바다에 노을이 눈부시게 다비식을 펼치는 순간에 그림자놀이 여행을 한다. 여기서 '그림자놀이'는 앞에 '허망한'이라는 수식어가 붙어 '허망한 그림자놀이'라고 해야 한다. 흔히 그림자가 상징하는 것은 자신의 과오나 욕망으로 생긴 어두운 뒷면 혹은 자기 내부 속에 도사린 상처나 슬픔 등으로 이야기된다. 장자 『잡편』 중의 '어부'에 나오는 '외영오적자(畏影惡迹者)'라는 우화에는 자기 그림자를 두려워하는 사람이 나온다. 그 그림자를 떨쳐 버리기 위해 햇빛 속을 달리지만 떨쳐 버리지 못하다가 목숨이 경각에 닿을 즈음에야 나무 그늘 속에 엎어지니 그림자가 사라졌다는 이야기다. 아마 시 속의 내 사랑도 그런 내면의 슬픔이나 어두움, 혹은 상처 등을 해소하고자 여행을 하며 마음을 다스리는 중일 것이다. 하지만 불교 입장에서는 다스릴 마음도, 얻거나 소유할 마음도 없으니 그것이 이미 허망한 그림자놀이라는 건 명약관화한 일이다. 내 사랑이 그렇게 멀리서 그림자놀이 여행을 하는 동안 나는 어떤가. "나는 극동의 빈 들에서 내 영원의 가슴속 투명한 해저를 여행한다." 여기서 '영원'이란 물론 구원과 관계된 말이고, '해저'는 선가에 "유시고 봉정립 유시심 해저행(有時高 峰頂立 有時深 海底行)"이라고, 때로는 높이높이 산정에 우뚝 서고 때로는 깊이깊이 바다 밑에 잠기라는 말이 있듯 역시 구도와 관계된 말이다. 영원의 구원을 위해 산으로 우뚝 서고 바다로 깊이 잠기는 구도의 여행을 한다는 말이다. 하지만 영원이니 해저 여행이니 하는 것들도 유한한 인간의 구원에 대한 관념놀이로 필시 허망한 공상이나 하고 있다는 이야기가 아닐까. 곧 내 사랑과 나는 "멀고 먼 서쪽 바다"와 "극동의 빈 들"에서 서로 다른 여행을 하며 겉으로는 평행선을 달리고 있지만, 속으로는 시간의 자비 없는 흐름 속에서 똑같이 허망한 삶의 여행을 하고 있다는 말에 다름 아니다.

여행이 아니라 어느 날의 현실로 돌아왔다고 가정해 보자. 현실 속에서 "내 사랑은 지친 시간의 잔주름을 펴는 동안 나는 낡은 책장의 먼지를 턴다." 다시 말해 내 사랑이 시간에 지쳐 늙어 가는 얼굴의 잔주름을 펴기 위해 얼굴에 팩을 하고 화장품을 바르고 하는 동안 나는 낡은 책장에 켜켜이 쌓인 먼지를 털어 무슨 새로운 지식을 얻고자 한다. 하지만 시간의 잔주름을 펴고 책장의 먼지를 턴들 지치고 낡아 가는 시간의 얼굴을 촌각이라도 멈출 수 있을까. 이 모든 생각이 "소쇄원 대숲 사이 찻잎의 윤슬을 모아 한 모금 차를 끓이는 동안" 일어난 것인데, 느닷없이 "백 년 전 화가"는 왜 등장하고, "백 년 후 새벽 입김"은 왜 푸른가? 이는 결국 백 년 전이나 백 년 후나 시간은 흘러오고 흘러갈 것인즉, 그 속에서의 내 사랑과 나의, 유한한 사랑은 접점을 찾지 못하고 평행선을 달리지만, 그 서로 다른 삶의 방식을 인정해 주는 존재론을 펼칠 때 백 년 전 화가의 깊고 오묘한 악보나 백 년 후의 푸르른 새벽 입김이라는 것도 역설적으로 영원한 사랑을 얻을 수 있을 것이라는, 그런 상징이 아닐까.

2. 당신과 나는 끝내 서로 닿을 수 없는 어둠의 영역

시간 속엔 "변화와 움직임, 사건이나 충동, 이전이나 이후, 결과와 불가피성, 기간이나 일시적 혹은 지속적인 변화와 같은 표현들이 이미 내포되어 있다."(알렉산더 데만트, 『시간의 탄생』) 시간은 단 하루도 호수처럼 고요한 평정의 순간을 갖지 못한다. 더구나 오늘날의 가속화한 경제와 격변하는 사회, 글로벌 미디어와 실시간 소통 속에서의 시간 체험은 애초부터 속도에다 가속도를 전제해야만 가능하다. 시간을 뚫어져라 쳐다보고 시간에 대고 소리를 질러 대면 시간이 기겁하여 멈추어 설까. 시간은 대명천지에도 밤도둑처럼 소리 없이 간다고 하지 않는가. 그런데 이런 속도와 조급성의 시간과 시대를 당하여 소설 곧 서사적 시간 전략으로 예술조차 소위 "짧은 줄에 바짝 묶여 있던" 시대에 저항한 사람이 있다. 그 유명한 소설 『잃어버린 시간을 찾아서』를 쓴 마르셀 프루스트(1871~1922)다.

당시 "예술은 서사적 호흡을 잃어버렸고, 세계는 가쁜 호흡 속에 빠져들었다. 프루스트에게 조급성의 시대는 곧 모든 '사색'을 불가능하게 만드는 철도의 시대였다. 프루스트의 시대 비판은 또한 현실을

'빠르게 교체되는 이미지'들로 해체시키는 영화의 시대에 대한 비판이기도 했다."(한병철, 『시간의 향기』) 이는 '철도'를 '스마트폰'으로, '영화'를 '영상'으로만 바꾸면 속도와 이미지와 정보 전쟁으로 날밤을 새우는 오늘날의 현실과 똑같다. 이런 시대의 어느 날 프루스트는 익히 알려진 대로 보리수 꽃잎 차에 담근 마들렌 조각 한 숟갈을 입에 가져갔을 때 느낀 향기와 맛을 통해 "그 무엇에도 의존하지 않은 완전히 독자적인 전대미문의 행복감"이 들었고, 그리하여 "내 안에서 무언가가, 보통은 사랑만이 이룰 수 있는 무언가가 일어났다."고 고백한다. 프루스트는 이를 "고요한, 맑은 울림과 향기를 지닌, 투명한 시간들의 수정(水晶)"이라고 말하며, 그걸 계기로 그 향기로운 시간에 대한 추억과 기억의 긴긴 여행을 떠나 잃어버린 시간을 되찾고자 한다. 그리하여 현대의 파편화되고 아무런 연관성이 없고 반대로 전제주의적이고 트렌드화 한 시간의 지배 속에서 소위 인드라망처럼 어떤 사소한 사물도 세계 전체와 얽혀 서로 교통하고 있다는 '시간의 직물'을 만들어 세계를 생생한 향기로 가득 채운다. 그런 프루스트의 생각처럼, 향기의 기적은 사랑을 통해서도 가능하다.

명왕성 탐사선 뉴호라이즌스호처럼 나도 9년 6개월을 날아서
걸어서 그곳으로 갈 수 있다면 수차례의 동면 과정을 거쳐 자다
깨다 하며 어둠이라는 심연에 다다를 수 있다면

당신은 명왕성보다 멀어야 하지 조금 더 멀어야 하지

누구도 당신의 아름다움을 훼손할 수 없다

아름다움의 영역에 별보다
죽은 자들이 더 많으면 곤란하다

빈 나뭇가지 위에 앉아 있는 까마귀들, 어둠 속 저수지 근처 폐사지의 삼층석탑, 차창으로 얼핏 보았던 과일을 감싸고 있는 누런 종이들이 내뿜는 신비한 기운

이런 것들에 왜 잔혹한 아름다움을 느끼며 몸서리쳐야 하는지 슬픔이 왜 이토록 오래 나의 몸에 깃들어야 하는지 당신은 알고 있을 것만 같다

당신은 명왕성보다 멀어서 아름답고
나는 당신을 만날 수 없다

당신과 내가 이 영역에 함께 있다

– 조용미, 「어둠의 영역」 부분

조용미 시에서 보면, 속도화하고 이미지화한 시간 속에서도 '당신' 곧 사랑을 찾아서 아주 오랜 시간을 다하여 아주 먼 곳까지라도 갈

수 있다면, 자다 깨다 하며 수차례의 동면 과정을 거쳐서라도 갈 수 있다고 한다. 마치 2006년 1월 19일 미 플로리다주 케이프 커내버럴 공군기지에서 명왕성을 향해 발사된 탐사선 뉴호라이즌스호가, 약 9년 6개월을 날아 명왕성을 통과한 것처럼 말이다. 하지만 빛으로는 4시간 30분 거리이지만 약 50억km의 태양계 최외곽까지 인간의 걸음걸이로는 끝내 갈 수 없을 것이다. 그러니 이는 평생 사랑에 닿기 위해 향기로운 시간을 다 쓰고 싶은 욕망의 표현에 다름 아니다. 더구나 당신은 "어둠이라는 심연"에다 "당신은 명왕성보다 멀어야 하지 조금 더 멀어야 하지"라고 한 데서 드러나듯 아무리 당신에게 가닿으려 해도 당신은 어둠의 심연처럼 깊어서 그 속내를 알 수 없고 마침내 가닿을라치면 조금 더 멀어져 가는 존재이니 말이다. 사실 "사랑하는 사람은 사랑의 관계에 연루된 욕망의 완전한 만족과, 그 관계의 영원하고도 결함 없는 성공에의 가능성이나 기원을 집요하게 내세우"(롤랑바르트, 『사랑의 단상』)지만, 붙잡고 싶은 '지상의 모든 쾌락'은 어둠의 심연 속에서 허우적거리며 한 발 앞에서 아른거리는 나비에게 짧은 손을 뻗는 일과 같지 않는가.

그러나 뉴호라이즌스호가 통과한 명왕성보다 더 멀어서 아름답고, 한 발 다가가면 한 발 더 멀어지기 때문에 "나는 당신을 만날 수 없"지만 "누구도 당신의 아름다움을 훼손할 수 없다." 한데 그 아름다움을 누구도 훼손하지 않지만 그것이 시간의 풍상 속에서 어쩔 수 없이 스러져 가는 것은 어찌하랴. 당신이라는 아름다움의 영역을 찾아간 시간 동안 나는 "빈 나뭇가지 위에 앉아 있는 까마귀들"이 되었다. '까마귀들'은 모든 욕망이 텅 비어 버린 육체에 찾아온 죽음의 상징이다. 또한 "어둠 속 저수지 근처 폐사지의 삼층석탑"으로나 남는다. '폐사지의 삼층석탑'은 이미 닫혀 버린 내 영혼의 쓰라린 잔해와도 같은 것이다. 그리고 이제 "차창으로 얼핏 보았던 과일을 감싸고 있는 누런 종이들이 내뿜는 신비한 기운"을 느낀다. 과일보다는 과일을 싼 누런 종이들에서 되레 신비한 기운을 느낀 데서 보듯 이미 껍데기만 남은 삶의 잔혹한 역설을 드러내고 있다. 그러기에 "이런 것들에 왜 잔혹한 아름다움을 느끼며 몸서리쳐야 하는지 슬픔이 왜 이토록 오래 나의 몸에 깃들어야 하는지" 당신은 알고 있을 것만 같지만 당신은 여전히 어둠의 영역이고 명왕성보다 더 멀다. 그래서 더 아름답게 여겨지기도 하지만 나는 끝내 당신을 만날 수 없다. 한데 어쩌면 나를 향한 당신의 마음도 나와 똑같은지도 모른다. "당신과 내가 이 영역에 함께 있다"고 하니 말이다. 어둠의 심연이자 아름다움의 영역인 당신과 나는 사실 서로 가닿을 수 없고 만날 수 없고 훼손할 수 없지만 사랑의 그 영역 안에서 함께 있다는 것만으로도 파편화하고 가속화하고 이미지화하는 가쁜 호흡의 시대에 사랑의 사건들을 엮어 주는 관계망의 시간을 갖고자 하는 지극히 애절한 소망 속에 있는지도 모른다.

3. 자신도 모르는 것으로 명멸해 간 너를 그리는 나

인간은 전 생애를 거쳐 시간의 지배를 받는다. 인간은 시간 속에서 생성해서 변화하다가 결국 소멸하는 존재다. 인간은 자기의 과거에서 늘 자유로울 수 없고 순간적인 현재에 집착하며 미래의 기획에 저당 잡힐 수밖에 없는 존재다. 인간 실존은 언제나 가능성으로 충만하지만 끝내는 죽음이라는 불가능성을 대면할 수밖에 없다. 죽음은 시간 지배의 가혹한 일면이다. 하이데거는 "인간 실존은 죽음을 향해 달려가는 자유자"라고 말한다. 그 때문인지 인간은 다른 동물과 달리 죽음을 이해하려고 한다. 혹은 죽음을 극복하거나 넘어서려고도 한다. 죽음을 이해하고 죽음을 넘어서려 한다는 것은 "불가능한 한계에 직면하여 한계 이면에 있는 가능성을 최대한 살린다는 뜻이며, 한계 너머의 무한을 내면화한다는 말이다."(김동규, 『철학의 모비딕 – 예술, 존재, 하이데거』) 덧붙여 인간 스스로가 죽음이라는 극명한 한계의 존재임을 자각하고 그 운명을 받아들이는 결단을 통해 '운명애(Amor fati)'의 시간을 살아야 한다는 건 니체의 입장이고, 죽음을 '본래적인 자기'로 귀환하는 시간으로 삼아야 한다는 게 하이데거다.

하지만 일상적인 존재들 대개는 늘 죽음을 무서워하고 외면하려 한다. 더구나 나는 타인의 죽음과 단절되어 있다고 생각한다. 타인의 죽음은 나의 죽음이 아니라고 손사래 친다. 누구도 타인의 죽음을 대신할 수 없다는 점에서 수긍이 간다. 그럼에도 태어나서 죽기까지 우리는 곧잘 타인에게 마음을 쓰고 타인에게 인정받으며 살아간다. 그러니 우리는 어떤 식으로든 타인의 죽음에 참예하지 않을 수 없다. 특히 사랑하는 이의 죽음은 살아남은 이의 삶을 송두리째 강타한다. 늘 일심동체였다고 생각한 연인의 죽음은 남의 일일 수 없다. 그것은 동시에 자기의 죽음이다. "내게 천사를 보여 다오. 그러면 내가 천사를 그리겠다." 이 한마디로 역사 속의 영웅이나 종교적 혹은 신화를 배경으로 한 그림을 그리는 것의 일색이었던 당대의 보수 화단을 받아치며 19세기 중엽의 파리에서 '사실주의'를 창시한 귀스타브 쿠르베(1819~1877)! 그의 「오르낭의 매장」(1850)을 보면 어떤 죽은 자의 매장 장면을 그린 것인데, 하관을 하고 신부가 축도를 하는 동안 매장에 참여한 사람들은 하나같이 깊은 슬픔에 젖어 있다. 심지어 죽은 자가 키웠음에 분명한 개마저도 슬픔에 겨워 하관 구덩이를 외면하고 고개를 돌려 딴 곳을 바라보는 모습으로 그려져 있다. 무거운 슬픔이 짓누르고 있는 이 그림을 보면 타인의 죽음 또한 결코 남의 일일 수만은 없는 나의, 우리들의 죽음일 수밖에 없다는 생각이 강렬하게 든다. 다음 조원규의 시도 이제는 없는, 사랑하는 사람의 추억으로 슬픔에 흠뻑 잠겨 있는 시다.

의아한 듯
눈썹을 들어 담담히
이편을 바라보던 얼굴

언젠가 그 얼굴
쓰다듬고 싶겠지 언젠가
애통히 애통하여

각막에 어린 맑은 윤기
삶은 그것 외엔 아니었다고

없는 얼굴로 손을 뻗으면
마르고 단단한 세상의 나뭇가지처럼

눈빛을 마주치러 갔다가
자신도 모르는 것으로 명멸하겠지

– 조원규, 「윤기」

"각막에 어린 맑은 윤기"로 기억되는, 지금은 "없는 얼굴"로 손을 뻗는다. "마르고 단단한 세상의 나뭇가지처럼" 앙상한 손으로. 아니 그 이전에 이미 "의아한 듯/눈썹을 들어 담담히/이편을 바라보던 얼굴"을 대면한 적이 있다. 그러면서 이미 그 얼굴이 "없는 얼굴"이 될 줄 예감했는지 "언젠가 그 얼굴/쓰다듬고 싶겠지 언젠가/애통히 애통하여"라고 마음을 애절하게 쓴 적이 있다. 아니나 다를까, 지금은 없는 그 얼굴에서 "각막에 어린 맑은 윤기"만 기억되어 "삶은 그것 외엔 아니었다"고 중얼거린다. 각막에 어린 맑은 윤기 곧 눈빛을 다시 한 번 마주치러 가 보지만 나는 나도 모를 무명(無明)으로 반짝이다가는 곧 사라지고 말 것이다. 그것이 이미 헛되고 헛된 일인 줄 잘 아니까.

한때 삶을 '윤기'와 '물기'의 변주로 이해해 본 적이 있다. 이를 번역하면 삶은 경이와 슬픔의 변주라는 얘기다. 봄날 쇠별꽃처럼 반짝이는 날들도 있고 가을날의 낙엽처럼 쓸쓸히 울고 싶은 날도 있어서 삶이라는 것이다. 한데 조원규에게는 아마도 사랑하는 여자임에 분명한 어떤 여자의 맑은 눈빛 곧 "각막에 어리는 맑은 윤기" 외에 모든 게 애통할 뿐인 것이 삶인가 보다. 불교에서 보면 '부정관(不淨觀)'이라는 수행법이 있다. 죽은 천하절색의 미녀의 알몸을 앞에 눕혀 놓고 그것이 시간의 추이에 따라 해골이 되어 가는 과정을 또렷하고 명료하게 바라보며 나의 신체와 정신이 원래는 형체가 없는 공성이라는 것을 깨닫고 삶에서 발생하는 모든 애욕과 집착과 탐욕을 내려놓는 깨달음을 구하고자 발분하는 명상법이다. 이런 죽음과 공성을 명상할 수 있기에 사랑하는 여자의 "각막에 어린 맑은 윤기"로만 추억되는 삶의 애절함도 의미가 있고, 또 의미가 없는 것이고, 의미가 있는 것도 없는 것도 아닌 것이다.

인간의 욕망과 고독의 가혹한 심해

1. 이해할 수 없는 우주 속 인간의 고독

니체는『비극의 탄생』에서 삶의 진정한 의미는 우리가 대답하기에 너무 끔찍하다고 주장한다. 사실 가난, 병고, 실연, 끝을 알 수 없는 욕망, 시대와의 불화, 원치 않는 죽음 등등 인간 실존에 드리워진 부정성들은 사회적인 것일 뿐만 아니라 궁극적인 고통과 고독으로 우리를 몰아간다. 이런 인간 실존의 고독을 가장 극명하고 또 그것을 영원한 것으로 표현한 사람은 알베르토 자코메티(1901~1966)였다. 그의 조각 작품「걸어가는 남자」(1960) 속의 남자는 우선 앞으로 성큼 한 걸음을 내딛는다. 183센티미터의 큰 키에 마를 대로 마른 수수깡 같은 남자가 내딛는 단호한 걸음걸이는 영원 속에 부동의 자세로 갇혀 있다가 비로소 한 걸음을 떼는 모습과 같다. 금방이라도 부서질 것 같은 허약한 몸피지만 큼직한 발만은 굳건히 땅에 붙이고 있는데, 이는 기원전 1900년경의 이집트 중왕조 「남자 입상」의 현대적 버전 같은 것으로, 둘 다 인간 고독의 근원성과 영원성을 심오하게 표현하고 있는 것이다. 이런 자코메트의 작품을 사르트르는 "실존주의적 실체를 담은 예술, 즉 불확실하고 이해할 수 없는 우주 속 인간의 고독을 형태적으로 묘사한 것"이라고 했다.

이 우주 속 인간의 고독에 관한 것이라면 당나라 초기의 시인 진자앙(661~701)의 사행시 「유주대에 올라 부른 노래(登幽州臺歌)」라는 시도 있다.

이전 옛사람 보지 못하고	前不見古人
이후 올 사람 보지 못하니	後不見來者
유구한 천지를 생각하다가	念天地之悠悠
홀로 구슬피 눈물 흘린다	獨愴然而涕下

"앞을 보아도 지난 옛사람은 없고 뒤를 돌아보아도 올 사람은 아무도 없다. 유구한 천지를 생각하니 외롭고 쓸쓸한 이내 몸 서글퍼 눈물 흘린다"는 뜻의 이 시는, 하북성에 있는 '유주대'라는 높은 누대에 올라 영원한 우주와 유한한 인간 존재를 대비한 명시다. 특히 대담한 터치로 인간의 절대 고독을 부각시킨 앞 두 구절이 뛰어나다.

우주 속 인간의 고독은 그야말로 불확실하고 이해할 수 없다. 그러면서도 그것은 근원적이고 영원할 것만 같다. 그런 인간 고독의 근원성과 영원성 곧 운명성을 담박하지만 심도 있게 표현한 장철문의 시를 본다. 존재론 속에서 결국 인간의 운명적인 고독을 노래하고 있는 시인데, 아직도 이런 시가 쓰이는 게 신기할 정도로 고전적 품격을 지닌 시다.

어느 물결까지가 드는 것이고
어느 물결부터가
나는 것인지

우우우 밀려와서는 물러나고
물러났다가 다시 든다

까치노을 지는 곳까지
소리치며 밀려가서는
어둠 속에서
소리치며 달려온다

어느 비명이
마지막 물살에서 묻어오는 것인지
어느 외침이
시작하는 물살에서 오는 것인지

소리치며

밀려오고 또 밀려와서

소리치며

밀려가고 또 밀려간다

거칠게 밀고, 밀고 오는 어느 일렁임부터

나는 것인지

까마득히, 어느 뒤척임부터가

드는 것인지

— 장철문, 「물이 드는 것에 대하여 물이 나는 것에 대하여」

바다의 끝없이 들고 나는 물결처럼 생은 언제부터 들고 죽음은 언제 다시 나는 것인가. 또 삶의 끝없는 에로스와 타나토스는 밀려들고 물러나길 반복하지만, 그 속에서 처절한 고통으로 내지르는 '비명'과 온몸이 찢어지도록 절규하고 싶은 '외침'이 반복된다. 그런 삶의 물결은 어느 때는 오월의 초록 잎새처럼 눈부신 '일렁임'이지만 또 어느 때는 춥고 눈보라 치는 밤의 외로운 '뒤척임'이다. 이렇게 들고 나는 생과 사, 에로스와 타나토스, 비명과 외침, 일렁임과 뒤척임의 이해할 수 없는 반복 속에서 존재는, 인간은, 실존은 왠지 고독하고 쓸쓸하기만 하다. 이것이 우주와 인류라는 존재가 처한 기가 막힌 현실이지만, 그것이 또 한 개인의 실존적 삶의 부침으로 정의될 때는 사실 니체가 말한 대로 너무 끔찍할 수밖에 없는 것이다. 이는 불교에서 말하는 일체개고(一切皆苦)의 고독이기도 하지만, 생사와 실존의 변주가 계속되는 그 반복적 행태를 도대체 우리가 이해할 수 없다는 데서 오는 고독이 더 크다.

장철문은 이런 존재와 실존의 모습에 전혀 수사를 입히지 않는다. 사실 이렇게 거대하고 절대적이고 우주적인 생사 간의 비명과 외침, 일렁임과 뒤척임을 무슨 말로 수식을 할 것인가. 평명하고 담박한 기조 속에서 반복적인 우주와 생의 리듬을 예의 반복할 뿐이다. 오히려 그런 대교약졸의 리듬을 타는 가운데 우리는 인간의 고독을 몸서리치게 느낄 뿐이다. 이는 어떤 시적 기교로도 환원되지 않을 리듬인 것이다.

2. 고래고래 외치는 욕망의 고독

에밀 졸라(1840~1902)의 장편소설 『테레즈 라캥』(1867)은 '눈먼 욕망'의 벌거벗은 모습을 치열하게 보여 주는 작품이다. 1852년 파리에 최초의 현대적 백화점 봉마르셰가 오픈한 시간을 배경으로 한 이 소설은, 병약한 남편 카미유와 자신의 의도와 상관없이 애정 없는 결혼 생활을 이어 가던 테레즈에게, 어느 날 남편의 소꿉동무인 로랑이 찾아오면서 비극이 시작된다. 카미유와 달리 완숙한 남성미를 지닌 로랑에게 순식간에 마음을 빼앗기는 테레즈는 곧장 그와 함께 은밀한 밀회를 즐기게 되고, 둘은 서로에게 치명적으로 빠져든다. 야수와 같은 욕정으로 밀회를 즐기던 둘은 곧 밀회가 아닌 완벽한 사랑을 꿈꾸게 되지만, 거기엔 병약한 카미유라는 장애물이 있다. 그러나 이미 무서운 욕정에 사로잡힌 그들에게 나중에 '살인의 숙명적인 벌'이 되어 버린 범죄 같은 것은 아무것도 아니다. 결국 태양이 빛나는 아름다운 센 강으로 소풍을 가서 카미유를 물에 빠뜨려 죽인 뒤, 둘은 부부로서 모든 것이 완벽해진다. 하지만 카미유의 죽음으로 모든 것이 완벽해질 줄 알았던 테레즈와 로랑은 죽음의 늪과 같은 카미유의 환영에서 벗어나지 못하며 죄의식에 사로잡히게 된다. 완벽한 살인이 남긴 것은 공포와 불면의 밤, 욕정이 사라진 자리에 무섭게 끓어오르는 증오, 신경증과 피에 극단적으로 지배받는 발가벗은 동물성 속에서 생겨난 불신! 이것들은 이미 도를 넘어도 한참을 넘었다. 하지만 욕망이라는 기차에 브레이크는 없다. 그 불신과 죄책감 속에서도 또 다른 욕망이 꿈틀거리고 마는데, 그것은 다름 아닌 카미유 어머니 라캥 부인의 돈을 빼앗는 것이었다. 처음에는 사랑을 얻기 위해, 그다음에는 돈을 얻기 위해 그들은 스스로 지옥 속으로 걸어 들어갔다. 그런 두 사람에게 주어진 것은 고통과 파멸뿐이었다. 끝내 테레즈와 로랑은 자살을 하게 되는데, 이는 자살이 아니라 불신과 의혹 속에서 서로를 죽이는 상호 파멸에 이른 것에 다름 아니다.

치명적인 욕망의 처절한 파멸을 기록한 이 소설은 예의 '현대 상업의 대성당'으로 불린 백화점이 파리에 처음으로 생긴 때를 배경으로 탄생했다. 이는 결국 도시 문명이 부추기는 욕망에 따른 노예로 살다 결국 욕망의 희생자가 되는 테레즈와 로랑의 속물성과 그 벌거벗은 욕망에 대한 자연주의적 고발이었던 셈이다. 그리고 그것은 1860년대의 파리보다 몇십 배는 더 '욕망이라는 현대성'으로 들끓고 있는 오늘날의 서울의 현실이라면, 그 눈멀고 벌거벗은 욕망은 훨씬 더 비대해졌을 것이라는 사실은 너무도 명약관화하다. 그러기에 2009년 박찬욱 감독은 이 소설을 리메이크하여 〈박쥐〉라는 영화를 만든 게 아니던가. 그런 욕망의 이상 비대증을 앓고 있는 혹등고래를 통해 인간의 비극적 고독을 유추해 내고 있는 심진숙의 시를 보자.

> 외로움을 이기기 위해 노래를 부르기 시작했다는
> 고래들의 이야기
> 고독하게 살아온 세월이 너무나 오래되어서
> 이름이 고래가 되었다는
> 그 말이 정말일까 묻는 것은 때로 유용한 질문일 것
>
> 어둡고 차가운 심해에서 살아남기 위해서 고래들은
> 제 짝의 모습을 보는 것도 체취를 맡는 것도 포기해야만 했다는데
> 4천만 년 전 혹은 8천만 년 전부터라고도 하지
> 오직 청각에만 의지하여 견뎌 온 시간의 무게만큼이나 비대해진 몸집을
> 유탄처럼 날려서
> 해면 위로 솟구쳐 오르는 혹등고래

단 30초의 사랑을 위해

필사적으로 배를 발딱발딱 뒤집으며 지속하는 전희

예민해진 촉각을 집중시키며 허밍허밍

순식간에 거품을 뿜어내며 해류로 귀환하는 고래들

찰나의 충만한 기억으로 먼 길을 떠날 수 있다는

믿음이었지, 물살을 가르며 전진, 또 전진할 수 있었던 것은,

같은 주파수로 노래를 주고받으며

저 거대한 바다를 기꺼이 건너리

다짐하는 동안에도 고독은 자꾸만 자꾸만 밀려오고 마는 것이었지

그래서 아직도 그 이름은 고래라고 하지

가슴에 들어앉은 망망대해를 향해

고래고래 소리쳐 부르는

그 노래 그친 듯 그칠 줄을 모르지.

— 심진숙, 「고래의 노래」

고래는 외롭다. 혹등고래는 외롭다. 몸이 비대해서 외롭다. 비대해진 욕망의 존재가 그 욕망으로 인해 더 슬프다. 그 비대한 욕망 속에 모든 존재들을 쓸어 담아야 하기 때문에 외롭다. 그 욕망의 아가

리로 모든 것을 집어삼켜야 하는 이 외로운 존재는 제 욕망의 상징처럼 등에 혹이 부풀어 있다. 혹등고래는 그래서 고독하다. 어둡고 차가운 심해에서 살아남기 위한 그 맹목적 욕망만으로 이상 비대증에 시달리는 혹등고래에게 어떤 친구가 있겠는가. 수천만 년 전부터 축적되어 온 욕망, 그 탓에 시각도 후각도 퇴화된 채 오로지 '눈먼 욕망'만으로 무슨 연인을 찾겠는가. 그래서 고독할 수밖에 없다.

한데 그 눈먼 욕망이 어쩌다 또 다른 눈먼 욕망을 만나 불과 30초간 그 '어둡고 차가운 심해' 속에서 물 위로, 공중으로 치솟아 오른다. 단 30초간의 공중에서의 교미, 섹스를 하기 위해서다. 이상 비대증의 눈먼 욕망의 성취치고는 참으로 초라하다. '발딱발딱'이건 '허밍허밍'이건 그런 교미, 섹스 행위가 '순식간의 거품'으로 허망하게 꺼져 버리는 그 참람한 고독을 보라. 태산처럼 비대해진 욕망의 덩어리가 기껏 '찰나'일 수밖에 없는 종족 번식의 교미거나 쾌락 갈구의 섹스로, 그것이 남기는 거품으로, 다시 어둡고 차가운 심해의 가혹성 속에 갇히게 되는 이 비극적 고독은 차마 말로 표현할 길이 없다. 그 "찰나의 충만한 기억으로 먼 길을 떠날 수 있다는 믿음"으로 다시 심해를 전진하겠다고 다짐하지만, 이상 비대증의 욕망으로 인한 고독은 그야말로 다시 심해의 거대한 물살처럼 밀려오고야 마는 것이다. 그래서 고독하다고, 고독하다고 '고래고래' 처절하게 외치는 것 아닌가.

욕망의 용광로로 끓고 있는 현대 문명 속에서 결국 욕망의 존재로 살아가기 위해 욕망이라는 이상 비대증을 앓고 있는 현대인들이 누리는 쾌락은 어느 정도인가. 권력을 얻고, 그 위력으로 성을 착취하고, 진영논리로 상대를 제압하고, 손바닥 뒤집듯 하는 생각과 행동으로 목전의 쥐꼬리만 한 이익을 탐하는, 이 끔찍하리만치 비열한 쾌락은 과연 얼마만큼이나 짜릿하고 황홀한 것인가. 아니 그것이 그토록 짜릿하고 황홀한 것이라면 왜 고래는 다시 '고래고래' 소리치는가. 가슴에 들어앉은 망망대해 같은 현실은 왜 이리 가혹한가.

3. 가혹한 현실 속 실존의 고독

에밀 졸라는 『테레즈 라캥』을 "해부학자가 시체에 대하여 행하는 것과 같은 분석적인 작업을 살아 있는 두 육체에 대해 행하는 것처럼 썼다."고 고백한다. 이 말은 자연주의 소설의 경구가 되었는데, 욕정의 우리에 갇힌 두 마리 돼지의 모습을 관찰하듯이 아무런 감정 없이 기록했다는 것이다. 하지만 이런 자연주의적 태도는 『소설의 이론』을 쓴 게오르크 루카치의 강력한 비판을 받는다. 루카치에게 현실이란 자연주의 소설 속에 그려진 인간과 무관한 것이 아닌 인간에 의해 만들어진다는 것이다. 그렇기 때문에 중립적이고 객관적인 현실은 존재하지 않고, 오로지 진리는 프롤레타리아트의 관점 같은, 특정한 관점에 설 때 보인다고 말한다. 루카치의 '사회주의 리얼리즘'이 형성되는 지점이다.

사회주의 리얼리즘이란 사회 현실을 혁명적 발전의 태동으로 인식하고 그것의 삶과 꿈을 구체적으로 표현하고자 하는 문학 방법론이다. 1980년대 우리나라에서 대거 유행한 이런 사실주의 시가 아직도 이 땅에 건재하고 있다. 가혹한 사회 속에서 가혹한 삶을 영위해 가는 이 현실적 인간들의 고통과 꿈은 결코 사라질 수 없다는 것을 보여 주는 다음 전결의 시다.

지하 계단에서 굴렀다
전구의 필라멘트가 나가는 순간
척박한 머릿속이 툭 끊겼다
아버지— 외치며
나도 캄캄해졌다

하필 아버지였을까
전구를 갈며 생각한다
어쩌다 교회를 청소한 적 있지만
나는 독실한 신자가 아니고
빚만 남기고 덜컥 떠나 버린
어머니가 약속해서는 더욱 아니었다

너는 모를 거라
자식을 길러 봐야 알 거라

누구나 한 번쯤 무릎을 껴안은 자세가 될 때가 있다

그는 집에서 가장 낡은 무릎이었다

뽑는 순간 무너질 것을 알기에

평생 못을 껴안고 살았다

나는 무슨 생각에 뜨거워져

딛고 선 의자를 본다

불끈,

꺼진 불 다시 켠다

– 전결, 「등을 켜다」

이 시의 시적 화자는 지하실을 내려가다가 전깃불이 나감과 동시에 그만 계단을 구르고 만다. 그런데 그렇게 구를 때 왜 하필 '아버지'를 외쳤을까? 화자는 기독교 신자가 아니기 때문에 하느님 아버지를 불렀을 리도 만무한데 말이다. 대개는 그런 당혹스런 순간에 '엄마'를 부르는 게 아닌가. 한데 가만 보니 그 어머니는 빚만 남기고 덜컥 가출해 버린 야속한 존재다. 그러기에 애초에 안중에 없었던 모양이다. 겉으로는 야속해서 어머니를 부르지 않은 건 아니라고 하지만, 그 때문에 아버지는 "누구나 한 번쯤 무릎을 껴안은 자세가 될 때가 있다"는 말을 지금 시현하고 있는 것 아닌가. 무릎을 세워 끌어안고 거기에 얼굴을 묻은 채 둥그런 등과 두 어깨로 흐느끼는 처연한 존재! 배신하고 떠난 것도 모자라 많은 빚만 남긴 아내가 원망스럽고 또 죽이도록 밉기도 하겠지만, 한사코 아직 장가도 못 간 시적 화자에게 "너는 모를 거라/자식을 길러 봐야 알 거라" 하며 자기의 울음을 자식들 탓으로 돌리며 민망함과 자괴감을 감추고자 안간힘을 쓰는 외롭고 쓸쓸하고 고독한 존재! 그런 아버지는 '낡은 무릎'에 심지어 어떤 사고 때문에 심었을 못까지 껴안고 살아온 사람이다. 그 못은 물론 자식들에 대한 뜨겁고 아픈 사랑과 고통의 마음을 상징한 것으로 읽을 수도 있는데, 그렇다면 이는 더욱 고통스러웠을 못이다. 그러기에 그 못을 뽑지도 못하고 살아왔을 것이다.

그런 아버지에 대한 생각으로 뜨거워져서 지하 계단에 전구를 갈아 끼워 꺼진 불을 다시 켠다. 무너진 아버지를 이어 시적 화자가 다시 가계를 잇겠다는 뜨거운 다짐의 등불인 것이다. 어머니마저 떠나게 한 아버지의 무능을 탓하지도 않고 되레 그 아버지를 무한 긍정하며 가계를 세우겠다는 이 바보처럼 착한 아들을 보라. 시가 이렇게 순하고 착해서 가혹한 현실 속 삶의 진실을 톺아 낼 수나 있을까, 하는 걱정이 드는 건 사실이지만 순하고 착해서 삶의 진실을 그대로 보여 주는 감동을 어찌하겠는가.

타이완의 전방위 예술가 장쉰(1947~)은 『고독 육강(孤獨 六講)』이라는 책에서 "고독은 외로움을 느끼는 상태가 아니라 진정한 삶의 본질을 찾아가는 과정이자 자아 성찰의 순간이다."고 말한다. 인간의 본성을 찾아가는 욕망의 고독, 청춘의 꿈을 향한 혁명의 고독, 힘에 저항하는 폭력의 고독, 철학적 담론을 탐구하는 사유의 고독, 고독이 거부당한 사회에서의 소통을 위한 언어의 고독, 그리고 관계가 거부된 문화에서 진정한 자아를 찾아가는 윤리의 고독에 대해서 얘기하며 고독의 진정한 의미를 성찰하고 있다. 이는 지그문트 바우만(1925~2017)이 『고독을 잃어버린 시간』에서 오늘날 인터넷 서핑, 아이팟, 휴대전화, 비디오게임에 둘러싸인 채 살아가며 자기의 고유성과 성찰의 순간을 잃어버린 현대인들에게 오히려 고독을 권장하는 것과 일맥상통한다. 트위터나 페이스북의 팔로워를 늘려 가는 동안 내가 잃어버린 것은 무엇일까? 끊임없이 온라인에 연결되어 있지만 외로움, 불안, 공포 등등 삶의 위기에 봉착한 현대인들이 외로움으로부터 멀리 도망쳐 나가는 그 길 위에서 놓친 "고독이야말로 사람들로 하여금 '생각을 집중하게 해서' 반성하게 하고 창조할 수 있게 하며 더 나아가 최종적으로는 인간끼리의 의사소통에 의미와 기반을 마련할 수 있는 숭고한 조건이기도 하다."는 것이다.

불가해한 우주와 세계 속에 처한 인간의 근원적 고독은 니체의 '운명애'로, 욕망의 이상 비대증에서 오는 현대적인 고독은 불교의 '무상과 무아'로, 삶의 가혹한 현실 속에 처한 실존적 고독은 장쉰의 '나 자신의 혁명'으로 행여 대처할 수 있게 될 때는, '고독이야말로 창조와 소통의 숭고한 조건'이라고 말하는 바우만의 말을 경청하고 수용할 수 있을 때에만 가능할 것이다.

생의 질문과 몽산

삶은 힘겹다. 신체적 고통, 정신적 번뇌, 전쟁과 역병, 사회적 증오와 불안, 직장생활의 갈등과 의도치 않은 사고 등등이 삶의 추락을 노리고 늘 따라다닌다. 사람들은 그것을 경감시키거나 피하기 위해 필사적으로 노력한다. 그럼에도 인간이 살면서 겪는 고난의 깊이와 강도는 말로 표현할 수 없다. 블레즈 파스칼은 "사형수 여러 명이 사슬에 묶여 있다고 상상해 보라. 매일 몇 명씩이 다른 사형수들의 눈앞에서 처형된다. 남은 자들은 그 광경에서 자신의 운명을 보면서 슬픔과 절망이 밴 눈길로 차례를 기다리며 서로를 바라본다. 이것이 인간의 처지를 말해 주는 한 이미지다."라고 말한다.

원하지 않은 천박한 일, 부당한 속박, 상상키 힘든 가난, 제한된 시간, 아무 이유 없이 당하는 폭력, 인정받지 못하는 능력, 자본과 권력으로부터의 소외, 덮쳐 오는 권태와 우울 등등 삶은 "비극적 의미"로나 존재하는 것 같다. "우리의 감정적, 도덕적, 물리적, 지성적 삶이 유전자와 환경에 의해 제약된다."(존 메설리) 그러기에 니체의 말마따나 삶의 진정한 의미는 우리가 대답하기엔 너무나 끔찍한 것이다. "모든 사람은 내면 깊숙한 곳에 세상에서 외톨이가 될 가능성 (…) 곧 이 거대한 집단의 무수한 사람들 사이에서 간과될 가능성에 대한 불안"(쬐렌 키에르케고르)을 안고 살아갈 수밖에 없는 슬픈 존재다! 이런 인간 존재의 의미와 가치에 대한 끊임없는 질문을 해 대는 시인들이 있다.

1

살얼음진 푸르름을 밟으며 어떤 새들은
우리가 모르는 하늘강(江)
저 건너에서도 날고 있으리라
당신은, 저렇게 질문이 되어 내리는 들녘의 새들을
아침나절이어서 보고 있는가
입동의 날 힘겹게
매달려 있던 나뭇잎들이 한꺼번에 질 때
붐비는 가을의 허전함, 그런 것들을 꿰고
새 한 마리 날아간다, 질문을 넘어서
그러나 눈물을 바치려고 그 새를 본 것은 아니었다
아득한 하늘 끝 간 데

새가 있어서 슬픔의 깊이를 알 것 같은
저런 허공에
새는 몇 번씩 몇 번씩 제 몸을 공중제비로
멈추었다간 다시 날아가고 있다

— 김명인, 「새」

가을날 살얼음질 정도로 푸르른 하늘을 새가 난다. 그 새가 들녘에 내리는 걸 보며 시인은 그것들이 무슨 질문을 던지며 내리고 있다고 생각한다. 그 질문의 내용이란 아마도 이 누추하고 꾀죄죄한 삶을 넘어서는 다른 삶이 "우리가 모르는 하늘강(江)" 저 건너에 있지 않겠느냐는 것일 성싶다. 시인은 이를 "아침나절", 그러니까 희망과 열정의 때에 보지만, 그러나 새들은 낙엽 지고 스산한 바람 붐비는 늦가을의 허전함이거나, 예의 그 허망한 질문조차도 넘어서 제 지향하는 데로 힘겹게 날아간다.

"아득한 하늘 끝 간 데"로 날아가 버리는 새들! "눈물을 바치려고 그 새를 본 것은" 아니었지만 그러나 그 때문에 더욱 깊어지는 비애는, 되레 그 "새가 있어서 슬픔의 깊이를 알 것 같은" 허공의 무한 속으로 어떤 그리움을 더욱 확산시킨다. 그런데 새들은 몇 번씩 몇 번씩 멈추었다간 다시 날아가는 바, 이는 내면으로 응축되는 비애의 힘과 무한으로 투사되는 그리움의 힘이 만나는 순간에 대한 포착으로, 바로 이 때문에 시적 깊이가 이루어진다. 어쩌면 허전한 가을날 내면에서 이는 근원적인 질문으로서의 비애를 통해 무한 세계의 절대에 대한 그리움의 감정을 절묘하게 표현하고 있는 것이다.

김명인은 초기엔 『동두천』과 『머나먼 곳 스와니』 등의 시집을 통해 부조리한 사회 현실에 대한 서정적 대응을 하였는데, 중반 이후 명편 「화엄(華嚴)에 오르다」 및 『바닷가의 장례』 『길의 침묵』 『바다의 아코디언』 등의 시집에서 삶과 죽음에 대한 성찰, 시간에 대한 끝없는 의식, 삶의 의미와 허무에 대한 탐색 등 존재와 실존의 근원적 문제들에 대한 아주 성실하고도 진정스런 자세로 깊은 천착을 보여 준다.

위 시편에서도 하나의 풍경을 통해 그 풍경의 이면에 흐르는 우리의 감정이나 마음을 읽게 한다. 그러므로 그의 시편들은 처음부터 상투적 진술을 거부하고 동시에 현란한 묘사만에 머물지도 않고 그 묘사에서 철학적 진술을 끌어내어 시의 겹무늬를 만들어 낸다. 우리나라 시단의 조로증과는 아랑곳없이 늘 유장한 호흡으로 존재의 궁극적 구원과 삶의 진정한 의미를 찾아 사막의 낙타처럼 뚜벅뚜벅, 한발 앞서 걸어가는 그의 시의 도정이 신뢰를 주는 것도 그 때문이다.

2

마음이 늦게 포구에 가 닿는다
언제 내 몸 속에 들어와 흔들리는 해송들
바다에 웬 몽산(夢山)이 있냐고 중얼거린다

내가 그 근처에 머물 때는
세상을 가리켜 푸르다 하였으나
기억은 왜 기억만큼 믿을 것이 없게 하고
꿈은 왜 꿈으로만 끝나는가
여기까지 와서 나는 다시 몽롱해진다
생각은 때로 해변의 구석까지 붙잡기도 하고
하류로 가는 길을 지우기도 하지만
살아 있어, 깊은 물소리 듣지 못한다면
어떤 생(生)이 저 파도를 밀어가겠는가
헐렁해진 해안선이 나를 당긴다
두근거리며 나는 수평선 쪽으로 발길을 돌린다
부풀었던 돛들, 붉은 게들 밀물처럼 빠져나가고
이제 몽산은 없다, 없으므로
갯벌조차 천천히 발자국을 거둔다.

– 천양희, 「몽산포」

천양희의 시에 무우전(無憂殿)이란 시어가 가끔 출몰한다. 현실의 고통과 고뇌로부터 완전히 해방된 공간을 지향하는 시인의 꿈 때문일까. 하지만 삶의 온갖 걱정 근심이며 간난신고의 주춧돌을 쌓지 않고서야 어찌 그 무우전을 건설할 수 있을까. 물론 천양희는 무우전이 근심을 초월해 있으며 근심 속에 있고, 번뇌 속에 있으면서 또한 번뇌를 초월해 있음을 잘 안다. 그 때문에 무우전을 지향하는 그의 발걸음엔 언제나 번뇌로 꿋꿋하다.

「몽산포」란 이 시에도 고뇌 어린 시인의 마음의 보폭이 차분차분하다. 늦게야 포구에 도착한 시인의 몸, 아니 마음이 해송 바람에 흔들린다. 순간 몽산포라는 포구 이름이 "바다에 웬 몽산이 있냐"라는 중얼거림을 낳게 한다. 이는 천양희 시인이 즐겨 사용하는 언어의 펀(fun)현상에 의한 본질 파악 의지가 녹아든 구절인데, 사실 바다에 몽산이 있다는 것도 요령부득의 일이지만 몽산이란 이름 자체가 꿈의 산이란 의미여서 여러 파장의 울림을 낳는다. 어쨌든, 몽산이란 말이 곧바로 꿈에 대한 기억을 촉발시키는데, 그 꿈의 산 근처에 있을 때는 사실 세상이 푸를 것이라고 믿었었다. 하지만 기억이 기억만큼 믿을 것이 없게 하듯이 꿈도 꿈으로만 끝나거나, 몽산포란 바다에 몽산이 없듯이 이제 희망도 희망이란 말로만 존재하지 않던가. 생각이 여기에 미치자 세상이 다시 몽롱해지고 막막해진다.

그 때문에 생각은 해변의 구석이며 하류로 가는 길에도 미치지만, 그러나 "살아 있어, 깊은 물소리 듣지 못한다면/어떤 생(生)이 파도를 밀어가겠는가." 한마디로 더는 절망의 나락으로 떨어질 수 없다는 절박한 몸부림이 삶의 묵묵한 수심(水深)만이 거친 파도를 재울 수 있다는 인식을 낳게 한다. 그 인식과 함께 시인은 끝내 해안선으로 다가가 먼 곳 수평선으로 발길을 돌린다. 그리고는 꿈으로만 끝나던 꿈, 희망이란 말로만 존재하던 희망, 그런 부재(不在)들에 대한 헛된 믿음을 거두고 "이제 몽산은 없다"고 조용하지만 단호하게 외친다. "없으므로/갯벌조차 천천히 발자국을 거둔다."라고까지 말한다. 다시 말해 헛된 믿음이 사라진 이 바다에 더 이상 자신의 족적조차 남길 필요가 없다는 꿋꿋한 마음 자세이다.

그렇게 삶의 밖에 '몽산'은 없다고 단정하며 내면의 '깊은 물소리'에 귀 기울이는 시인은 여러 시에서 바다거나 강이거나 계곡이거나를 서성거리며 그 물에게서 물을 먹고 그 물에게 길을 묻는다. "누구의 생도 물 같지는 않았지요/세상에서 가장 어려운 것은 물같이 사는 것이었지요/그때서야 어려운 것이 좋을 수 있다는 걸 겨우 알았지요/물 먹고 산다는 것은 물같이 산다는 것과 달랐지요.(「물에게 길을 묻다」)" 흔히 삶에서 어이없이 당할 때 우리는 '물 먹는다'는 표현을 쓰는데 바로 그런 의미에서 고통의 물을 먹고, 그럼에도 다시 물의 존재와 생태에서 구원의 길을 찾는, 이 물에 대한 이중 의식은 무우전이 근심 번뇌를 초월해 있으면서도 근심 번뇌 속에 있다는 논리와 그 인식의 궤가 같다. 어쨌든 천양희가 꿈꾸는 무우전은 아무래도 무량수궁(無量水宮) 속에 있을 것만 같다.

3

아주 오랜 세월이 흐른 뒤에
힘없는 책갈피는 이 종이를 떨어뜨리리
그때 내 마음은 너무나 많은 공장을 세웠으니
어리석게도 그토록 기록할 것이 많았구나

구름 밑을 천천히 쏘다니는 개처럼

지칠 줄 모르고 공중에서 머뭇거렸구나

나 가진 것 탄식밖에 없어

저녁 거리마다 물끄러미 청춘을 세워두고

살아온 날들을 신기하게 세어보았으니

그 누구도 나를 두려워하지 않았으니

내 희망의 내용은 질투뿐이었구나

그리하여 나는 우선 여기에 짧은 글을 남겨둔다

나의 생은 미친 듯이 사랑을 찾아 헤매었으나

단 한 번도 스스로를 사랑하지 않았노라

– 기형도, 「질투는 나의 힘」

질투는 우리말로 '시샘' 혹은 '새암'이다. 자기보다 우월한 사람을 시기하고 증오하는 감정이다. 유교 도덕에선 칠거지악(七去之惡)의 하나이며, 불교에서는 탐진치(貪瞋癡) 중의 하나다. 특히 성경에선 하느님이 '양의 첫 새끼와 기름'을 바친 아벨의 제물은 열납하고 '땅의 소산'을 바친 카인의 제물은 열납하지 않은 것 때문에 생긴 시기·질투·분노로 인간 역사상 첫 살인이 일어나게 된다. 때문에 가톨릭에서도 질투를 칠죄종(七罪宗)의 하나로 삼는다.

사람이 살아가다 보면 왕왕 자신과 타인의 삶을 서로 비교하곤 한다. 거기에 어쩔 수 없이 끼어드는 감정이 동경이나 선망 혹은 시기 질투 같은 감정이다. 그런데 질투는 때로 분노나 증오로, 혹은 오기나 집착으로 변신을 한다. 모두 다 상대방에 비해 초라한 듯한 자아의 불안정한 내면 심리로, 아무리 성인군자연 하여도 인간인 이상 누구나 겪을 수밖에 없는 감정이다.

그런 보편적이라고 할 수도 있는 인간의 흔한 감정을 너무도 큰 죄악으로 규정해 놓은 종교를 전복이라도 하려는 듯 일단 시인은 "질투는 나의 힘"이라고 제목부터 세차게 나간다. 하지만 그 호기는 결국 '질투는 나의 어리석음과 부끄러움'이었음을 말하기 위한 안간힘으로 읽히는 것이, 시가 초반부터 깊은 탄식을 내뱉고 있기 때문이다. 시적 화자인 나는 그동안 너무도 많은 마음의 공장을 세웠음으로 그토록 기록할 것이 많았고, 구름 밑을 천천히 쏘다니는 개처럼 지칠 줄 모르고 공중에서 머뭇거리기도 했다.

하지만 어느 때부터 "저녁 거리마다 물끄러미 청춘을 세워두고" 살아온 날들을 신기하게 세어 보니, "나 가진 것 탄식밖에 없"고 그간 "내 희망의 내용은 질투뿐이었"다는 사실이 백일하에 드러나 버린다. 그런 나를 지금껏 어느 누가 두려워했겠는가. 그리하여 그토록 기록할 것이 많았지만, 우선 여기에 짧은 글을 남겨 둔다. "나의 생은 미친 듯이 사랑을 찾아 헤매었으나/단 한 번도 스스로를 사랑하지 않았노라"고.

결국 미친 듯이 사랑을 찾아 헤매었으나, 그것은 질투 때문이었고, 그 질투는 진심으로 자신을 사랑하지 못한 데서 나타나는 감정이라는 전통적인 사유에 기형도 같은 당찬 시인도 무릎을 꿇고 마는 것이다. 더구나 그런 내용을 기록한 종이가 아주 오랜 세월이 흐른

후에 힘없는 책갈피 속에서 떨어질 것이라니! 하지만 삶에서 적당한 질투는 선의의 경쟁을 낳고, 치열한 질투는 성공의 밑거름이 될 수도 있는 것이다. 문제는 질투의 화염 속에서 자신이 타 버리지 않을 수 없는 마음을 세우는 일이 아니겠는가.

4

돌풍을 타고 온 꽃들은
싱싱하죠
낙타처럼 긴 다리와 불거져 나온
혹도 가지고 있죠
꽃들은 온갖 색깔로 벌과 나비를
부르지만
이 꽃들은 단장을 싫어해서
대개가 창백해요

축제가 벌어져 마을이 술렁일 때
헛간이나 다락방은 오직 조용하죠
꽃들은 그림자를 드리우며 손을 맞잡고
빈 곳에서 흰 별들이 된답니다.

– 박서원, 「외롭고 싱싱한 별」

박서원의 시를 두고 문학평론가 정과리는 "생의 물관 속으로 범람하는 파열과 분산과 착란들"이라고 하고, 김정란은 "가장 강렬한 해체의 욕망을 가진 시인들조차 '차마'라고 말하며 유지시키고 싶어 하는 마지막 선까지 다가가 그것을 뒤흔드는 도저한 전복"으로 설명한다. 이와 더불어 김수이는 "우리 시단에 새롭고 강렬한 시의 바이러스를 유포해 온 박서원이 보여 주는 것은 제도와 금기의 성형을 뜯어낸 상태의 기괴한 얼굴이다. 그 얼굴은 김승희, 김정란처럼 제도와 금기를 타파하라고 외치는 전사의 얼굴과는 다른, 제도와 금기에 의해 찢기고 피 흘리는 피해자의 얼굴이다."라고 말하며 그녀의 시의 생생한 현장성에 주목한 바 있다.

박서원 자신도 산문집에서 밝혔듯이 불우한 가족사와 여성으로서의 불행한 경험에서 비롯한 그의 시들은 타자에게 유린당하는 공포와 타자를 위해 희생하는 황홀이 공존하며 자기의 잃어버린 얼굴을 되찾으려는 몸부림으로 가득하다. 김수이의 말을 계속 빌리면 "비명과 악담, 혼잣말과 하소연, 간절한 탄원과 평화로운 고백 등이 한 덩어리를 이루면서 시 이전의 원초성과 시 이후의 휘발성을 모두 간직하고 있는" 시들은 자연어로 번역되길 거부하면서 독자를 당혹 속으로 밀어 넣는다. 그 생경한 이미지들의 돌발성은 차라리 우리를 고문한다.

다시 김승희 말대로 "여성적 영역으로서의 무의식을 가장 깊게 내려가 본 시인, 남성들이 내려가 볼 수 없는 여성 영혼만의 황무지에 발을 디뎌 본 시인"의 시는 그래서 해석의 중심이 없는 난해성으로 가득하다. 그나마 오늘 살펴보고자 하는 「외롭고 싱싱한 별」 정도를 해석해 본다. "돌풍을 타고 오는 꽃들"은 싱싱하다. 아마도 돌풍이라는 삶의 풍파를 겪고 온 꽃들은 그 힘으로 되레 싱싱할 수도 있겠다. 그러니 "낙타처럼 긴 다리와 불거져 나온/혹"도 삶의 고통 때문에 일그러진 몸과 마음의 상처나 옹이일 것이다. 돌풍을 타지 않은 정상적인 꽃들이야 온갖 색깔로 벌나비를 부를 테지만, 삶의 신산을 다 겪은 꽃이 무슨 단장을 좋아하겠는가. 오히려 그 삶의 힘겨움과 두려움으로 인해 얼굴이 창백하게 된 것이다.

그래서 돌풍을 타고 온 꽃들은 마을의 축제에 어울리지 않는다. 얼굴이 창백한 그들은 돌풍을 타고 헛간이나 다락방처럼 조용하고 빈 곳에 날아든다. 그러나, 그런 곳에서, 그들도 그들만의 축제를 벌인다. '그림자를 드리우며'라는 말은 그들의 축제가 현실로부터 은폐되고 현실의 축제와 대립되는 축제임을 가리킨다. 또 그들이 그렇게 손을 맞잡는다는 것은 이 '손 맞잡음'이 은밀한 소란이고 소리 없는 아우성임을 가리킨다. 그리고 그 축제의 마지막 양상은 창백한 꽃이 "흰 별들이 되"는 비상으로 완성되는 모습이다. 그러니까 아직도 박서원이 '흰 별' 정도나마를 비상의 꿈으로 상정한 것은 사람들을 경악시키고 지긋지긋하게 했던 신경증적인 언어들의 대안으로서 얼마나 다행한 일인가.

5

애비는 종이었다. 밤이 깊어도 오지 않었다.

파뿌리같이 늙은 할머니와 대추꽃이 한 주 서 있을 뿐이었다.

어매는 달을 두고 풋살구가 꼭 하나만 먹고 싶다 하였으나…

흙으로 바람벽한 호롱불 밑에

손톱이 까만 에미의 아들.

갑오년이라든가 바다에 나가서는 돌아오지 않는다 하는 외할

아버지의 숱 많은 머리털과

그 크다란 눈이 나는 닮었다 한다.

스물세 해 동안 나를 키운 건 팔 할이 바람이다.

세상은 가도 가도 부끄럽기만 하더라.

어떤 이는 내 눈에서 죄인을 읽고 가고

어떤 이는 내 입에서 천치를 읽고 가나

나는 아무것도 뉘우치진 않을란다.

찬란히 틔워 오는 어느 아침에도

이마 우에 얹힌 시의 이슬에는

몇 방울의 피가 언제나 섞여 있어

볕이거나 그늘이거나 혓바닥 늘어트린

병든 수캐마냥 헐떡거리며 나는 왔다.

— 서정주, 「자화상(自畵像)」

인간의 궁극적 질문은 자신에 대한 질문이다. 삶의 의미에 대한 질문은 결국 자신의 삶에 대한 의미이기에 예술가들은 흔히 자화상을 통하여 세상에 대해, 사람에 대해, 삶에 대해, 삶의 의미와 가치에 대해 마지막처럼 인정 투쟁을 벌인다. 10년째 자화상만 그린 서양화가 강형구는 "자화상은 '나'라는 고유명사를 그린 게 아니고 남들 속에 같이 존재하는 '나'라는 대명사를 그린 것이다."라고 말한다. 이 말은 후설이 "너 자신 속으로 들어가라. 진리는 인간의 내면에 존재한다."라고 말하자 "인간의 내면 같은 것은 없으며 인간은 '세계-에로-존재'이고 자신을 인식하는 것은 세계 내에서이다."라고 대응한 메를로-퐁티와 같은 발언이지 싶다. 두 상반된 발언이 어떻든지 간에 미켈란젤로가 "화가는 자신의 모습을 그리는 사람"이라고 주장한 이래 많은 화가들이 자화상을 그렸는데, 누구보다도 고흐나 렘브란트는 여러 장의 자화상을 통해서 자신의 내밀하고 과민한 욕구에 따른 자기 확인을 거듭하곤 했다.

이런 자화상은 자기 내면의 순결성에 바탕한 것이건, 세계 내에서의 존재 확인을 위한 것이건 대개는 부끄러움에 대한 고백의 미학을 추구한다. 우리나라 자화상 시의 양대 폿대는 윤동주와 서정주일 것이다. 알다시피 윤동주의 「자화상」은 일제 말기라는 암울한 시대 상황에서의 자기 내면을 응시하고 성찰하는 과정에서 쓰여진 부끄러움과 고독의 시이다. 물론 "바람에 이는 잎새에도 나는 괴로워했다"할 정도의 부끄러움과 성찰, 그리고 도덕적 순결성 등은 모두 시대의 암울함이 개인에게 가한 무게와 고통의 시적 표출임엔 틀림없다.

반면 위의 서정주의 「자화상」은 '세계 내 존재'로서의 시인의 숙명을 예감케 하는 작품인 바, 저주받은 시인의 죄의식, 가난, 떠돌이의 '바람'과 '피'와 '이슬' 등을 격정적으로 노래하고 있다. 우선 1연에서 회억되는 그의 집안은 모순된 사회제도와 가난에 시달린다. 갑오년에 집 나가 돌아오지 않는 할아버지, 종인 까닭에 주인의 일에 매여 밤 깊도록 돌아오지 못하는 아버지, 파뿌리같이 늙은 할머니, 그리고 아이를 가져선 풋살구가 꼭 하나만 먹고 싶다고 하는 어머니가 대추꽃 한 주와 흙벽에 일렁거리는 호롱불을 배경으로 가난에 찌들대로 찌들어 사는 모습으로, 때가 낀 까만 손톱을 한 어린 아들, 곧 '나'의 눈에 포착된다.

그러다 여기서 갑자기 그는 시상의 흐름을 바꾸어 '나'의 지난 생애를 몇 마디 말로 요약한다. 스물세 해 동안 '나'의 생애를 지배한 것은 팔 할이 바람이었다는 것이다. 바람은 즉 끊임없는 방랑, 세상 속에서의 시달림, 흙먼지와 추위 같은 것일 게다. 그 속에서 '나'는 가도 가도 부끄럽기만 하고, 어떤 이는 그런 '나'의 고통을 죗값이라 하는가 하면 또 천치로 여기기도 한다. 그럼에도 "나는 아무것도 뉘우치지 않을란다."고 감히 말함으로, 개인적인 괴로움과 역사의 시련이 겹친 자신의 초라한 삶 혹은 아픔을 뉘우침 없이 받아들이고자 하는 것이다. 물론 그런 고통은 되레 찬란히 트여 오는 아침, 그의 이마에 얹힌 시의 이슬로 탄생되고야 만다. 비록 볕이거나 그늘이거나 혓바닥 늘어뜨린 병든 수캐마냥 헐떡거리며 왔어도, 뜨겁고 사나운 동물성으로서의 '피'가 시라는 '이슬'에 이르는 조건이 되었으니, 이는 곧 괴로운 삶 자체가 창조의 열매가 될 수 있음을 상징한다.

백석의 시 「여우난골족(族)」과 잘 먹고 잘 노는 어린아이

백석의 시를 처음 대하는 이들은 당황한다. 이는 백석 시의 제1의 특징으로 꼽히는 향토색 짙은 지방어가 가독성을 가로막기 때문이다. 백석 시에 나오는 장삼이사의 뭇사람들, 유난히 작고 가냘프고 여린 풀꽃과 곤충과 동물들, 수백 가지가 넘는 음식들 그리고 북방 정서를 담은 놀이와 풍물들이 다듬어지지 않은 투박한 방언 속에 만화방창 생명의 공동체로 어우러져 있으니, 그것을 잘 분석해서 알뜰살뜰한 독해를 해낸다는 것이 여간 어려운 일이 아니다.

시인 이동순은 백석이 이런 방언 사용을 통해 "식민 통치자들의 제국주의적 규범화와 규격화, 구별화의 강압에 반대하면서 다듬어지지 않은 투박한 온갖 개성들의 다양한 목소리로 자연과의 화해 속에 이루는 우리 고유의 정서와 삶의 따스함을 노래한다."고 평가한다. 역시 문학평론가 김재용은 "근대화되면서 지방 언어들이 표준어의 압력에 굴복하여 사라지는 순간 구체적 삶의 언어만 사라지는 것이 아니라 그 언어의 몸이라 할 수 있는 구체적 삶의 현실도 사라지는 것이다." 그렇기 때문에 백석이 관서지방의 방언을 즐겨 사용한 것은 "일차적으로 표준어에 대한 저항이지만 근본적으로는 근대의 중앙 집권화와 물신화에 대항하여 인간의 진정한 삶을 구하고자 하는 노력에 맞닿아 있다고 볼 수 있다."고 한다.

한데 백석은 향토색 짙은 절묘한 언어와 민속적 상상력을 통해 건져 올린 존재의 두두물물과 공동체의 세계를 어린아이의 시각으로 쓰길 즐겨 했다. 아울러 그런 어린아이들이 먹고, 놀이하고, 즐겁게 살아가는 흥성한 이야기들을 여러 시편에 화기애애하게 펼쳐 놓았다. 그런 시들을 보노라면 근대 이전의 어떠한 때도 묻지 않은 순진무구함과 가공되지 않은 천연의 빛이 환하게 비추는 세상을 보는 듯 싱그럽다.

먼저 백석의 시 「여우난골족(族)」을 읽어 보자.

명절날 나는 엄매아배 따라 우리 집 개는 나를 따라 진할머니 진할아버지가 있는 큰집으로 가면

얼굴에 별자국이 솜솜 난 말수와 같이 눈도 껌벅거리는 하로에 베 한 필을 짠다는 벌 하나 건넛집엔 복숭아나무가 많은 신리(新里)고무 고무의 딸 이녀(李女) 작은 이녀(李女)

열여섯에 사십(四十)이 넘은 홀아비의 후처가 된 포족족하니 성이 잘 나는 살빛이 매감탕 같은 입술과 젖꼭지는 더 까만 예수

쟁이 마을 가까이 사는 토산(土山)고무 고무의 딸 승녀(承女) 아들 승(承)동이

육십리(六十里)라고 해서 파랗게 뵈이는 산(山)을 넘어 있다는 해변에서 과부가 된 코끝이 빨간 언제나 흰옷이 정하든 말끝에 설게 눈물을 짤 때가 많은 큰골고무 고무의 딸 홍녀(洪女) 아들 홍(洪)동이 작은 홍(洪)동이

배나무접을 잘하는 주정을 하면 토방돌을 뽑는 오리치를 잘 놓는 먼 섬에 반디젓 담그러 가기를 좋아하는 삼춘 삼춘엄매 사춘누이 사춘동생들

이 그득히들 할머니 할아버지가 있는 안간에들 모여서 방 안에서는 새 옷의 내음새가 나고

또 인절미 송구떡 콩가루차떡의 내음새도 나고 끼때의 두부와 콩나물과 뽂운 잔디와 고사리와 도야지비계는 모두 선득선득하니 찬 것들이다

저녁술을 놓은 아이들은 외양간섶 밭마당에 달린 배나무동산에서 쥐잡이를 하고 숨굴막질을 하고 꼬리잡이를 하고 가마타고 시집가는 놀음 말타고 장가가는 놀음을 하고 이렇게 밤이 어둡도록 북적하니 논다

밤이 깊어 가는 집 안엔 엄매는 엄매들끼리 아르간에서들 웃고 이야기하고 아이들은 아이들끼리 웃간 한 방을 잡고 조아질하고 쌈방이 굴리고 바리깨돌림하고 호박떼기하고 제비손이구손

이하고 이렇게 화디의 사기방등에 심지를 몇 번이나 돋구고 홍게 닭이 몇 번이나 울어서 졸음이 오면 아랫목싸움 자리싸움을 하며 히드득거리다 잠이 든다 그래서는 문창에 텅납새의 그림자가 치는 아츰 시누이 동세들이 욱적하니 흥성거리는 부엌으로 샛문 틈으로 장지문 틈으로 무이징게국을 끓이는 맛있는 내음새가 올라오도록 잔다

— 백석, 「여우난골족(族)」

「여우난골족(族)」은 1935년 조선일보사에서 발행한 월간 종합잡지 『조광』에 발표된 작품이다. 시 제목 '여우난골족(族)'은 여우가 나오는 골짝에 있는 집의 가족쯤으로 이해하면 되겠다. 이 여우난골족 친척들이 명절을 맞아 차례를 지내러 모두 '여우난골집'으로 모여 함께 음식을 만들고, 먹고, 이야기하고, 밤늦도록 놀이하는 이야기가 시의 내용이다. 이를 천진난만한 어린아이 시각으로 포착한 것이다.

좀 더 구체적인 내용을 살펴보면 명절날이면 '나'는 진할머니 진할아버지 곧 친조부모가 있는 큰집으로 부모와 함께 명절을 쇠러 간다. 명절날 큰집으로 친척들이 모두 모이는 풍습은 당시 시인의 고향인 평안북도 정주의 산골 마을이나 요새 우리 남한의 남도지방이나 같다는 것을 알 수 있다. 여기에는 신리고모와 두 딸, 토산고모와 그 아들딸, 큰골고모와 그 아들 둘과 딸, 삼촌과 삼촌엄마 사촌누이 사촌동생들까지 함께 모이니 어림잡아도 이십여 명을 훌쩍 넘는다. 이들이 새 옷을 입고 모두 모여 여자들은 인절미며 고사리며 각

종 음식을 만들고, 어린아이들은 저녁밥 수저를 놓자마자 배나무 동산에서 쥐잡이 숨굴막질(숨바꼭질) 등 각종 놀이를 한다. 그러다가 밤이 깊어지면 어머니들은 어머니들끼리 아랫방에서 웃고 이야기하고, 아이들은 아이들끼리 웃간 한방에 모여 또다시 각종 밤놀이를 즐기며 새벽닭이 울도록 놀다가 잠이 든다. 그때쯤이면 어느새 부엌에선 시누이와 동서들이 나와 아침 차례를 지내려고 음식 끓이는 냄새가 올라온다. 오늘날 우리 남도지방의 명절날처럼 음식 냄새와 여자들의 웃음소리가 담장을 넘고, 여러 친척집에서 온 아이들이 모두 모여 새벽까지 놀이 삼매경에 빠져서 늦잠을 자는 모습은 웃음을 잣게 한다.

이 시를 통해 어린아이들이, 잘 먹고, 잘 노는 것 세 가지에 주목하여, 오늘날 어린아이가 성공이라는 부모의 욕망의 도구가 되고, 어린아이들이 피자며 햄버거 등 각종 외래 음식에 중독되었는가 하면, 어린아이들이 개인적 공부 세계에만 침잠하여 놀이의 공동체를 잃어버린 현실에 대한 인문학적 성찰을 해 보려고 한다.

1. 백석 시의 시점과 공간의 주체는 어린아이

「여우난골족(族)」이란 시는 어린아이를 시적 화자로 세운 시이다. 먼저 어린아이인 '나'가 명절날 조부모가 있는 '큰집'에 와서 거기 차례를 지내러 온 친척들을 소개하는 장면을 보자.

얼굴에 별자국이 솜솜 난 말수와 같이 눈도 껌벅거리는 하로에 베 한 필을 짠다는 벌 하나 건넛집엔 복숭아나무가 많은 신리(新里)고무 고무의 딸 이녀(李女) 작은 이녀(李女)

열여섯에 사십(四十)이 넘은 홀아비의 후처가 된 포족족하니 성이 잘 나는 살빛이 매감탕 같은 입술과 젖꼭지는 더 까만 예수쟁이 마을 가까이 사는 토산(土山)고무 고무의 딸 승녀(承女) 아들 승(承)동이

육십리(六十里)라고 해서 파랗게 뵈이는 산(山)을 넘어 있다는 해변에서 과부가 된 코끝이 빨간 언제나 흰옷이 정하든 말끝에 설게 눈물을 짤 때가 많은 큰골고무 고무의 딸 홍녀(洪女) 아들 홍(洪)동이 작은 홍(洪)동이

배나무접을 잘하는 주정을 하면 토방돌을 뽑는 오리치를 잘 놓는 먼 섬에 반디젓 담그려 가기를 좋아하는 삼촌 삼촌엄매 사촌누이 사촌동생들

고모가 셋이 있는데 신리에 사는 고모는 얼굴에 별자국이 솜솜 나 있다. 아마 곰보인 모양이다. 더구나 말수가 눈을 껌벅거리는 것과 같다고 하는 걸로 보아 어벙벙하고 어눌한 모양이다. 그럼에도 하루에 베 한 필을 짠다고 한다. 그 고모는 벌 하나 건너서 복숭아나무가 많은 신리에 사는데 남편이 이 씨이다. 딸 둘이 '이녀(李女) 작은 이녀'이기 때문이다. 여기서 이녀, 작은 이녀는 평북지방에서 아이들을

지칭할 때 쓰던 애칭으로, 아버지가 이 씨일 때 딸은 이녀, 아들은 이동이라고 부른다. 다른 고모 아이들 이름을 말할 때 승녀, 승동이, 홍녀, 홍동이도 마찬가지로 쓰이는 말이다.

그리고 토산에 사는 고모는 나이 열여섯 살에 사십이 넘은 홀아비의 후처로 시집간 사람이다. 그래서 그런지 포족족하니 성을 잘 내고 살빛과 입술이 매감탕 같다. 여기서 매감탕이란 엿을 고아 낸 솥을 가셔 낸 물, 혹은 메주를 쑤어 낸 솥에 남아 있는 진한 갈색의 물이다. 성질을 잘 내고 살빛과 입술이 매감탕같이 진한 갈색이어서 부모가 일찌감치 홀아비에게 시집을 보낸 게 아닌가 짐작게 한다. 더구나 예전 여자들이 브래지어를 하지 않은 시절에 적삼 밑으로 젖이 빠져나오곤 했는데 아마 그것을 본 것임에 분명한, 젖꼭지는 더 까만 고모는 예수쟁이 마을 가까운 토산에 산다. 여기서 예수쟁이 마을이란 아마도 평안북도 정주에 이승훈이 세운 미션스쿨 오산학교가 있는 오산을 말하는 것 같은데 바로 그 가까운 데 토산이 있거나, 아니면 이와는 다른 황해북도에 있는 토산일 것이다.

또한 큰골에 사는 고모는 육십리라고 해서 파아랗게 보이는 산 넘어 해변에서 산다. 그런데 여기서 "육십리라고 해서 파아랗게 보이는 산 넘어"라는 것이 산이 너무 높을 때 흔히 관용구처럼 쓰는 육십령(六十嶺) 고개를 넘는다는 것인지, 정주에서 높은 산 넘어 해변까지 육십 리가 된다는 것인지 알 수 없지만, 하여간 높은 산 넘어 바닷가에 사는 고모다. 그런데 그녀는 이미 과부가 되어 늘 코끝이 빨갛게 되어 있는데, 아마도 흰옷이 젖든 말든 말끝마다 서럽게 눈물을 짜고 코를 푼 까닭에 그렇게 되었음을 짐작게 한다. 그런가 하면 삼촌은 배나무 접을 잘 붙이지만 주정이 심한 사람인지 술만 취하면 토방돌을 뽑아 들고 난리를 친다. 그래도 오리치 곧 야생 오리 올가미를 잘 놓고 먼 섬에 반디젓(밴댕이젓) 담그러 가기를 좋아하는 사람이다.

이렇게 '나'는 큰집에 오는 고모들과 삼촌과 사촌동생들을 쭈욱 소개하는데 이게 모두 어린아이의 시점이다. 어린아이의 시점이기에 곰보를 그냥 곰보라 하지 않고 얼굴이 별자국이 솜솜 나 있다고 말하고, 살빛과 입술이 매감탕 같고 젖꼭지는 더 까맣다고 말하며, 과부가 된 탓에 늘 울어서 코끝이 빨간 것을 그렇게 빨갛다고 말할 수 있는 것이다. 그게 천진한 아이의 지배적 인상이기에 가능한 표현이지 그렇지 않다면 가령 '살빛이 매감탕 같은 입술과 젖꼭지는 더 까만' 같은 표현은 토산고모 입장에선 모욕감으로 들릴 수밖에 없는 표현인 것이다.

어린아이는 어른들처럼 돌려 말하지 않는다. 『논어』에 나오는 '교언영색(巧言令色)'을 하지 않는다. 남에게 잘 보이려고 그럴듯하게 꾸며 대는 말과 알랑거리는 태도를 짓지 않는다. 또 어린아이는 『당서』의 「이임보전」에 나오는 구밀복검(口蜜腹劍)을 하지 않는다. 구밀복검은 입에는 꿀이 있고 뱃속에는 칼을 품고 있다는 뜻으로, 말로는 상대의 혀처럼 굴지만 속으로는 아홉 마리 독사를 품고 있는 것인데, 아이들은 이러한 말을 하지 않는다는 것이다.

어린아이는 아첨과 기만도 하지 않는다. 『주역』 태괘를 풀이함에 있어 「단전」에서 "속으로는 강직한 뜻을 가지고서 상대를 기쁘게 한다(剛中以柔外)"고 말한다. 이를 정이천은 "마음을 기쁘게 해서 설복하도록 만든다."고 설명하는데, 다음 왕필의 주석이 볼만하다. "상대를 기쁘게만 하고 자신의 강직한 뜻을 어긴다면 아첨이고, 강직한 뜻만 지키려다가 상대를 감동시키지 못한다면 폭력이다." 우리는 흔히 자기보다 높다고 생각하는 상대의 기분을 맞추러 온갖 말로 미사여구를 써 가며 알랑거린다. 아첨이다. 하지만 자기보다 낮아 보이는 사람에겐 자기의 되지도 않은 생각을 협박하다시피 강요한다. 폭력이다. 어느 종교인들이 전도 때 행하는 말은 아첨과 협박을 왔다 갔다 한다. 처음에는 온갖 복음과 구원과 사랑과 축복의 메시지로 구슬리다가 그래도 안 되면 죄와 종말과 심판과 지옥을 들이댄다. 어린아이들은 결코 논리적으로 말하지 않는다. 논리의 맥락과 틀이 딱 들어맞는 말을 청산유수로 하는 사람은 십중팔구는 거짓말을 하는 사람이다. 어떤 장관 청문회에서 자기 가족 비리를 남의 일처럼 유체 이탈 화법으로 말하고 또 아귀가 딱딱 맞게 답변하며 고개를 꼿꼿이 들던 후보 같은 사람 말이다.

러스킨은 말을 "가면을 쓴 외교관" "교활한 외교관" "표독한 독살자"라고 하는 등 말의 타락 현상을 풍자하는 비유를 이처럼 사용했다. 이동순은 이에 대해 "인간의 말이 요즘과 거의 버금갈 정도로 극심한 타락 현상을 보였던 것은 나라의 주권을 일본에게 강제적으로 빼앗긴 일제 말기였다. 전통적 가치를 포함한 기존의 모든 민족적 가치가 일제의 계획적이고 조직적인 파괴로 깡그리 무너져 가던 어둡고 암울한 시대에서(…) 시인 백석은 민족의 주체적 자아를 문학 쪽에서 보존할 수 있는 가장 적절한 활동 영역을 농촌공동체의 생활과 그 정서에서 찾으려 했다."고 분석한다. 말의 타락이 극심한 도시뿐만 아니라 농촌파괴 정책에도 계속되었지만, 혈연과 거주지로 함께 엮어지는 생활공동체의 끈끈한 유대를 여전히 갖고 있었던 농촌이기에 백석은 고향 평북 정주 산골 마을의 어린 시절 기억을 되살려 냈던 것이다.

아울러 이 시에서 어린아이는 부모들의 욕망에 기인한 성공의 도구로 이용되지 않는다. 아이들은 갖가지 음식을 먹고 놀이를 공유하며 하나의 고독한 인간에서 공동체적 동일화의 세계로 귀환한다. 새벽닭이 울도록 흥성하게 놀다가 잠이 드는 어린아이들의 모습 속에서 공부 잘하는 아이, 공부 못하는 아이, 키 큰 아이, 키 작은 아이, 팔삭둥이며 바보 멍청이는 전혀 발견할 수가 없다. 모든 어린아이들이 각자 주체가 되어 어울리며 궁극에는 하나가 되는 아름다운 풍경을 우리들도 어린 날 무척 겪어 보지 않았던가.

2. 백석 시의 잘 먹는 어린아이와 선종의 기래끽반(饑來喫飯)

「여우난골족(族)」 중반부에는 명절 음식으로 차린 각종 먹을거리들을 소개한다. 백석의 많은 시에는 이렇게 어린 시절 고향에서 먹었던 음식들에 대한 소개가 수두룩하다. 민족적 분위기가 풍겨 나는 토속 음식들에 대한 강렬한 집착을 보이기까지 한다. 그 이유는 아무래도 일제강점기 때 먹기 힘든 민중들에게는 그만큼 먹을거리가 소중했다는 것에 대한 반증이라는 생각이 든다. 그런데 이 시에서 여러 음식들을 열거하고 모두 "선득선득하니 찬 것들"이라고 하는데, 원래 제사 음식은 갱과 메 외에는 모두 찬 음식을 올리는 것이 북방이나 남방이나 같아서 그런 표현을 한 것이다.

> 이 그득히들 할머니 할아버지가 있는 안간에들 모여서 방 안에서는 새 옷의 내음새가 나고
> 또 인절미 송구떡 콩가루차떡의 내음새도 나고 끼때의 두부와 콩나물과 뽂운 잔디와 고사리와 도야지비계는 모두 선득선득하니 찬 것들이다

아래는 역시 백석의 「고야(古夜)」라는 시의 부분이다. 여기에도 각종 음식이 소개된다.

> 내일같이 명절날인 밤은 부엌에 쩨듯하니 불이 밝고 솥뚜껑이 놀으며 구수한 내음새 곰국이 무르끓고 방 안에서는 일가집 할머니가 와서 마을의 소문을 펴며 조개 송편에 달송편에 죈두기송편에 떡을 빚는 곁에서 나는 밤소 팥소 설탕 든 콩가루소를 먹으며

설탕 든 콩가루소가 가장 맛있다고 생각한다

나는 얼마나 반죽을 주무르며 흰가루손이 되여 떡을 빚고 싶은지 모른다

"먹는다는 것은 원초적이고 필수 불가결한 생존의 몸짓이다. 무의식적으로 이루어지는 심장박동이나 호흡과는 달리 먹는다는 것은 계획이나 목표를 지니고 진행해야 하는 복잡한 단계를 필요로 하며 노동이 수반되기도 한다. 먹는다는 행위를 충족시키는 것은 감각을 통해서이다. 먹을 만한 것을 발견하고 추려 내는 과정을 거쳐 입안에 넣었을 때 수많은 미뢰가 반응하고 우리는 맛과 향을 느끼고 기억한다. 시간이 흘러도 그 맛의 기억을 되살려 낼 때 입안은 이내 흥건해진다. 먹는 행위는 추억을 따라가며 기억의 포만감을 누리는 것과 통한다. 그리하여 한입의 음식에는 한 모금의 역사가 담겨진다."(유지현) 그래서 백석의 시에 나오는 많은 음식들은 당대의 역사와 문화와 풍물을 환히 들여다보게 하는 것이다.

백석 시에 나오는 주된 음식물이나 기호물, 또는 재료들의 이름을 한번 열거해 보자.

막써레기, 돌나물김치, 백설기, 제비꼬리, 마타리, 쇠조지, 가지취, 고비, 고사리, 드릅순, 회순, 물구지우림, 둥글네 우림, 도토리묵, 도토리범벅, 광살구, 찰복숭아, 반디젓, 인절미, 송구떡, 콩가루차떡, 두부, 콩나물, 뽂운 잔디, 도야지 비계, 무이징게국,

찹쌀탁주, 왕밤, 두부산적, 소, 니차떡, 쇠든 밤, 은행여름, 곰국, 조개송판, 죈두기송편, 밤소, 팥소, 설탕 든 콩가루소, 내빌물, 무감자, 시라리타래, 개구리의 뒷다리, 날버들치, 붕어곰, 미역국, 술국, 추탕, 엿, 송이버섯, 옥수수, 노루고기, 산나물, 조개, 김, 소라, 굴, 참치회, 청배, 임금알, 벌배, 돌배, 띨배, 오리, 육미탕, 금귤, 전복회, 해삼, 도미, 가재미, 파래, 아개미젓, 호루기젓, 대구, 건반밥, 명태, 창난젓, 고추무거리, 힌밥, 튀각, 자반, 머루, 꿀, 오가리, 석박디, 생강, 파, 청각, 마늘, 국수, 모밀가루, 떡, 모밀국수, 달재생선, 진장, 명태, 꽃조개, 물외, 꼴두기, 당콩밥, 가지냉국, 산꿩의고기, 김치가재미, 동티미국, 밤참국수, 게산이알, 취향이돌배, 만두, 섬누에번디, 콩기름, 귀이리차, 칠성곡기, 쏘가리, 35도소주, 시래기국, 소피, 술국, 도야지 고기, 기장차떡, 기장쌀, 기장감주, 호박죽, 보탕, 식혜, 산적, 나물지짐, 반봉과일, 오두미, 수박씨, 호박씨, 동티미국, 댕추가루, 육수국, 감주, 대구국, 염소탕, 원소, 빽국채, 계루기, 깨죽, 문주

모두 140여 종이 넘는다. 이 음식물들은 모두 일반 서민들이 먹는 생활 음식들이라고 한다. 이 중에는 시골 아이들이 어릴 적에 주워 먹던 길바닥의 닭똥도 있고, 가자미식혜 등 향토 음식이 많다. 거의 대다수가 민중적 향취가 느껴지는 음식들이며, 동물성보다는 식물성 음식이 압도적으로 많은 것도 특징이다. 소래섭은『백석의 맛』이라는 책에서 "백석 시에 등장하는 음식의 가짓수는 많지만, 특이

하거나 값비싼 음식은 드물다. 일본 유학과 경성 생활을 통해 신문물에 익숙했을 텐데도, 백석은 외국 음식이나 고급 요리에 대해서는 거의 언급하지 않았다. 오히려 그의 밥상을 차지하고 있는 것은 서민적이고 토속적인 음식들이다. 밥과 나물, 젓갈과 같은 밑반찬, 국수나 생선 몇 토막에도 그는 울고 웃었다. 한 번 길들여진 입맛처럼 완강하고 보수적인 것이 없다고 하는데, 백석도 그랬던 것 같다. 그의 식욕을 자극했던 것은 산해진미로 가득한 황제의 밥상이 아니라 어린 시절 명절이나 제사 때 맛보았던 것들, 또는 식구끼리 정겹게 마주 앉아 나누는 평범한 식탁이었다."라고 한다.

백석의 시에서 어린아이들은 이런 음식의 질이 좋고 나쁨을 가리지 않는다. 역시 맛있는 음식과 싫어하는 음식의 구별도 하지 않는다. 시 「고야」에서 "설탕 든 콩가루소가 가장 맛있다고 생각한다"는 구절이 나오는데 단것을 좋아하는 아이들의 일반적인 생각일 뿐, 그의 시에서 맛없거나 싫어하는 음식을 억지로 먹는 예는 찾아보기 힘들다. 어린아이들은 그저 주어지는 대로 먹고 놀 뿐이다. 특히 명절날이면 누구나와 같이 평소 배불리 먹지 못하는 처지에 많은 음식이 차려지니 신나고 즐거울 뿐이다.

선가에 "기래끽반 곤래즉면(饑來喫飯 困來卽眠)"이라는 선어가 있다. "배고프면 밥을 먹고 졸리면 잠을 잔다"라는 말이다. 어린아이들에게는 특히 너무 자명한 이치의 말이다. 어린아이들이야말로 배고프면 밥 달라 해서 먹고 잠 오면 아무 때 아무 곳에서나 자는 것이 아니던가. 그런데 이것은 어린아이들에게만 해당되는 이야기가 아니다. 배고프면 밥 먹는 것은 인간이 태어날 때 하늘로부터 품수한 자연스런 생리적인 본능인 동시에 천연대도이다. 때문에 밥 먹는 게 천인합일을 이루는 숭고한 행위이자 또한 자연스런 일상사이다.

어느 날 계율에 밝은 원(源) 율사라는 이가 조사선의 태두 마조 대사(709~788)의 법제자인 대주 혜해 선사(생몰 미상)를 찾아와 물었다.

"화상께서도 도를 닦을 때 노력을 기울이십니까?"

선사가 말했다.

"그렇다."

"어떤 노력을 기울이십니까?"

"배고프면 밥을 먹고 졸리면 잠을 잔다(饑來喫飯 困來卽眠)."

"사람들 모두가 그러하니 스님처럼 수행한다 하겠습니다."

"그렇지 않다."

"뭐가 다르단 말씀입니까?"

"그들은 밥 먹을 때 밥 먹는 데 전념하지 않고 백 천 가지 분별심을 일으키고 잠잘 때 천만 가지 계교(計較)를 일으킨다. 그것이 밥 먹는 데만 몰두하는 나와 다른 점이다."

–『경덕 전등록』 권6

율사가 입이 막혀 더 이상 묻지 못했다는 이 선문답은 '기래끽반'

이라는 화두를 탄생시킴으로 굉장히 유명해졌다. 사실 싱겁기 짝이 없고 어찌 보면 조롱조의 빈정거림 같다. 대선사의 수행이라는 게 장좌불와니 무문관 참선도 아니고 겨우 밥 먹고 잠자는 것이라니?

'기래끽반'은 일상생활 전부를 도(道)로 삼는 선풍(禪風)을 대표하는 화두이고 선사상이다. 곧 세간의 일상생활 외에 불법이 따로 없다는 얘기다. 특별히 기특한 일을 도모하거나 비상한 일을 조작하지 않고 일상의 생활에서 도를 실행하는 평상심(平常心)을 드러낸 것이 기래끽반이다. 다음의 마조대사의 법사인 금우화상(생몰 미상)도 밥 먹는 일을 중요한 수행이라고 일깨웠다.

> 금우는 식사 때마다 발우를 들고 한바탕 춤을 추고는 크게 웃은 다음 "보살들아, 어서 와 공양을 하시게."라고 외쳤다.
>
> —『벽암록』 74칙

이들이 이렇게 역설하는 '밥 먹고 잠자라.'는 법문은 감각적 욕구에 탐닉하라는 얘기가 결코 아니다. 사람이 밥을 먹는지 밥이 사람을 먹는지 알 수 없는 경지에 이른 물아일체의 수행을 당부하는 간절한 호소다. 망아(忘我)의 경지에서 밥과 사람이 하나가 되어 주체와 객체가 모두 사라진 곳, 다시 말해 자아가 비어 있고 대상도 비어 있는 진공 상태에 도달해야 진정한 해탈이고 깨침이다. 이것이 주객이 하나가 되어 나와 만물이 하나로 돌아가는 만물여아동체(萬物與我同體)의 우주정신이자, 내가 곧 부처인 세계이다. 원래 내가 바로 부처지 부처가 따로 있지 않다. 돈오 남종선의 실질적인 개창자인 6조 혜능 대사는 그래서 '중생이 곧 부처(衆生是佛)'임을 누누이 강조했다.

어린아이들은 밥 먹을 때 이것저것 생각하지 않는다. 밥 먹을 때는 오로지 맛있게 밥 먹는 일에만 열중한다. 하지만 어른들은 밥 먹을 때 이런 계산 저런 술수를 수도 없이 생각해 낸다. 마치 인간은 생각하기 위해서 태어난 동물인 양 생각을 멈추지 않는다. 그래서 밥을 좀 더 느긋하게 먹지 못하고 후다닥 달려 나가고, 같이 먹는 상대의 이 눈치 저 눈치 봐 가며 밥을 먹는다. 혹여 누가 밥 한 끼 먹자고 하면 무언가 내게 부탁할 것이 있어서 그런 것이라 생각하고, 실제로 생각지도 않은 사람이 밥 먹자고 하면 틀림없이 뒤에 무슨 부탁이 있어서 그러기 십상이다. 그래서 '기래끽반'이야 말로 천일합일의 숭고한 도덕이지만 가장 실천하기 어렵기도 한 깨달음의 경계이다. 아이들만이 "배고프면 밥을 먹고 졸리면 잠을 잔다."

3. 백석 시의 놀이하는 어린아이와 니체의 초인

어린아이들은 잘 먹고 잘 노는 것이 결국 성장과 창조의 세계로 가는 지름길이다. 잘 먹지 못하고 늘 떼를 쓰는 아이는 어딘가 몸에 병이 있거나 부모를 향한 욕구불만이 가득한 아이일 것이다. 또 잘 놀지 못하는 아이는 병약하거나 이미 놀이에 싫증을 내는 아이임에 틀림없다. 아이가 놀이에 싫증을 내는 것은 아이가 조숙해져 있기 십상인데 이런 조숙증은 역시 부모와의 불화로 인한 경우가 많다.

백석 시의 어린아이들은 할아버지 할머니, 삼촌과 고모들, 형제들과 사촌들, 그리고 부모님까지 대가족을 이루는 농촌공동체에 살고, 그 속에서 귀여움과 사랑을 충분히 받고 살기 때문에 늘 잘 논다.

> 저녁술을 놓은 아이들은 외양간섶 밭마당에 달린 배나무동산에서 쥐잡이를 하고 숨굴막질을 하고 꼬리잡이를 하고 가마타고 시집가는 놀음 말타고 장가가는 놀음을 하고 이렇게 밤이 어둡도록 북적하니 논다
>
> 밤이 깊어 가는 집 안엔 엄매는 엄매들끼리 아르간에서들 웃고 이야기하고 아이들은 아이들끼리 웃간 한 방을 잡고 조아질하고 쌈방이 굴리고 바리깨돌림하고 호박떼기하고 제비손이구손이하고 이렇게 화디의 사기방등에 심지를 몇 번이나 돋구고 홍게닭이 몇 번이나 울어서 졸음이 오면 아랫목싸움 자리싸움을 하며 히드득거리다 잠이 든다

시 후반부에 보면 어른들은 이야기하고 아이들은 놀이를 하면서 점차 하나가 되어 간다. 아이들이 서로 살을 맞대고 “조아질하고 쌈방이 굴리고 바리깨돌림하고 호박떼기하고 제비손이구손이” 하면서 얽혀 들어간다. 여기서 조아질은 공기놀이, 쌈방이는 싸움하는 시늉으로 상대방을 매어 거꾸로 방이는 놀이, 바리깨돌림은 주발 뚜껑을

돌리며 노는 놀이, 호박떼기는 말타기와 비슷한 놀이, 제비손이구손이는 다리를 마주 끼고 손으로 다리를 차례로 세며, '한 알 때 두 알 때 삼시네 네비 오드득 보드득 제비손이구손이 종제비 빠땅'이라 부르는 유희를 말한다. 또 화디는 등경걸이, 사기방등은 사기로 만든 등잔, 홍게닭은 새벽닭을 가리킨다. 아이들은 이렇게 갖가지 놀이를 공유하며 하나의 고독한 인간이 공동체적 동일화의 세계로 귀환하게 되는 것이다.

니체의 차라투스트라는 인간이 궁극적으로 추구하는 모습을 초인(위버멘쉬)이라고 하는데, 이 밝은 이미지의 '초인'은 어린아이의 모습으로도 나타난다. 어린아이와 초인은 어떻게 연결되는가. 초인은 어린아이처럼 놀이하는 정신을 지닌 자, 유희 정신으로 충만한 자이기도 하기 때문이다. 니체는 인간의 세 가지 정신의 변화 단계에 대해서 다음과 같이 말한다.

> 나 이제 너희들에게 정신의 세 단계 변화에 대해 이야기하련다. 정신이 어떻게 낙타가 되고, 낙타가 사자가 되며, 사자가 마침내 어린아이가 되는가를.
>
> – 프리드리히 빌헬름 니체, 『차라투스트라는 이렇게 말했다』

낙타는 무거운 짐을 지고 꿋꿋하게 걷는 당위의 정신이다. 그는 의무감 속에서 아무리 무거운 짐이라도 견뎌 낸다. "짐깨나 지는 정신은 이처럼 더없이 무거운 짐을 마다하지 않고 짊어진다. 그러고는 마치 짐을 가득 지고 사막을 향하여 서둘러 달리는 낙타처럼 사막으로 서둘러 달린다." 이 낙타를 생각하면 우리나라의 대개의 아버지들이 생각난다. 단 한 번도 자신의 생각대로 전개되지 않는 세상에서 그래도 가정을 지키려고, 처자식을 먹여 살리느라고, 나아가 사회적 지위 그리고 가끔씩이라도 교양과 품위를 생각하는 문화인으로 살기 위하여, 어떠한 굴욕이든 감내하며 묵묵히 삶을 살아 내는 아버지들! 낙타의 정신을 점지 받고 태어난 사람들이다. 참으로 외로운 사람들이다. 더구나 궁극에 가선 스펙을 만들어 줄 수 없어서 의사 판검사 못 시켜 준 자식들에게 외면당하고, 박봉의 월급에도 바가지 한 번 긁지 않고 묵묵히 살림을 치러 내던 아내에게 황당하게도 황혼 이혼을 당하는 사람까지 있을 정도로, 낙타의 삶을 살았던 사람들의 삶의 처음이자 종착지로서의 사막은 외롭고 쓸쓸하고 잔인하다.

그런데 외롭기 짝이 없는 사막에서 사람 정신의 두 번째 변화가 일어난다. 낙타에서 사자로 변하는 것이다. "사자가 된 낙타는 이제 자유를 쟁취하여 그 자신이 사막의 주인이 되고자 한다." 사자는 자유정신을 나타낸다. 사자는 낙타처럼 묵묵하게 삶의 의무를 견디는 자가 아니다. 지금까지 낙타에게 부과된 '너는 마땅히 해야 한다.'고 외치는 가정과 사회의 책무, 당위성의 책무에 맞서 사자는 '나는 하고자 한다.'는 의지와 욕망을 내세운다. 사자는 자유를 쟁취하고 의무에 대해서조차 '아니오.'라고 말하는 자유의 투사이다. 오늘날 우리나라의 많은 여성들도 이런 사자가 되어 있다. 지금까지 유교적 남성지배 담론에 의한 남녀 차별과 사회와 직장에서의 억압과 배제로 인한 소외를 당연시 여겼던 여성들이 이제 자기의 능력에 맞는 대우와 대접을 해 달라고 조직적으로 요구한다. 지금까지 남성들이 사랑이라고 생각하며 여성을 대했던 많은 일들이 이제는 '성인지 감수성'이라는 심리학 용어까지 동원되어 그러한 행위가 여성에겐 성추행이자 성폭력이라는 판결을 얻어 내고 있으니, 이제 정말 여성들이 사자인 셈이다. 실지로 사회 각 분야에서 이런 사자가 된 여성들이 그 능력을 야무지게 발휘하고 있는 현상을 보면 삶에서 '나는 하고자 한다.'하는 욕망과 의지가 자신을 어떻게 주체적 인간으로 변모시키는지 알 수 있다. 사실 낙타에서 사자가 되기까지의 시간과 고통은 무척 길지만 말이다.

그렇다고 해서 사자가 곧 '가치 창조자'인 것은 아니다. 새로운 가치의 창조! 사자라도 아직은 그것을 해내지 못한다. 새로운 창조를 위한 자유의 쟁취, 그것까지가 사자의 몫이다. 차라투스트라는 이제 사자는 어린아이가 되어야 한다고 말한다. 어린아이가 되어야만 창조하는 자가 될 수 있다고 말한다. 왜 그런가?

> 어린아이는 순진무구요 망각이며, 새로운 시작, 놀이, 스스로의 힘에 의해 돌아가는 바퀴이며, 최초의 운동이자 거룩한 긍정이다.
>
> – 프리드리히 빌헬름 니체, 『차라투스트라는 이렇게 말했다』

니체는 놀이에 몰두하는 어린아이의 모습에서 진정한 창조자의 이미지를 발견한다. 창조자가 되려면, 언제든 과거를 망각 속으로 던져 버리고 새로운 것을 향해 유쾌한 기분으로, 마치 가장 즐거운 놀이를 처음 하는 기분으로 그렇게 매번 시작해야 한다. 어린아이는 언제든 삶을 긍정한다. 울고 떼쓰고 나서도 언제 그랬느냐는 듯 해맑게 웃으며 놀이에 뛰어드는 것이 어린아이이다. "그렇다. 형제들이여. 창조의 놀이를 위해서는 거룩한 긍정이 필요하다. 정신은 이제 '자기 자신'의 의지를 원하며, 세계를 상실한 자는 '자신'의 세계를 획득하게 된다."

정신의 세 단계를 거쳐 도달한 어린아이가 바로 사람의 내면에 들어 있는 어린아이며, 이 유희 정신이 곧 초인의 정신인 셈이다. 그러므로 초인은 유희하듯 창조 작업을 하는 존재이다. 들뢰즈는 이 "세 가지 변신 사이에 존재하는 단절은 의심할 나위 없이 상대적인 것들에 지나지 않는다. 사자는 낙타 안에 현존해 있고, 어린아이는 사자 안에 깃들어 있다."고 말한다. 마찬가지로 사자 안에는 낙타가 들어 있고, 어린아이 안에는 사자와 낙타가 들어 있는 것이다.

백석의 시 「여우난골족(族)」은 어린아이가 시점과 공간에 있어서 주체가 되어 있는 시이다. 어른들의 모습은 모두 어린아이의 감각과 지배적 인상에 의해서 소개되어 있다. 어린아이의 천진난만과 꾸밈이 없는 모습들은 문장 곳곳에 천연의 원석으로 빛을 발한다. 또 이 시는 평북 정주 지방의 어느 산골에서 지내는 명절 제사 음식과 풍물을 그곳의 향토어로 즐비하게 소개한다. 만약 이것이 교육받은 근대화, 문명화한 지식인 시인의 시각으로 썼다면 이토록 방언으로 일관한 시는 쓰지 못했을 것이다. 어린아이들은 이런 음식을 그저 맛있게 먹고 즐겁게 논다. 어쩌면 각자 처처에 떨어져 사는 고독한 개인들이 명절날을 맞아 제사 지내는 큰집에서 모두 모이자, 특히 어린아이들이 밤늦도록 먹고 노는 가운데 하나의 공동체로 귀환하는 모습은 눈물겹다. 우리에게도 이런 명절날 풍습에 대한 기억은 사람이 아무리 근대화하고 문명화된 빌딩 속에서 살더라도 여전히 강렬한 추억으로 남아 있음을 부정하지는 못할 것이다.

제4부

심금을 켜 대는 서정의 물결
감지(紺紙)의 사랑과 편자 신은 연애
나비, 여치, 새, 노루귀, 산수유나무와 함께
내 마음속의 환호인 생명이여
거미줄에 걸리는 삶의 붉은 목숨

심금을 켜 대는 서정의 물결

한 편의 시에서 제대로 된 서정성의 발화가 갖게 되는 그 위력은 가히 광휘롭기까지 하다. 합리적이고 계산적인 세속 사회에서 찐 계란처럼 메마르고 퍽퍽하거나 갑각류 껍질처럼 차갑거나 딱딱한 삶 속에서 어떠한 것이 '서정적'이라는 말만 들어도 왠지 가슴이 트일 것 같은 기분이 든다. 가령 하루 종일 고층 사무실에 갇혀 있는데 돌아보는 창밖으로 분홍빛 저녁놀이 무량하게 번지는 하늘이 펼쳐지는 광경을 순간 목격했다 하자. 이에 요샛말로 '심쿵' 곧 심장이 쿵하고 내려앉은 기분이 들 정도로 심미적 감수성이 발동했다면 그 사람은 서정의 위력에 감응하는, 아직은 자본에 완전히 제압당하지 않은 사람일 가능성이 굉장히 높다.

시에 있어서 그 서정의 힘은 짧고 강렬할수록 시공간을 넘나드는 깊이와 높이를 확보할 수 있다. 한마디로 가슴과 영혼에 순간적으로 스치는 어떤 직관적이고 핵심적인 것 하나가 발화되는 순간 산사의 범종 소리처럼 긴 여운을 남기며 진부하고 권태로운 일상의 삶을 새롭고 낯선 생명력으로 강렬하게 승화시켜 낸다. 혹은 '명상에서의 깨달음'이라고도 이름할 수 있는 그것은 전통적 동양 시에 많이 형성되어 있다.

노스럽 프라이의 「서정시에 대한 접근」이라는 글에 보면 "동양 시에서 명상의 전통은 아주 잘 형성되어 있기 때문에 한 편의 시는 종종 몇 마디 간단한 말로 암시만 하고 전 과정을 재창조하는 것은 독자의 몫으로 남겨 두게 된다. 일본 서정시나 중국 서정시에 나타나는 명상의 힘은 쓰여진 언어의 본질에 관계될 수 있으며, 이러한 본질에서는 시각적인 보충을 언어적인 강렬성에 제공하는 것일 수도 있다."고 하며 일본의 하이쿠나 중국의 선시를 거론한다. 가령 리포(Rippo)의 하이쿠에 나타나는 다음과 같은 언어적 폭발력, 곧 서정의 힘을 보라.

아름다운 것 셋…
달빛… 벚꽃…
아직…
안 밟은 흰 눈

필립 호튼의 『하트 크레인 : 어느 미국인의 삶』에서 하트 크레인은 이 시를 가리켜 "한 편의 시는 독자에게 다음과 같은 사실, 즉 단순하면서도 전혀 새로운 말, 결코 한 번도 말한 적이 없고 실제로 명확

하게 하는 것이 불가능한 말, 그러나 이제부터 독자의 의식 속에 실제상의 원칙으로 자명하게 작용하는 말을 부여하고 있는 것 같다.”고 언급한다. 이렇듯 어떤 직관적이고 핵심적인 서정의 힘은 ‘언어의 폭발력’을 통해 시인이나 독자들의 의식에 ‘불가능하지만 자명한’ 어떤 실제로 작용하는데, 이를 “심금(心琴)을 울리는 힘”이라고도 해도 괜찮겠다.

이렇게 심금을 울리는 서정의 물결이 넘실대는 시를 몇 편 보자.

1

나뭇잎들이 포도 위에 다소곳이 내린다
저 잎새 그늘을 따라가겠다는 사람이 옛날에 있었다

– 이시영, 「무늬」

이시영 시인은 처음 시조로 등단한 이력과 걸맞게 직관적 단시의 위력을 대내외에 가히 번갯불처럼 각인한 시인이다. 단 두 줄에 불과한 「무늬」도 순결하기 짝이 없어 무기력과 불감증에 시달리는 사람 몇 명쯤은 다시 살려 낼 것 같은 시이다. 나뭇잎들이 포도 위에 다소곳이 내린다. 이는 포도 위에 나뭇잎의 그늘이 일렁인다는 말일 것이다. 산책길이건 가로수길이건 거기에 잎새 그늘이 일렁이는 걸 본 사람은 그 그늘 무늬의 위력을 잘 알리라. 잎새 그늘의 일렁임!

무언가 가득 설레게 하고, 떨리게 하고, 손끝만 닿아도 진저리 칠 것만 같은 그 일렁임! 한데 나뭇잎 그늘의 일렁임에 의탁한 서정의 주체는 누구겠는가. 그가 누구든 순수한 마음, 순결한 마음, 순정한 마음이 없이 일렁이고 설레고 떨리는 일들이 가능이나 하겠는가. 그런 잎새 그늘의 일렁임 속을 따라가겠다고 한 사람이 있었다고 한다.

그런데 그 잎새 그늘을 따라가겠다는 사람이 '옛날에' 있었다. '옛날에!' 아마 이 시의 발화자는 자본주의의 심장인 서울의 어느 빌딩 사무실에서 담배 한 대 참에 잠깐 창밖을 내다보는데 거기 포도 위에 가로수 잎새 그늘이 일렁이는 모습을 보았나 보다. 그 순간 시적 화자에게 직관적이고 핵심적인 시구 두 줄이 떠올랐을 것이다. 하지만 지금 화자의 처지는 일렁임의 본질인 순수나 순정이나 순결 등 그런 것과는 먼 자본에 포획된 삶을 살고 있기에 지금은 그 길을 걸을 수 없다. 그러기에 그 잎새 그늘을 따라갔다는 사람이 "옛날에 있었다"고 하며 회억의 자세를 취할 수밖에 없는 모양이다. 물론 그 잎새 그늘을 따라가겠다고 한 사람은 변심한 사람을 뒤로하고 자기의 순정을 지키겠다고 떠난 애인이거나, 혹은 그 잎새 그늘을 따라가겠다고 했으나 결국은 현실에 안주한 지금의 시적 화자이거나, 어쨌든 그것은 옛날에 있었던 일인 것이다. 그 '옛날에'라는 단어 하나가 가히 언어의 폭발력으로 기능하며 추억의 문을 환하게 열기도 하고, 동시에 그 문 속으로 다시는 들어가지 못할 현재 처지의 쓸쓸함을 목메게 환기시킨다.

시인 김지하는 이시영의 이 '잎새 그늘'을 '예감이 가득 찬 숲 그늘'로 본다. 그 그늘은 '신의 뜨거운 숨결이 관통하고' 있고, '이 다음에 올 커다란 세상을 준비하고' 있고, '아침 땅이 내뿜는 저 하늘의 싱싱한 기운'이 심호흡하고 있고, 그 그늘의 '숲에 가면 오래 잊은 좋은 일'이 너무도 소박하고 굉장히 고귀하게 존재할 것만 같다고 한다. 확실히 가로수 잎새 그늘이나 정자나무 그늘이나 아침 숲 그늘 등등은 뭔가 생성과 신비로 가득하여, 그 잎새 그늘의 무늬만으로도 사람은 참으로 찬란하고 깊어질 것만 같다. 누구나 그런 잎새 그늘의 무늬를 가진 여인이나 사람을 사랑한 적이 있으리라. 옛날에 말이다.

2

> 길고 긴 두 줄의 강철 詩를 남겼으랴
>
> 기차는, 고향역을 떠났습니다
>
> 하모니카 소리로 떠났습니다.
>
> — 서정춘, 「전설」

직관적이고 강렬한 언어를 구사한 시가 또 있다. 기차가 고향역을 떠났다. 기차가 고향역을 떠났다는 것은 그 기차를 탄 어떤 사람이 떠났다는 것이다. 하모니카 소리로 떠났다. 하모니카 소리로 떠났다는 것은 하모니카가 대유행이던 우리 고향의 1950~1960년대를를 떠났다는 것일 게다. 기차가 떠난 뒤에 남는 것은 길고 긴 두 줄의 강철 레일뿐이다. 그런데 이 '레일'이 시인의 직관력에 의해 순식간에 '詩'로 바뀌어 첫 행으로 올라가니 평면적인 시가 지각변동을 일으키며 독자의 뇌리에 각인된다.

시를 남기고 떠난 사람, 그것도 "길고 긴 두 줄의 강철 詩"를 남기고 떠난 사람은 어떤 사람이었을까. 어쩌면 우리 고향의 1950~1960년대에 만연했던 혹독한 가난과 못 배움의 설움, 그것으로 인한 질긴 한 때문에 '길고 긴 두 줄의 시'를 남겼을 것이다. 또 가난과 못 배움의 한을 딛고 기어이 성공해 보겠다는 단단한 다짐이 있었기에 '강철의 詩'를 남겼을 것이다. 그리고 시를 남긴 사람은 어느 특정인이 아니라 오늘날 도회의 이농민 세대의 대부분일 것이다.

그럼에도 이 사람은 객지에 가서 성공을 했건 실패를 했건 결코 고향으로 돌아갈 수 없는 사람이겠다. 왜냐하면 이 이야기가 이미 '전설'이 되어 있기 때문이다. 사실 시인은 「죽편(竹篇)·1」이라는 시에서 대나무를 빌어 고향으로 돌아가는 일의 어려움을 이미 피력했다. "여기서부터, —멀다/칸칸마다 밤이 깊은/푸른 기차를 타고/대꽃이 피는 마을까지/백 년이 걸린다"라고. 그런데 이 시가 '전설'이 된 이유의 또 하나는 사실 백 년이 걸려서 찾아가 보아야 "대꽃이 피는 마을"로 상징되는 고향, 혹은 길고 긴 두 줄의 강철 詩를 남긴 고향은 이미 존재할 수 없다는 것을 시인이 너무 잘 알고 있을 것이기 때문이다. 자본이 전 지구화한 시대에 우리의 강철 같은 꿈과 다짐이 있던 순수의 고향이 어디에 남아 있겠는가. 도시 자본의 침투로 인한 무분별한 개발과 농약과 금비로 뒤범벅한 상업영농만이 난

무하고 있는 고향은 이제 마음 어느 한켠 속으로나 거두어질 수밖에 없다.

시력 30여 년에 30여 편이 묶인 첫 시집을 냈던 시인이 서정춘이다. 그것도 압축시킬 대로 압축시킨 짧은 시로만 말하는 시인, 사실 찢어질 듯이 가난한 고향을 떠나 호구 방편 때문에 시를 쓸래야 쓸 수 없었던 시인, 그래서 궁글리고 궁글려서 꼭 사리같이 따글따글 굳은 언어만을 내놓는 시인은 직관적이고 핵심적인 언어의 폭발력을 너무도 잘 알고 있는 것 같다. 불가능한 어떤 정서이지만 스치듯 말해지면서 우리 마음의 실제 속에 자명해져 버리는 언어의 그 폭발력은 서정의 위력이 얼마나 큰지 잘 알게 해 준다.

3

오 리(五里)만 더 걸으면 복사꽃 필 것 같은
좁다란 오솔길이 있고
한 오 리(五里)만 더 가면 술누룩 박꽃처럼 피던
향(香)이 박힌 성황당나무 등걸이 보인다
그곳에서 다시 오 리(五里),
봄이 거기 서 있을 것이다
오 리(五里)만 가면 반달처럼 다사로운
무덤이 하나 있고 햇살에 겨운 종다리도

두메 위에 앉았고

오 리(五里)만 가면

오 리(五里)만 더 가면

어머니, 찔레꽃처럼 하얗게 서 계실 것이다

– 우대식, 「오 리(五里)」

오 리(五里)만 더 가면 연분홍 복사꽃 피는 오솔길이 있고, 한 오 리만 더 가면 술누룩 냄새가 나는 박꽃 피는 성황당고개가 있고, 그 곳에서 다시 오 리만 더 가면 봄이 서 있을 것이다. 그러니 거기 양지 녘 따사로운 햇살을 받는 무덤과, 그 무덤 위에 종다리도 햇살의 축복을 받고 앉아 있는 두메는 얼마나 아늑하겠는가. 거기서 다시 오 리만 더 가면, 오 리만 더 가면 찔레꽃처럼 하얗게 서 계실 어머니! 오 리를 더 가고, 오 리를 더 가고, 자꾸 오 리를 더 가야만 하는 그 끝에 모진 세월을 다 견디고도 거기 정정하게 서 계실 어머니! 아니 거기 두메의 무덤에 이미 묻힌 채 마음의 오 리 속에만 서 계실지도 모르는 어머니를 불러보는 봄날은 너무 아득하고 너무 서럽다.

죽세공 일로 생계를 꾸리던 어떤 고향의 어머니는 40여 개나 되는 큰 대바구니를 이고, 눈이 한 자나 쌓인 새벽에도 검정 고무신에 감발을 친 채, 집에서 시오 리가 넘는 오일장에 가신다. 자갈길 신작로는 어찌 그리 팍팍하고, 여우가 출몰한다는 이리목고개는 왜 그리 높은지. 조금만 더, 조금만 더 가면 된다는 시오 리 길은 또 어찌 그리 멀기만 하던지. 그처럼 고생고생을 해 봐야만 어머니의 생활과 어머니의 마음에 가닿을 수 있기에, 어머니에게 닿는 길은 오 리를 더 가고, 오 리를 더 가고, 또 오 리를 더 가야만 닿을 수 있는 것이다. 아마 강원도 두메산골 출신인 우대식 시인도 어릴 적 고생 경험이 있어, 어머니에게 가닿는 길을 이렇게 멀게, 그러나 이렇게 아름답게 그려 놓은 모양이다.

여기에 '오솔길'은 우리가 흔히 많이 들어 본 말이다. 원래는 '오솔하다'라는 형용사의 어간에 길이라는 명사가 붙어 된 말이다. '오솔하다'는 둘레가 괴괴하여 무서우리만치 호젓하다는 말인데 오솔길은 너비가 좁은 호젓한 길이다. 그러기에 그 길은 조금만 늦게 넘거나 혼자 넘게 되면 무섭고 외롭고 빨리 벗어나고 싶은 길이다. 그럼에도 그 길만 지나면 길 끝 마을 초입에 성황당이 있는데, 우리 고유 민속신앙에서 토지와 마을을 지켜 준다는 서낭신을 모신 집이 되레 더욱 큰 무섬증을 유발시키기도 하는 길이다. 하지만 오 리만 더 가면, 오 리만 더 가면 거기 찔레꽃처럼 어머니가 서 계실 것이기에, 시인은 영영 가닿지 못할 '오 리'를 계속 걷고 있는 것이다. 이 시에서 시의 핵심적인 눈은 '오 리(五里)'이다.

4

늦겨울 눈 오는 날

날은 푸근하고 눈은 부드러워

새살인 듯 덮인 숲속으로

남녀 발자국 한 쌍이 올라가더니

골짜기에 온통 입김을 풀어 놓으며

밤나무에 기대서 그 짓을 하는 바람에

예년보다 빨리 온 올봄 그 밤나무는

여러 날 피울 꽃을 얼떨결에

한나절에 다 피워 놓고 서 있었습니다.

– 정현종, 「좋은 풍경」

정현종의 시에는 생명의 숨결과 꿈길이 들끓고 있다. 그의 시에는 생명 하나하나가 제 존재 자체를 구현하려는 숨결이 생생하고, 그것은 생명의 우주적 교감을 통한 태초의 언어 회복에 대한 열망으로 넘쳐 난다. 그 열망은 곧 그 숨결과 꿈길을 억압하는 현실에 대해선 강력한 저항의 문맥을 품고 있는 셈이다. 정현종의 시 「밀려오는 게 무엇이냐」를 보자. "바람을 일으키며/모든 걸 뒤바꾸며/밀려오는 게 무엇이냐./집들은 물렁물렁해지고/티끌은 반짝이며/천지사방 구멍이 숭숭/온갖 것 숨쉬기 좋은/개벽./돌연 한없는 꽃/코를 지르는 향기/큰 숨결 한바탕/밀려오는 게 무엇이냐/막힌 것들을 뚫으며/길이란 길은 다 열어 놓으며/무한변신(變身)을 춤추며/밀려오는 게 무엇이냐/오 시(詩)야 너 아니냐."

이 시는 숨결, 아니 숨결의 다른 이름인 바람의 능력을 의미 있게 부각시킨 작품인데, 그 바람은 무엇보다 모든 것을 뒤바꾸는 힘이 있다. 집처럼 고정된 건물 등의 경직성을 물렁물렁하게 만들 수 있고, 티끌처럼 보잘것없는 것이라도 그것을 소중하게 관찰하는 시인의 시선 속에선 반짝이게 할 수도 있다. 무엇보다 천지 사방의 숨구멍을 차단하는 모든 막힌 것들을 뚫고, 새로운 개벽의 도래를 위한 길이란 길은 다 열어 놓는 열림의 체험을 가져다준다. 이 과정에서 한없는 꽃밭의 코를 찌르는 향기가 천지에 진동하고, 바람에 닿는 삼라만상이 무한 변신을 춤추게 되는 것은 너무도 당연한 일이다.

이 세상에 존재하는, 생명을 지닌 모든 것들을 감싸고, 그것들의 소통과 화해를 방해하는 것들을 넘어서서 우주적인 숨결의 흐름을 열어 놓는 바람 곧 숨결의 시는 그대로 꿈의 시이다. 이는 우리의 의식과 정신을 마비시키는 모든 죽음의 세력에 대한 저항의 시도이며, 또한 문명과 제도와 이데올로기에 의해 왜곡되고 쭈그러든 인간의 원초적 자아를 회생시켜 우리를 우주적인 운동과 생기 속에 열어 놓으려는 의지이기도 하다.

위의 시 「좋은 풍경」에도 어김없이 숨결이 나온다. 물론 '입김'이란 다른 이름으로 말이다. 푸근한 날, 부드러운 눈이 새살인 듯 덮인 숲 속에서 밤나무에 기대서서 '온통 입김을 풀어 놓으며' 해 대는 젊은 남녀의 섹스! 아니 '그 짓'은 단 한 점도 오염되지 않은 열정일 수밖에 없다. 왜냐하면 골짜기에 온통 풀어놓는 바로 그 입김 때문이다. 밤나무마저 예년보다 빨리, 그것도 여러 날 걸려 피울 것을 한꺼번에 몽땅 피우게 한 입김 때문이다. 젊은 남녀며 우주 만물이 섹스할 때 내뿜는 입김보다 더 야생적이고 원초적인 것이 있겠는가. 정현종의 이런 강렬한 숨결의 시학 앞에서 밤나무는 봄이 아니라 모내기 끝나 가는 6월 중순경에 만개하는 꽃이라고 지적해 본들 뭐가 달라질까.

5

이별은 손끝에 있고
서러움은 먼 데서 온다.
강 언덕 풀잎들이 돋아나며
아침 햇살에 핏줄이 일어선다.
마른 풀꽃들은 더 깊이 숨을 쉬고
아침 산그늘 속에
산벚꽃은 피어서 희다.
누가 알랴 사람마다
누구도 닿지 않은 고독이 있다는 것을
돌아앉은 산들은 외롭고
마주 보는 산은 흰 이마가 서럽다.
아픈 데서 피지 않은 꽃이 어디 있으랴
슬픔은 손끝에 닿지만
고통은 천천히 꽃처럼 피어난다.
저문 산 아래
쓸쓸히 서 있는 사람아

뒤로 오는 여인이 더 다정하듯이
그리운 것들은 다 산 뒤에 있다.
사람들은 왜 모를까 봄이 되면
손에 닿지 않는 것들이 꽃이 된다는 것을

— 김용택, 「사람들은 왜 모를까」

김용택은 「섬진강」 연작을 통해 순수 서정과 사회 역사적 분노를 결합한 시를 수일하게 보여 준 시인이다. 그런데 위의 「사람들은 왜 모를까」라는 시에서는 오히려 순수 서정과 내면의 울림이 행복하게 조우한 모습을 보여 준다. 물론 이 시에도 텅 빈 농촌이 배경이 되어 있는 점은 분명하다.

지금 시인은 저문 산 아래 쓸쓸히 서 있는 한 사람을 보고 있다. 그는 아마 이별의 서러움을 겪고 있는 사람인 모양이다. 그런 그 앞에는 풀잎들이 돋아나고 꽃들이 피어나서 햇살 속에 빛난다. 그럼에도 사람마다 어디에도 닿지 않은 고독이 있고, 그 까닭에 돌아앉은 산들은 외롭고 마주 보는 산의 흰 이마도 서럽다. 하지만 아픈 데서 피지 않은 꽃이 어디 있으랴. 그 꽃은 삭풍한설에 찢긴 상처에서 피어난다고 어느 시인이 말했듯이 고통 속에서 피어나고 그 고통은 또 꽃처럼 천천히 피어난다. 비록 오늘 고통스럽지만 몽땅 산 뒤에 있는 그리운 것들을 다시 그리워하다 보면, 뒤로 오는 다정한 여인처럼 손에 닿지 못하는 것들이 꽃들이 되어서 돌아오리라.

그렇게 한 사람을 위로하지만 사실 저문 산 아래 쓸쓸히 서 있는 사람은 그런 내면의 울음에 귀 기울이고 있는 시인 자신이라는 생각이 더 많이 든다. 자기 자신을 객관화하고자 하는 시인의 상상력이 그 사람을 거기에 세웠을 뿐이지 실상은 시인의 내면이 형상을 입은 경우라는 이야기다. 이렇게 자기 자신을 객관화시킬 수 있는 사람은 이미 당당한 사람이다.

사랑의 고뇌란 이런저런 우발적인 일로 인해서 어떤 위험, 상처, 버려짐, 돌변 등이 일어날 것에 대한 두려움으로 격해지는 것을 말한다. 한데 실제 그런 일이 발생하여 상대의 부재를 확인할 때, 그때 오는 아픔을 표현한 구절로 '고독이 몸부림칠 때'라는 유행가 가사보다 더한 말은 있을까. 하지만 위 시에서 시인은 이미 그 고독마저 의연하게 감수하며 봄이면 꽃으로 피어날 그리운 것들에 대한 기대를 결코 저버리지 않는다. 그런 사람이라면 아무리 사랑의 상대가 떠났더라도 다음과 같이 톨스토이의 「가정의 행복」에 나오는 구절처럼 항상 어디서나 그를 느낄 것이다. "그는 내가 바라볼 수 없는 등 뒤에 앉아 있었다. 하지만 방 안 어디서나, 방 안 가득한 엷은 어둠 속과 모든 소리들 그리고 나의 마음속에서도 그의 존재를 느꼈다. 비록 눈에는 보이지 않았지만 그의 모든 표정, 모든 동작이 내 가슴에 반향을 불러일으켰다."

감지(紺紙)의 사랑과 편자 신은 연애

서정시는 그 위력과 광휘를 발하며 오늘도 면면하다. 감정과 생각이 일으키는 마음의 움직임을 전달하는 양식인 서정시가 아직도 존재한다. 아우슈비츠 이후에도 서정시는 가능한가. 아도르노의 질문이었지만 아우슈비츠 이후에도 서정시는 계속 쓰여진다. 역동적인 현실을 객관적으로 인식하고 그 모순을 비판하는 데 서정시는 무능하다. 한때 서정시에 서사를 수용하여 이를 극복하려 하기도 했지만 모름지기 객관적인 현실 인식이나 엄정한 현실 비판에 적합한 양식은 소설이다. 지식과 정보, 해체와 실험, 상품과 이미지가 점령해 버린 후기 산업사회 속의 복잡다단한 인간 내면을 드러내는 데에도 무력하다. 이에 이미지즘이나 초현실주의라는 실험적 시 양식들이 나타나서 20세기 전반에 그 족적을 남겼지만 큰 흐름을 형성하지는 못했다. 그런 전위적 모험가들의 실험이 있었기에 시문학사가 풍성해지면서 서정시 또한 일신우일신의 갱신을 통해 '신서정'이란 새로운 이름을 달면서까지 오늘의 시단에도 면면한 흐름을 형성하고 있는 것이다.

특히 사랑의 감정을 드러내는 데만큼 서정시보다 적합한 양식은 없다. 사랑으로 웃고 울고, 사랑으로 설레고 외롭고, 사랑으로 황홀하고 쓰라리고, 사랑으로 기다리고 원망하고, 사랑으로 그리워하고 복수하고 하는 이 모든 마음을 전하는 데 있어서 직설적으로든, 비유적으로든, 상징적으로든 모든 표현이 가능하여 타의 실험이 결코 따르지 못할 정도다.

1

비단 오백 년 종이 천 년을 증명하듯
우리 한지에 쪽물을 들인 감지는 천 년을 견딘다는데
그 종이 위에 금니은니로 우리 사랑의 시(詩)를 남긴다면
눈 맑은 사람아
그대 천 년 뒤에도 이 사랑 기억할 것인가
감지에 남긴 내 마음이 열어 주는 길을 따라
경주 남산 돌 속에 잠든 나를 깨우러 올 것인가
풍화하는 산정 억새들이 여윈잠을 자는 가을날
통도사 서운암 성파(性坡) 스님의 감지 한 장 얻어
그리운 이름 석자 금오산 아래 묻으면

남산 돌부처 몰래 그대를 사랑한 죄가

내 죽어 받을 사랑의 형벌이 두렵지 않네

종이가 천 년을 간다는데

사람의 사랑이 그 세월 견디지 못하랴

돌 속에 잠겨 내 그대 한 천 년 기다리지 못하랴

– 정일근, 「감지(紺紙)의 사랑」

원래 한지에 쪽물을 들인 것을 감지라고 하는데 그것이 천 년 세월을 견딘다고 한다. 아마 그 감지를 직접 만드는 통도사 서운암의 성파 스님에게 얻어들은 지식인 모양인데, 그 지식이 시인에겐 그만 사랑에 관한 '한 소식'이 되어 버린 것이다. 그래서 그 감지를 스님에게 한 장 얻어다가 금니은니로 사랑의 시를 남긴다면 그대는 혹시 천 년 뒤에도 이 사랑을 기억해 줄 것인가 하는 질문을 한다. 이 질문은 계속되지만 아마 "눈 맑은 사람"인 그대는 천 년 뒤에라도 "감지에 남긴 내 마음이 열어 주는 길을 따라/경주 남산 돌 속에 잠든 나를" 틀림없이 깨우러 올 것이다. 그러니 그리운 이름 석 자 금오산 아래 묻어도, 또 남산 돌부처 몰래 사랑한 죗값이 천 년의 형벌이어도 두렵지 않는 것이다.

한데 "사랑의 형벌"이라니 이게 무슨 말인가. 그렇지 않아도 진정한 사랑이 사라졌다고 한탄하는 시대에 이런 감지의 사랑에게 상은 주지 못할망정 형벌이란 게 웬 말인가. 이미 눈치챈 독자도 있겠지만 아무래도 이 사랑은 남들 몰래 하는 비밀한 사랑일 것만 같다.

그런 비밀한 사랑이기에 그 간절함은 더하여져 천 년까지 기다리겠다는 굳은 맹서가 뒤따르는 것이다. 그걸 감안한다 해도 "비단 오백 년, 종이 천 년을 견디거늘 하물며 사람의 사랑이 천 년을 못 가랴" 하는 이 다짐은, 오늘날 젊은이들의 참을 수 없이 가벼운 사랑의 실상을 제치고 보더라도 새빨간 거짓말인데, 이런 시가 쓰여지고 또 독자들은 이런 사랑을 꿈꾼다. 한마디로 이런 사랑은 사랑의 추상적 형태이자 사랑의 순수성에 대한 절대적 믿음에 근거한 사랑일 수밖에 없다. 그러기에 어찌 보면 사랑이 욕망으로 대체된 추악한 현실을 비판하고 사랑의 고귀한 가치를 옹호하고자 하는 시인의 충정 때문에 나온 시일 것이다.

롤랑 바르트의『사랑의 단상』에서 사랑에 빠진 "그는 도처에서, 아무것도 아닌 것에서, 항상 의미를 만들어 내며, 이 의미가 그를 전율케 한다. 그는 의미의 도가니 안에 있다."는 내용이 있다. 다름 아니라 연인들 사이의 의미 생성과 교환의 과정은 극히 격렬하고 은밀하다. 바르트는 이것을 "의미의 도가니"라거나 "미묘하고도 은밀한 기호들의 천국"이라고 부른다. 이 시도 통도사 서운암 성파(性坡) 스님에게 천 년을 견딘다는 감지에 대한 정보를 얻고, 이 감지를 사랑의 의미를 만들어 내는 객관적 상관물로 끌어들여 천 년을 가도 변치 않을 사랑에 대한 다짐을 하고 있는 것이다. 물론 이 감지의 사랑은 아주 고전적이고 전통적인 사랑의 정서에 기반한 사실을 우리는 잘 알 수 있다.

2

겨울나무여 내 발등을 한번 찧어 볼래? 달빛아

내 광대뼈를 한번 후려쳐 볼래? 흐르다 멈춰 버린 얼음장아 내 손톱을 한번 뽑아 볼래?

사랑아 낮에 켜진 가로등을 찾아내 볼래? 기어코?

저녁이 되자 길가의 소나무들이 어두운 이야기를 하기 시작한다 조상들에 대해서 이야기한다 그래 어쨌다는 거야? 하고 묻노라면 재빨리 이번엔 사랑한다고 수없이 말해주었다던 여인 이야기를 금방 돋는 별빛들도 좀 섞어 말한다 말한다 여전히 어두운 이야기지만 말한다 — 잊을만하면 으르렁 으르렁대는 한밤의 보일러 소리

— 장석남, 「편자 신은 연애」

편자란 말굽에 대어 못으로 박아 붙이는 U자 모양의 쇳조각이다. 이런 편자를 신은 연애라면 부드럽고 연한 발바닥을 디딜 때마다 고통이 일어 무척 아픈 연애이겠다. 아니나 다를까 시인은 겨울나무더러 내 발등을 찧어 보라고 하고, 달빛에게 광대뼈를 후려쳐 보라고 하고, 흐르다 멈춰 버린 얼음장에게 내 손톱을 한번 뽑아 보라고 말할 정도로 비명의 연애를 한다. 아니 그런 고통이 연애 뒤끝에 시인에게 남아서 낮에 켜진 가로등이라도 기어코 찾아내 보고 싶어 하는

지 모른다. 사랑의 고통으로 눈과 길이 어두워서 낮에도 가로등이 필요한 이유일 것이다.

그런 어두운 사랑 탓에 저녁 길가의 소나무들도 어두운 사랑 이야기를 하는 것 같고, 조상들도 다 그렇게 어두운 사랑을 했다는 이야기를 하는 것 같다. 그래서 어쨌다는 거냐고 시인은 혼자 중얼거리듯 물으니 소나무는 금방 돋는 별빛들도 좀 끌어들여 재빨리 말한다. 저 별빛 아래서 저 별빛에 맹세하며 사랑한다고 수없이 말해 주었다던 여인 이야기를 해 댄다. 어두운 이야기지만 조상들도, 어떤 여인도, 결국 사랑을 할 수밖에 없었다고 말하고 또 말하는 것이다. 세상에서 사람들이 말하는 것의 절반 이상은 사랑에 대해서일 것이다.

그러기에 사랑이란 게 잊을 만하면 으르렁 으르렁대는 한밤중의 보일러 소리처럼 다시 타오르고 타오르는 게 아니던가. 옛 시인들이 가을밤 풀벌레 소리에 잠을 못 이루었다면, 지금의 시인은 한밤의 보일러 소리에서 아픈 연애 뒤끝의 독수공방, 그 설움을 읽는다. 오르테가 이 가세트는 다음과 같이 말했다. "삶이란 그 삶을 겪은 사람의 것이지, 밖에서 바라보는 사람의 것이 아니다. 이런 점에서 삶이란 치통과 같다." 사랑이 이와 같은 것이다. 오죽하면 시인은 '편자신은 연애' 라고 했겠는가.

3

상처 입은 영혼과 그리운 길이 모여

고요히 들끓는 묵언의 제단 같은

내 오랜 아우슈비츠

내 생의 슬픈 곳집

— 정수자, 「명치끝」

사랑 때문에 '명치끝'이 아파 본 적이 있는가. '사랑에 사로잡힌 마음'과 '사랑에 상처 난 마음'의 상징인 명치끝은 사랑을 해도 아프고 상처를 입어도 아프다. 사랑은 우리가 맛볼 수 있는 가장 큰 행복을 얻게 하지만 그러나 제임스 스티븐즈의 산문시 「데어드리(deirdre)」의 구절대로라면 그것은 때로 "핏속의 흉포함이며 뼛속의 고통이고 마음속의 탐욕이며 절망이다. 그것은 밤에 목마름을 느끼며 낮에도 갈증이 풀리지 않는 것이다. 그것은 기억을 심장에 박힌 가시처럼 지니는 것이다. 그것은 걸으면서 핏방울을 떨구는 것이다." 이런 고통스런 사랑을 사람들은 왜 다시 시작하는가.

정수자는 사랑의 고통을 잘 아는 시인 같다. 사랑에 상처 입은 영혼과 그럼에도 그 사랑을 향한 그리움의 길이 모여 고요히 들끓고 있는 곳이 명치끝이라고 한다. 언젠가 그것이 폭발해 버릴지도 모르지만 그러나 겉으로는 묵언(默言)의 제단 같다. 침묵의 경건성까지 갖춘 듯한 그 제단이 속으로는 아우슈비츠다. 아우슈비츠가 무엇인가. 나치스가 유대인 및 폴란드인 600만 명 이상을 가스로 학살한 곳 아니던가. 한마디로 생지옥이다. 가장 열렬하게 사랑하는 사람들은 종종 오해와 욕망과 질투와 배신과 그로 인한 필연적인 사랑의 상실로 생지옥을 경험할 수밖에 없는 슬픈 존재들이다.

사람들은 그런 슬픈 곳간을 하나씩 마음에 지니고 다닌다. 그런 생지옥을 겪고도 또다시 사랑을 욕망하고 만다. 심리학자들에 의하면 그런 사랑에 대한 욕망은 성욕과 식욕보다 훨씬 더 강렬하다고 하며, 그 때문에 목숨을 걸어 버리기까지 한다. 레스보스 섬의 재색을 겸비한 시인인 사포는 잘나고 능력 있는 수많은 구혼자들을 마다하고 일개 목동한테 빠져 "사랑이여, 그대, 온몸을 녹이는 자여, 나를 다시 흔드는구나, 사랑스럽고 무정한, 저항할 수 없는 존재여"라고 호소한다. 하지만 그건 결국 절망적 구애에 그치고 말았다. 목동이 그 사랑을 받아 주지 않자 절벽에서 바다로 몸을 날려 버렸기 때문이다.

4

숨겨 둔 정부(情婦) 하나

있으면 좋겠다.

몰래 나 홀로 찾아드는
외진 골목길 끝, 그 집
불 밝은 창문
그리고 우리 둘 사이
숨 막히는 암호 하나 가졌으면 좋겠다.

아무도 눈치 못 챌
비밀 사랑,
둘만이 나눠 마시는 죄의 달디단
축배(祝杯) 끝에
싱그러운 젊은 심장의 피가 뛴다면!

찾아가는 발길의 고통스런 기쁨이
만나면 곧 헤어져야 할 아픔으로
끝내 우리
침묵해야 할지라도,

숨겨 둔 정부(情婦) 하나
있으면 좋겠다.
머언 기다림이 하루 종일 전류처럼 흘러
끝없이 나를 충전시키는 여자.
그

악마 같은 여자.

— 이수익, 「그리운 악마」

먼저 '사회 언어 이전의 사랑'을 얘기한 파스칼 키냐르의 매우 독특하면서도 매혹적인 소설 『은밀한 생』에서 인용한다. "간통이 가장 강렬한 관계라고 그녀는 생각했던 것일까? 완벽한 비밀이 거짓말 그 자체보다 더 중요하고 더 밀도 높은 것이라고 생각했을까? 부부간의 부정(不貞)이 나날의 인간관계와 교류 그리고 주어진 약속의 완전한 노예로 만드는 거역할 수 없는 인접성에 뚫릴 수 있는 틈새라고 생각했던 것일까? 그것을 벽에 뚫린 틈새, 엄밀히 말해서 지속되는 모든 것, 즉 식사·밤·업무·질병·낮이라는 매일매일 이루어 가는 일상사에 뚫린 틈새라고 생각했을까?"

인용한 소설 속의 그녀가 위와 같이 생각했든 말든 '가장 강렬한 관계'이자 '완벽한 비밀'이자 '주어진 약속의 완전한 노예에 대한 거역'이자 '일상사의 벽에 뚫린 틈새'라고 얘기될 수 있는 간통은 결국은 '그리운 악마'에 대한 꿈으로부터 시작되겠다. 세칭 정부(情婦) 혹은 요샛말로 '세컨드'인 이 악마는 나 홀로 찾아드는 외진 골목길 끝에 살고, 둘 사이에 만든 숨 막히는 암호로만 불 밝혀 문을 열고, 둘만이 나눠 마시는 죄의 다디단 축배 끝에 젊은 심장의 피가 콸콸 뛰게 하고, "머언 기다림이 하루 종일 전류처럼 흘러/끝없이 나를 충전시키는 여자"이다. 그러니 그 악마 여자를 "찾아가는 발길의 고통스런 기쁨이/만나면 곧 헤어져야 할 아픔으로" 바뀌어 끝내 둘이 침묵해야 할지라도 또다시 아무도 눈치 못 채게 숨어드는 게 아닌가.

더구나 하루 종일 전류처럼 흘러 끝없이 나를 충전시키는 여자라면 죄까지도 다디단 축배가 될 것임은 당연한 일! 이 강렬한 관계, 이 완벽한 비밀에 대한 꿈은 결국 어쩔 수 없이 주어진 약속의 노예로 살아가고 또 매일매일 다람쥐 쳇바퀴 도는 일상사에 짓눌리는 권태와 환멸의 현대인에게 마약 같은 존재일 수 있다. 금지되어 있으니 더욱 꿈꾸게 하고, 마시면 황홀에 빠지되 패가망신하게 하는 것이니 말이다. 그럴지라도 어떤 설문이 주어진다면 만날 세금 고지서만 보내는 정부(政府)보다는 그리운 악마 같은 정부(情婦) 쪽을 택할 것이다. 물론 여기서 정부는 정부(情夫)로 번역할 수도 있으니 여성들은 화내지 마실 일이다. 또 정부라는 단어를 자기가 소중히 여기는 어떤 것이나 예술혼 같은 것으로 해석할 수도 있으니 시인이 무슨 불륜을 조장한다고 공박하지도 말 일이다.

5

너는 칼자루를 쥐었고
그래 나는 재빨리 목을 들이민다
칼자루를 쥔 것은 내가 아닌 너이므로
휘두르는 칼날을 바라봐야 하는 것은
네가 아닌 나이므로

너와 나 이야기의 끝장에 마침
막 지고 있는 칸나꽃이 있다
칸나꽃이 칸나꽃임을 이기기 위해
칸나꽃으로 지고 있다

문을 걸어 잠그고
슬퍼하자 실컷
첫날은 슬프고
둘째 날도 슬프고
셋째 날 또한 슬플 테지만
슬픔의 첫째 날이 슬픔의 둘째 날에게 가 무너지고
슬픔의 둘째 날이 슬픔의 셋째 날에게 가 무너지고
슬픔의 셋째 날이 다시 쓰러지는 걸
슬픔의 넷째 날이 되어 바라보자

상갓집의 국수발은 불어터지고
화투장의 사슴은 뛴다
울던 사람은 뛴다
국수발을 빤다

오래가지 못하는 슬픔을 위하여

끝까지 쓰러지자

슬픔이 칸나꽃에게로 가

무너지는 걸 바라보자

— 최정례, 「칼과 칸나꽃」

슬프지만 깔끔한 이별시이다. 시적 화자인 '나'와 '너'는 지금 이별을 하려고 카페쯤에 앉아 있는 모양이다. 네가 칼자루를 쥐고 있는 것으로 보아 내가 아닌 상대가 이별 선언 같은 것을 하는 낌새다. 이에 나는 그 칼 아래 '재빨리' 목을 들이미는 것으로 응수를 한다. 어차피 "칼자루를 쥔 것은 내가 아닌 너이므로/휘두르는 칼날을 바라봐야 하는 것은/네가 아닌 나이므로" 까짓것 구질구질하게 애걸하고 구걸하며 더 이상 사랑을 붙잡고 싶은 생각은 추호도 없다. 이별의 아픔이나 고통이 왜 없을까만 겉으로는 의연하고 당당하게 이별을 맞이하는 '나'의 모습은 요새 젊은 연인들의 사랑과 이별법을 닮았다.

그렇게 의연히 이별을 받아들이는 "너와 나의 이야기의 끝장에 마침" 카페 창밖쯤을 보자 거기 화단에 막 지고 있는 칸나꽃이 있다. 그 붉고 고고한 아울러 열정의 상징인 칸나꽃이 지고 있는 것이다. "칸나꽃이 칸나꽃임을 이기기 위해/칸나꽃으로 지고 있다"고 했으니 지금까지의 열정이 열정이었음을 이기기 위해 열정을 내려놓고 있다는 것이다. 사실 사랑의 열정이라는 것은 사랑을 할 때도 배신을 할 때도 이별을 할 때도 그 뜨거움과 상처와 고통으로 열정을 다해야만 가능한 것이기에, 자기가 자기를 이기기 위해 자기를 내려놓아야만 하는 것이다. 사실 칸나꽃의 꽃말은 '행복한 종말'인데 이는 이별의 역설 같기도 하다.

이별을 하고 집에 돌아와선 문을 걸어 잠그고 슬퍼한다. 한데 이 슬퍼하는 것에도 방식이 있다. "실컷/첫날은 슬프고/둘째 날도 슬프고/셋째 날 또한 슬플 테지만" 이제 슬픔도 계속될 수 없는 것! 누군 이별한 사람을 못 잊어 하며 오랜 시간을 고통의 도가니 속에서 헤매지만, 장강의 앞 물이 뒤 물에 밀리듯 이미 슬픔의 앞선 날들이 뒤의 날들에게 밀리며 슬픔은 점점 옅어지게 마련이다. 아니면 거꾸로 슬픔의 첫째 날은 둘째 날에게 전이되고 둘째 날은 셋째 날에게 전이되어 무장무장 커진 슬픔이 셋째 날에 쓰러지는 걸 슬픔의 넷째 날이 되어 다시 바라볼 수도 있게 된다.

이러나저러나 "상갓집의 국수발은 불어터지고/화투장의 사슴은 뛴다/울던 사람은 뛴다/국수발을 빤다" 사별로 영영 이별하는 현장에도 국수발은 불고, 화투 놀이는 계속되고, 울던 사람도 뛰고, 산 사람은 국수발을 빠는데, 까짓것 이별 정도로 언제까지 무너지기만 할 것인가. "오래가지 못하는 슬픔을 위하여/끝까지 쓰러지자"했으니, 오래가지 못할 슬픔을 위하여 사흘 정도는 철저히 슬퍼하고, 넷째 날쯤엔 그만 불끈 일어서자고 하는 것 아닌가.

박라연은 「침향(沈香)」이라는 시에서 "잠시 잊은 것이다/생(生)에 대한 감동을 너무 헐값에 산 죄/너무 헐값에 팔아 버린 죄,/황홀한 순간은 언제나 마약이라는 거//잠시 잊은 것이다/저 깊고 깊은 바다

속에도 가을이 있어/가을 조기의 다디단 맛이 유별나듯/오래 견딘다는 것은 얼마나 다디단 맛인가/불면의 향인가//잠시 잊을 뻔했다/백단향(白檀香)이,/지상의 모든 이별이 그러하다는 것을/깊고 깊은 곳에 숨어 사는/침향을,"이라고 하며 이별을 오래 견디는 것이라고 했다. 지상의 모든 이별이 정말 오래 견뎌야 하는 것인가. 깊고 깊은 곳에 숨어서 자기 혼자 물 먹고 물 먹는 삶을 계속 살아야 하는 것인가. 우리가 도대체 언제 생의 감동을 너무 헐값에 샀고, 너무 헐값에 판 적이 있는가. 아니 황홀한 순간이 있긴 있기라도 해서 그렇게 오래 이별을 견뎌야만 한다는 말인가. 이별에 관한 한 최정례의 「칼과 칸나꽃」과 대비되는 시이다.

나비, 여치, 새, 노루귀, 산수유나무와 함께

인간 마음의 근원엔 처음부터 아름다움에 대한 지각 능력이 있는 것 같다. 꽃을 보거나 방긋거리는 아기를 볼 때 아, 하고 탄성을 발하는 능력 같은 것 말이다. 또 인간은 항상 세계와 자아의 동일화를 추구하려는 인식 능력이 있는 것 같다. 아름다운 것을 보면 그것과의 합일을 바라고, 추하고 모순된 것을 보면 그것을 개조하여서 궁극적인 동일화를 꿈꾸는 능력 말이다. 또 인간은 애초부터 사랑하려고 태어난 존재같이 여겨진다. 사랑으로 웃고 울고, 사랑으로 설레고 외롭고, 사랑으로 황홀하고 쓰라리고, 사랑으로 그리워하고 복수하고 하는 이 모든 것을 평생 동안 해 대는 능력을 갖고 말이다. 이런 능력들이 우리 마음의 근원에 처음부터 자리하고 있는 한 서정시는 계속 존재하리라고 생각된다. 서정시가 추구하는 것들이 바로 그런 것들이기 때문이다. 한데 이 모든 것들을 돈으로 사고파는 시대라서 서정시의 길은 외롭지만, 반면에 황홀하기도 하다.

우리 동양인에겐 이런 심미안이나 미의식이 산수를 대하거나 자연 사물들을 대할 때 특히 더 예민해져 그것들을 그리는 데 평생을 바치기도 한다. 특히 요새 생태 의식의 시를 쓰는 많은 시인들은 자연을 하나의 생태 사슬로 보아 자연과의 합일이라는 매우 낭만적인 생각을 시로 펼치기도 한다. 사실 인간에게 자연은 단순한 풍경의 개념을 떠나 인간이 근거하고 존립하는 하나의 세계로 인식된다. 동서고금에서 이러한 수많은 예를 찾아볼 수 있다. 어느 시인은 우리의 시 언어의 대부분은 자연언어로써 시의 서정성 확보에 절대적인 기여를 한 반면 오늘날 현대시의 인공 언어가 낳은 서정성의 퇴조는 사람을 시에서 멀어지게 하는 데 일조를 했다고 비판하기도 한다. 모든 것을 차치하고라도 자연은 생명이 우글거리는 존재의 집이다.

1

오는 나비이네
그 등에 무엇일까
몰라 빈집 마당켠
기운 한낮의 외로운 그늘 한 뼘일까
아기만 혼자 남아
먹다 흘린 밥알과 김칫국물
비어져 나오는 울음일까

나오다 턱에 앞자락에 더께지는

땟국물 같은 울음일까

돌보는 이 없는 대낮을 지고 눈 시린 적막 하나 지고

가는데, 대체

어디까지 가나 나비

그 앞에 고요히

무릎 꿇고 싶은 날들 있었다

— 김사인, 「나비」

김사인의 시 「나비」를 읊조리다 보면 어리던 날 한 장면이 떠오른다. 어느새 한낮은 기우는데, 엄마 아빠는 들판에 일 나갔지, 형과 누나들은 학교에서 아직 돌아오지 않지, 아기만 혼자 잠이 들었다가 깨어나 마루에 차려진 밥을 쥐어 먹다가, 느닷없이 텅 빈 마당의 적막이 무서워서 씰룩거리더니 그만 울음을 터뜨리고 마는, 그런 서러운 장면 말이다. 물론 그때 어디선가 나비 한 마리 날아오더니 마당을 질러 어디인지 모를 곳으로 날아가 버리는 봄날!

우리가 흔히 가볍게 나풀거리는 나비의 모습에서 생의 환희를 읽거나, 나비 날개의 여러 색깔을 통해 화사한 꿈을 읽는 동안, 시인은 그 나비 등에서 "빈집 마당켠/기운 한낮의 외로운 그늘 한 뼘"을 읽는다. 혼자 남은 아기의 "먹다 흘린 밥알과 김칫국물/비어져 나오는 울음"을 읽는다. "땟국물 같은 울음"을 읽는다. 아이를 돌보는 이 하나 없는 대낮의 "눈 시린 적막" 가운데 나는 나비는, 그러므로 그 등에 얹힌 생과 죽음이 꿈결같이 서로를 포섭하고 있는 형국으로, 인간 삶의 희비의 원리를 상징하고 있는 것일까.

그런 인간 삶의 엄정함을 나비 등에 얹힌 그늘과 혼자 남은 아기의 울음에서 보았기에 시인은 "그 앞에 고요히/무릎꿇고 싶은 날들 있었다"라고 고백할 수 있는 것이다. 이 시에서 "더께지는"이라는 단어가 나온다. "더께"란 몹시 찌든 물건에 앉은 거친 때를 말한다. 오래된 가구나 가전제품에 때가 끼고 끼어서 겹으로 때가 낀 것을, 그러므로 "더께졌다"고 말하는 것이다. 위 시에서도 아기가 밥이나 김칫국물을 흘리고, 거기에 또 울어서 눈물을 흘리곤 하는 바람에 앞자락이 온통 더께져 있다. 그런데 더께는 사람의 처지나 태도를 나타내기도 한다. 늙고 병들어 늘 방에 누워 구들장만 지고 있는 사람을 "구들더께"라고 한다.

울고 울어서 흘러내리는 눈물 콧물이 앞자락에 더께가 져 땟국물로 반질거릴 정도라면, 이 외로운 아이는 하루 이틀 혼자 자고 혼자 일어나고 혼자 먹고 혼자 우는 아이가 아니다. 봄이 되어 부엌의 부지깽이조차도 바쁠 농사철에 부모며 형제들이 모두 들일 나가고 아이는 젖 먹인 뒤 재워 놓으면 시간이 지나 혼자 일어나 차려진 밥을 먹다가 문득 휘익 나비 나는 시퍼런 적막이 무서워 울고 또 울면서 자라는 아이일 것이다. 그러니까 이 아이는 애초부터 한 점 나비와 같이 흐르는 외로움을 온몸으로 터득하고 있는 것이다. 울음으로 자연의 적막을 깨지만, 나비처럼 어디인가로 끝 모를 외로움과 그리움을 송출하고 있기도 하는 것이다.

2

하느님이 처음 만들 때 눈빛과
손길이 보인다

잘 접혀진 파란 풀잎
울지 못하는 풀의 울음을 대신한다
나는,
가급적 날지 않으려는 너를 눈으로
들어올린다

하지만 나는
원래의 풀잎에 다시 놓아둔다
울어도 찍히지 않는 울음 때문에

여치,
풀잎 줄기 실뼈의 섬유질 속에
통곡이 파란, 가을을
나는 혼자

눈으로 접고 또 접고 있다

섬벅한 눈길에

스스로 놀라 푸르르 날아가리라

— 고형렬, 「눈 속의 여치」

「눈 속의 여치」는 서정시의 백미를 보여 준다. 시인은 눈앞의 여치를 보고 "하느님이 처음 만들 때 눈빛과/손길이 보인다"라고 말한다. 아니나 다를까 그 여리디여린 여치의 연두빛 투명한 모습을 생각하니 너무도 딱 들어맞는 표현이다. 마치 순결 그 자체인 것 같은 여치다. 이어서 그 날개는 "잘 접혀진 파란 풀잎"이자 그 울음은 "울지 못하는 풀의 울음을 대신"하는 것이라니 이 얼마나 기막힌 표현인가. 그런, 풀에 앉아 풀의 이슬을 빠느라고 가급적 날지 않으려는 여치를 눈으로 들어 올린다. 그러나 "울어도 찍히지 않는 울음 때문에", 다시 말해 울어도 주변을 시끄럽지 않게 하고 되레 주변의 모두에게 존재의 떨림을 감염시키는 울음 때문에, 원래의 풀잎 위에 눈으로 다시 내려놓는 시인의 지극한 마음을 보라.

그런 중에 이윽고 여치의 "풀잎 줄기 실뼈의 섬유질"을 보는 시인의 현미경 같은 눈길은 어떤가. 그 여치에 역광이 비쳐졌다면 옥색 투명한 몸은 마치 풀잎의 엽맥 그물 같은 것만 보였을 것이다. 한데 백미는 그다음에 있다. 바로 그 풀잎 줄기 실뼈의 섬유질 속에 "통곡이 파란, 가을"이 들어 있다는 것이다. 이 구절에 와서 나는 그만 가슴이 꽉 막히며 한동안 아득했는데 시인은 그 통곡이 파란, 가을을 혼자 눈으로 접고 또 접고 있는 것이다. 아마도 가을이 여치의 풀잎 줄기 같은 실뼈의 섬유질 속에 파란 통곡으로 들어 있는 것을 본 시인은 고형렬밖에 없을 것이다. 끝 연에 "섬벅한 눈길에/스스로 놀라 푸르르 날아가리라"라는 문장에서 "섬벅한"이라는 단어는 원래 '섬벅'이라는 부사와 그것이 발전하여 '섬벅하다'라는 자동사로 쓰인다. 이 시에서처럼 '눈길'을 수식하는 형용사로 사용될 수 있는지는 모르지만, '섬벅'의 원래 뜻인 연한 물건이 잘 드는 칼에 쉽게 베어지는 모양을 살려서, 바라보는 시인의 가슴을 '섬벅 벨 듯한' 눈길이라는 의미로 사용한 듯하다. 그럼에도 이 '섬벅한'이라는 수식어가 끝 연을 생생하게 살리면서 시의 완성도에 말할 수 없는 기여를 한다.

시인의 현미경적 관찰과 깊은 사유가 여치와의 교감과 동일화를 겪게 한다. 서정시의 길은 외롭고도 황홀하다. 복잡다단한 현대 도시인으로서 한가하게 풀잎 위의 여치나 들여다보는 일은 주위로부터의 외로움을 감수하지 않으면 불가능한 일이지만, 그러나 이처럼 인간의 영혼을 투명하게 울리는 황홀한 일이기도 하다.

3

외롭게 살다 외롭게 죽을

내 영혼의 빈 터에

새 날이 와, 새가 울고 꽃잎 필 때는,
내가 죽은 날
그 다음 날.

산다는 것과
아름다운 것과
사랑한다는 것과의 노래가
한창인 때에
나는 도랑 가 나뭇가지에 앉은
한 마리 새.

정감에 그득 찬 계절
슬픔과 기쁨의 주일,
알고, 모르고, 잊고 하는 사이에
새여 너는
낡은 목청을 뽑아라.

살아서
좋은 일도 있었다고
나쁜 일도 있었다고
그렇게 우는 한 마리 새.

– 천상병, 「새」

새에 관한 노래라면, 의붓어미 시샘에 죽은 누나가 접동새가 되어 아홉이나 되는 오라비 동생을 못 잊어 진두강 앞마을에 와서 "접동/접동/아우래비 접동"하고 운다는 김소월의 「접동새」도 있고, 눈물 아롱아롱 떨구며 피리 불고 가신 님이 진달래 꽃비 오는 서역 삼만 리를 다시 돌아올 수 없어 굽이굽이 은하 물에 목이 젖은 채 운다는 서정주의 「귀촉도」도 있다. 그뿐인가. "−포수는 한 덩이 납으로/그 순수를 겨냥하지만,/매양 쏘는 것은/피에 젖은 한 마리 상한 새에 지나지 않는다."라는 명구절로 실존에 선행하는 존재 자체에 가닿지 못하는 삶의 기투(企投)를 노래한 박남수의 「새」가 있는가 하면, 채석장 포성 때문에 가슴에 금이 가 "이제 산도 잃고 사람도 잃고/사랑과 평화의 사상까지/낳지 못하는 쫓기는 새가" 되어 버린 김광섭의 「성북동 비둘기」도 있다.

또 "푸른 하늘을 제압하는 노고지리가/자유로웠다고" 부러워한 얼치기 시인이 있지만 "자유를 위해서/비상하여 본 일이 있는/사람이면 알지./노고지리가/무엇을 보고/노래하는가를/어째서 자유에는/피의 냄새가 섞여 있는가를"이라고 일갈하며, 고독해야만 하는 혁명의 당위성을 「푸른 하늘」을 차고 나는 새의 고난에 대비한 김수영의 노고지리도 있고, "삼천리 화려 강산의/을숙도에서 일정한 군(群)을 이루며/갈대숲을 이륙하는 흰 새 떼들이/자기들끼리 끼룩거리면서/자기들끼리 낄낄대면서/일렬 이열 삼렬 횡대로 자기들의 세상을" 향해 나가는 새 떼를 보며 자유의 꿈과 좌절의 현실을 보는 황지우의 「새들도 세상을 뜨는구나」도 있다.

그런데 천상병의 「새」는 기구하고 불우한 생애를 살았지만 어린아이 같은 천진무구로 거친 현실을 넘어 버린 시인의 삶의 상징으로 기능한다. 천상, 천상(天上)의 시인이기에 시인은 이 지상에선 외롭게 살다 외롭게 죽을 수밖에 없다. 그런 시인의 영혼의 빈터에 새날이 와서 새가 울고 꽃이 핀다. 그런데 새가 울고 꽃이 필 그날은 사실 시인이 죽은 날 "그 다음 날"이라는 것이다. 그렇게 시인은 죽어서 바로 새가 되어 도랑 가 나무에 앉아서 세상을 굽어본다. 세상에는 삶과 아름다움과 사랑의 노래가 만화방창인 때이다. 그때야 시인은 낡은 목청을 뽑으리라고 다짐한다. "정감에 그득 찬 계절/슬픔과 기쁨의 주일/알고, 모르고, 잊고 하는 사이에" "살아서/좋은 일도 있었다고/나쁜 일도 있었다고"하며 그렇게 초연하게 울겠노라고.

참으로 단순–소박하지만 우리는 그 '단순–소박'에 도달하기 위하여 얼마나 많은 '소란–강변(强辯)'을 치러야 하는가. 요새 적게 벌어도 삶을 삶답게 살겠다는 '다운시프트족'이니, 적은 양을 먹더라도 고급 유기농 식품을 먹겠다는 '웰빙족'이니 하는 사람들도 사실 단순–소박에 도달하지 못한 소란–강변의 무리일 수 있다. 왜냐하면 이미 먹을 만한 재산을 축적해 놓은 중산층 이상의 사람들이 자기의 꿈과 건강을 위해 투자하겠다는 데 이의를 달 순 없지만, 하루하루 끼니 때우기 바쁜 사람들과 수많은 실업 실직자들을 생각하면 분명코 위화감을 조장할 수도 있기 때문이다. 하지만 하루에 밥 몇 숟갈과 막걸리 몇 잔으로 족하며 오로지 시 하나만을 위해 살다 간 천상병 시인은 지상에선 외롭디외로운 존재로 살았으면서도 죽은 뒤엔 "살아서/좋은 일도 있었다고/나쁜 일도 있었다고" 하며 울겠다니, 그런 그가 천상에서 새로 날지 않고 무엇으로 날으랴.

4

봄이 오는 소리
민감하게 듣는 귀 있어
쌓인 낙엽 비집고
쫑긋쫑긋 노루귀 핀다
한 떨기 조촐한 미소가
한 떨기 조촐한 희망이다

지도에 없는
희미한 산길 더듬는 이 있어
노루귀에게 길을 묻는다

— 최두석, 「노루귀」

시인 최두석은 이야기 시론의 주창자다. 이야기 시론은 "내 격정의 상처는 노래에 쉬이 덧나/다스리는 처방은 이야기일 뿐/이야기로 하필 시를 쓰며/뇌수와 심장이 긴밀히 결합되길 바란다"(「노래와 이야기」)는 시에 나타나 있듯이, 서정과 서사 혹은 주관과 객관 사이의 팽팽한 균형과 긴장 속에서 쓰인다. 이는 서정적 주관의 남발로 인한 객관적 현실의 함몰을 지양하려는 정신이 낳은 양식으로, 시인은 그동안 설화나 전설을 차용하거나 지금 이 땅에 살고 있는 무수한 민중의 일생을 빌려 시에 이야기를 심었다. 그 대표적인 예가 첫 시집과 두 번째 시집 중의 「우렁 색시」「대꽃」「성에꽃」「고순봉」 등인데, 이런 시를 통해 그는 우리 사회의 모순과 불의로 점철된 현실을 낮고 강한 목소리로 질타하곤 했던 것이다.

그런 시인이 3, 4 시집에선 새로운 양상을 보인다. 이것은 "이 아늑하게 따스한 햇살 속/금잔디 위에/흰 고무신 신고 나와 놀기를/도토리 움돋아 첫겨울 지낸/어린 떡갈나무 보다가/바야흐로 벙그는 진달래 꽃망울에/그윽이 입 맞추기를//온갖 나무들 물 마시는 소리/새잎 내미는 소리/환하게 들으며/아지랑이 가물대는 산길 따라/느긋이 사뿐히 걸어가기를/그냥 어미 잃은 멧새 알 하나/이웃 멧새 둥지에 옮겨 넣기를"(「소월에게」)이란 시에서 보듯, 서사보다는 소월적 가락을 차용하고 있는 데서 증명된다. 이렇게 이야기에서 노래로 말의 방식이 바뀌고 사회 현실에서 자연으로 시선의 방향이 바뀌고 있는 것이다.

그럼에도 최두석에게 두 가지 변하지 않은 것이 있다. 그의 시는 언제나 현란한 수사나 기교를 모두 버린 담박함과 정직성을 통해 고전적 품격을 지향한다는 것, 또 『대꽃』『성에꽃』『사람들 사이에 꽃이 필 때』『꽃에게 길을 묻는다』 등 그의 네 권의 시집 제목에서 보듯

'꽃'이라는 기표를 지속적으로 등장시키며 그 꽃의 의미와 향기를 끝없이 묻는다는 것이다. 대꽃과 성에꽃은 사실 역사적이고 현실적인 함의를 품고 있는 모진 꽃이지만, 얼레지나 노루귀 등은 자연과 생명의 싱그러운 꽃이다. 어쨌든 그 꽃들이 사람들 사이에 피기를 바라다가 결국 그런 꽃들에게 삶과 존재의 길을 묻는 시인은 얼마나 맑고 향기로운가.

「노루귀」란 시는 그런 그의 장점이 두루 배어 있는 시다. 우선 노루의 귀처럼 생겼다 해서 명명되어진 노루귀란 꽃 이름에 착안하여 그걸 봄이 오는 소리를 민감하게 듣는 귀로 비유하니, 당연히 그것이 쫑긋쫑긋 필 수밖에 없다. 나아가 그 꽃이 한 떨기 조촐한 미소처럼 보인다면 희망마저도 한 떨기 조촐한 꽃으로 피어날 것 아닌가. 한데 그런 노루귀가 핀 산길, 사람의 지도엔 없는 희미한 산길을 더듬는 이가 있다. 그가 산삼을 찾으려는 심마니이거나, 산사에 오르는 스님이거나, 아니면 자연과 존재의 길을 묻는 자이거나 간에 그들은 모두 노루귀에게 길을 묻는다. 왜 그런가. 두말할 필요도 없이 그렇게 봄이 오는 소리를 듣고, 그렇게 조촐한 미소로 맑고 향기로운 희망을 열어 보이는, 그 노루귀에게 길을 묻지 않고 누구에게 묻겠는가. 이런 간명한 사유는 너무도 단단하여 그 깔끔한 언어 및 형식과 함께 고전적 품격에 가닿는다. 노루귀의 단아한 자태와 은은한 향기가 시에서 맡아진다.

5

처음부터 그는 나의 눈길을 끌었다

키가 크고 가느스름한 이파리들이 마주 보며 가지를 벋어 올리고 있는 그 나무는

주위의 나무들과 다르게 보였다

나는 걸음을 멈추고 그를 바라보기 위해 잠시 서 있었다

그의 이름은 산수유나무라고 했다

11월의 마지막 남은 가을이었다

산수유나무를 지나 걸음을 옮기면서 나는 이를테면 천 년 전에도

내가 그 나무에 내 영혼의 한 번뜩임을 걸어두었으리라는 것을 알았다

이것이 되풀이될 산수유나무와 나의 조우이리라는 것을

영혼의 흔들림을 억누른 채 그저 묵묵히 지나치게 돼 있는 산수유나무와 나의 정해진 거리이리라는 것을

산수유나무를 두고 왔다 아니

산수유나무를 뿌리째 담아들고 왔다 그 후로 나는

산수유나무의 여자가 되었다

다음 생에도 나는 감탄하며 그의 앞을 지나치리라

— 이선영, 「산수유나무」

이마무라 쇼헤이 감독의 영화 〈나라야마 부시코〉의 종반엔 설로 만 전해지는 우리나라의 '고려장' 풍습 같은 것이 일본에선 실재한 것인 양 재현된다. 식충이처럼 이빨이 서른세 개나 남아 있는 일흔 살 오린 할머니를 자식이 지게에 지고 가서 한 번 가면 되돌아오지 못하는 곳 나라야마에 버리고 돌아오는 장면이다. 물론 오린 할머니는 늙음과 소멸의 장으로 이끄는 잔인하고 무정한 시간을 자진하여 수용하지만, 이웃집 할아버지는 그러지 못해 지게에 꽁꽁 묶인 채 발악하다가 아들의 발에 채여 절벽에서 떨어지는 운명을 맞는다.

이선영의 『일찍 늙으매 꽃꿈』이란 시집은 바로 이런 늙음과 소멸에 대한 사유로 가득하다. "마침내 수박 한 덩이가 쩌억 갈라졌을 때/절정에 달한 한 세계가 눈부시게 펼쳐졌을 때 나는/그 수박을 키워 낸 위대한 씨앗이 아니었다 나는/크고 둥그런 수박의 속살에 미운 점 박인 작고 까만 씨앗이었다/버려져야 할, 수박의 달콤함을 더하기 위해 마지막으로/수박으로부터 떨어져 나와야 할"(「수박씨」) 씨앗이라는 이 시는 수박씨를 통해 세계 상실과 여기에서 오는 소외를 노래하고 있다. 수박씨인 '나'는 자신이 하나의 거대한 세계 곧 수박을 키워 내는 위대한 '씨앗'이라고 생각한다. 하지만 시간의 잔인하고 무정한 힘은 세계의 중심에 놓여 있다고 생각했던 '나'라는 존재가 수박이 쩌억 갈라지는 순간 그 세계 안에서 실은 밖으로 내뱉어져야 할 아무것도 아닌 존재였음을 깨닫게 한다. 마치 위 영화의 오린 할머니나 이웃집 할아버지처럼.

그래서 늙어 간다는 것은 슬프고 치욕스런 일이다. 시인은 이런 잔인하고 무정한 시간에 대항해 원을 가득 품은 선인장 가시가 되어 분노하기도 하고, 아이를 낳아 그 아이를 "내가 새로 받은 나의 몸이다"라고 말하며 생산과 탄생의 기쁨으로 윤회시키기도 한다. 또 「조로(早老)의 화몽(花夢)」이란 시에선 "늙는 게 싫어서 종이에게 영혼을 팔기도" 하는데, 이는 시인의 시 쓰기에 대한 하나의 메타포이다. 누구나 소멸하지 않고 영원한 세계를 꿈꾸는 것은 인지상정으로, 시인이기에 그것을 종이를 통해 꿈꾸는 것이다.

그리고 또 하나. 오늘의 시 「산수유나무」처럼 자연이라는 타자를 내 존재 속에 받아들이는 것이다. 처음부터 눈길을 끈 뒤 앞으로도 계속 되풀이될 산수유나무와 나의 조우는 어느 11월 마지막 남은 가을에 이루어졌다. 한데 그 산수유나무는 천 년 전에도 이미 "내가 그 나무에 내 영혼의 한 번뜩임을 걸어두었"었던 나무라는 것을 순간적으로 알아차린다. 한마디로 산수유나무에게서 시간의 소멸을 넘어서는 영원한 생성의 이미지를 읽어 내고 있는 것이다. 산수유나무에게서 천 년 전의 영혼을 감지한다는 것은 결국 다음 생에도 감탄하며 산수유나무 앞을 지나칠 것이라는 미래에 대한 낙관으로 이어지는 것이기 때문이다. 그러기 위해서 "그 후로 나는/산수유나무의 여자가" 되어 버렸다. 아예!

내 마음속 환호인 생명이여

영국의 인류학자 에드워드 버넷 타일러는 자기의 고전적 저서인 『원시문화』에서 종교가 정령신앙에 깊은 뿌리를 박고 발전해 왔다고 말한다. 정령신앙이란 생명이 없는 대상에 혼이나 영을 부여하는 태도를 말하는 것으로 정령신앙에서 보면 우주에 존재하는 것치고 생명이 없는 것은 하나도 없다. 바로 이런 정령신앙의 뿌리가 없었다면 종교라는 나무가 자랄 수 없었다고 하며, 심지어는 그런 영적인 존재들이 인간의 일에 관여하거나 개입할 수 있다는 믿음이 전제되어 있다고 밝히기도 한다.

그런 정령신앙은 세계 어느 나라에서보다 우리나라에서 쉽게 찾아볼 수 있다. 그 한 예로, 우주에 존재해 있는 온갖 삼라만상이 하나같이 영혼과 생명을 가지고 있다는 생각은, 가정과 집을 관장하는 주재신인 성주의 내력과 유래를 풀이하는 서사무가에서도 단적으로 드러난다. 손진태가 채록한 「성주풀이 무가」 동래본에서 몇 구절 인용한다. "그때 맛참 지하궁을 살펴보니/새즘생도 말삼하고/가막간치 벼살할제/나무돌도 굼니러고/옷남게 옷도 열고/밥남게 밥이 열고/쌀남게 쌀이 열고/국수남게 국수열고/온갖 과실 다 여러서/세상에 생긴 사람/궁박(窮迫)하리 업는지라." 성주신이 하늘 아래 지상을 내려다보니 하늘을 날아다니는 새와 땅 위의 짐승이 인간처럼 말을 하고 까마귀와 까치가 벼슬을 살기도 한다. 나무와 돌멩이도 사람처럼 일어나 꿈틀거리고 옷도 밥도 쌀도 국수도 모두 나무에서 쉽게 얻을 수 있으니, 지상의 온갖 것들이 서로 갈등을 일으키지 않고 평화롭게 산다는 내용이다.

지상의 온갖 것들이 조화와 균형을 꾀하며 평화롭게 산다는 정령신앙은 바로 오늘날 우리가 주장하는 생태주의에 다름 아니다.

1

추석 송편 솥에 넣을 솔잎을 따려고
땅거미가 질 때 발소리 죽이고
뒷산에 올라가는 할머니의 얼굴은
손자놈 콧물보다 더 진한 생애의 때
잿빛의 머리칼은 한 줌도 안 되지만
소나무의 아픔은 옛 짐작만으로도 다 안다
해 넘어가고 첫잠 든 소나무가

은하수 멀리까지 단꿈을 꿀 때
살며시 솔잎을 따야 아프지 않고
솥에 들어가도 뜨거운 줄 모른다
말없이 솔잎이 숨거둘 때마다
젊은 날의 사랑처럼 송편이 익는다

— 오탁번, 「솔잎」

오탁번의 「솔잎」은 소박하지만 정령신앙 혹은 생태주의적 사유를 아름답게 보여 주는 시이다. 할머니가 추석 송편에 넣을 솔잎을 따려고 뒷산에 올라가는데, 땅거미가 질 때 발소리도 죽이고 올라가 딴다고 한다. 소나무가 아플 테니 첫잠이 들 때 살며시 따야 한다는 게 그 이유다. 이건 사실 정령신앙에 근거한 것이지만 굳이 그까지 거론하지 않더라도 인간이면 누구에게나 있는 연민의 발로라고 할 수도 있다. 연민이란 타인의 고통에 대한 동일시에서 오는 슬픔을 말하는데, 옛날 우리 할머니들이 마당에 살고 있는 개미와 벌레 등이 죽는다는 이유로 뜨거운 물을 함부로 버리지 않는 것이나, 또 어떤 어머니가 계란을 프라이 하려고 할 때 여러 차례 두드려 깨면 계란이 너무 아플 거라는 이유로 단박에 깨서 넣는다는 것 등이다. 만물에 대한 연민 때문이라 할 수 있다. 이 연민은 사실 정서적 차원이면서 곧 윤리적 차원과 연결되어 있는 감정이다. 그렇다면 이런 시들이 제기하는 생태 문제는 예술 또는 문학 이전의 삶의 문제라는 것을 알 수 있다. 삶의 문제는 곧 실천의 문제라는 말로 이어지기도 한다.

요사이 시단에는 많은 시들이 생태시라는 명목으로 제작되고 흘러넘친다. 이는 시적 상상력과 생태학적 상상력이 그 뿌리를 같이 두고 있다는 자각의 결과이리라. 서정시의 원리가 기본적으로 시적 대상과 시적 주체 간의 교감을 통해 양자의 동일화를 꿈꾸는 데서 시작되는데, 생태학적 상상력 또한 만물이 하나의 뿌리에서 시작하여 생태적 그물 혹은 생태 사슬로 서로 연결되어 있다는 데서 출발한다. 그러기 때문에 시에서 정경교융이니 생태학이나 종교에서 인드라망이니 하는 말들이 예전부터 있어 왔던 것이다. 중국의 산수시나 일본의 하이쿠 그리고 우리나라의 청록파 시인 등이 일찍부터 자연과의 교감을 통한 생명의 찬양과 귀소의식을 드러내며 의도는 하지 않았지만 이미 생태시들을 써 온 사실을 기억해야 한다.

2

누가 흘렸을까

막내딸을 찾아가는
다 쭈그러진 시골 할머니의
구멍 난 보따리에서
빠져 떨어졌을까

역전 광장

아스팔트 위에

밟히며 뒹구는

파아란 콩알 하나

나는 그 엄청난 생명을 집어 들어

도회지 밖으로 나가

강 건너 밭이랑에

깊숙이 깊숙이 심어주었다.

그때 사방팔방에서

저녁노을이 나를 바라보고 있었다.

— 김준태, 「콩알 하나」

김준태는 밭의 시인이다. 역전 광장에 떨어진 '콩알 하나'라는 '엄청난 생명'을 집어 들어 도회지 밖 강 건너까지 가서 거기 밭에 꼭꼭 묻어 주는 시인이 밭의 시인이 아니고 무엇이랴. 첫 시집 『참깨를 털면서』에서 시작된 흙과 밭의 시는 최근 시집 『지평선에 서서』의 '밭詩' 연작에까지 계속된다. "밭은 말하지 않는다/흙을 모자처럼/눈썹 아래까지 눌러쓰고/끝없는 명상에 젖는다/먼 하늘 햇빛 달빛을/그 넓은 가슴으로 받아/밭은 언어 대신에/잎새는 하늘로 펴 주고/열매는 거꾸로 매달아 놓는다." 그의 시 「밭은 철학을 한다」인데, 이쯤 되면 그에게 있어서 밭은 삶의 시원이고 완결점이며, 삶의 현장이고 유토피아이다. 시인이 밭을 그렇게 보는 것은 생명과 생명의 매개 역할을 해 주는 곳이 밭이고, 개인적 삶의 터전에서 공동체적 삶의 이상을 겨냥할 수 있는 곳이 밭이기 때문이다. 이런 밭의 정직함을 노래하기에 그의 시는 현란한 은유나 낯선 기교 등을 배격하고 사물을 직정적으로 노래한다.

환경 위기나 생태계 위기를 다루는 시적 담론과 관련하여 자주 사용하는 용어 중에 '환경시'니 '생태시'니 '녹색시'니 하는 용어들이 무분별하게 사용된다. 환경시는 환경 파괴나 자연 훼손의 실상을 고발하는 문학을 가리킨다. 지구의 온난화, 오존층 파괴, 산성비, 강과 산의 산업 독극물 피해, 미세먼지 등 지금 지구의 위기가 얼마나 심각한 상황에 놓여 있는지를 낱낱이 밝힘으로써 환경 위기에 대한 경각심을 일으키는 고발문학이다. 생태시는 환경 위기나 생태계 위기의 원인을 현상보다는 좀 더 근본적으로 따지는 문학을 말한다. 1970년대 노르웨이의 철학자 아르네 네스는 표층생태학에 맞서 심층생태학 이론을 펼친다. 표층생태학이란 정부나 대학 그리고 산업체 같은 데서 공해 문제나 천연자원 고갈 같은 단기적인 환경 문제를 해결하는 데 목표를 두고, 심층생태학이란 환경 문제를 좀 더 심층적으로 해결하려는 생태학으로 인간중심주의를 지양하고 생물평등주의를 앞세운다.

김준태의 시가 역전에 떨어진 '콩알 하나'를 '엄청난 생명'으로 집어 든 것부터가 이미 생물평등주의 혹은 만물평등주의에 직정적으로, 근본적으로 반응하는 사례이다, 여기에 합리적 계산 같은 것은 추호도 없다. 한마디로 모든 환경시나 생태시는 김준태의 「콩알 하나」라는 시에서 다시 시작해야 한다는 생각이 든다.

그런데 요사이 우리의 생태시는 또 너무나 자연주의 경향으로만 흐른다. 자연은 절대 선이고 이것을 망치고 있는 인간의 이기심은 모두 절대 악이다. 하지만 다음의 이윤학의 시를 보고도 인간이 절대 악이기만 하는 것일까, 생각해 보아야 한다.

3

여자는 털신 뒤꿈치를
살짝 들어올리고
스테인리스 대야에
파김치를 버무린다.

스테인리스 대야에 꽃소금
간이 맞게 내려앉는다.

일일이 감아서
묶이는 파김치.

척척 얹어

햅쌀밥 한 공기

배 터지게 먹이고픈 사람아.

내 마음속 환호(歡呼)는

너무 오래 갇혀 지냈다.

— 이윤학, 「첫눈」

우리 어릴 때 김장하는 날이면 곧잘 첫눈이 오곤 했다. 이 시에서도 김장하는 날 첫눈이 내린다. 그런데 이 시에서의 김장은 스테인리스 대야에 파김치를 담그는 일이지만, 대개는 커다란 함지박에 배추김치를 벌겋게 버무린다. 물론 총각김치며 동치미, 파김치며 갓김치까지 함께 담그는 것은 두말할 나위 없다. 그런데 김장 때 그해 나온 쌀로 지은 기름기 잘잘 흐르는 햅쌀밥에 척척 걸쳐 얹어 먹는 파김치나 배추김치 맛은 얼마나 기막히던가.

이런 김장하는 날, 대야에 꽃소금이 간이 맞게 내려앉듯 첫눈이 내려앉는다. 그러니 그 김치 척척 얹어 햅쌀밥 한 공기 '배 터지게' 먹이고픈 사람이 어찌 생각나지 않겠는가. 사실 세상에서 밥 제대로 먹고 먹이는 일만큼 힘들고 기쁜 일이 어디 있겠는가. 삶의 신산과 고단함 그리고 배고픔을 겪은 자만이 파김치에 햅쌀밥 먹는 일이야말로 다름 아닌 '내 마음속 환호'라는 것을 쉽게 간파할 것이다.

너무 오래 갇혀 지낸 “내 마음속 환호”다. 여기 ‘여자’로 말해지는 어머니의 마음이야 파김치 “척척 얹어/햅쌀밥 한 공기/배 터지게 먹이고픈 사람아.”라고 불러 대는 게 환호겠지만, 아무래도 시적 화자는 그런 여자 곧 어머니가 불러 대는 자식이기에 분명함으로 어쩌면 그런 어머니와 함께 김장 김치 척척 얹어 햅쌀밥 한 공기 배 터지게 먹는 게 또한 환호 아니겠는가.

원래 이윤학의 시엔 죽음과 폐허가 넘쳐 난다. 무료하고 적막한 오후의 둑길을 걷던 개의 흠칫 뒤돌아보는 눈동자 속에서 자신의 생을 반추하는 쓸쓸함과 비애를 보듯이, 우리의 생은 한갓 버려진 것이고 우연적인 것이고 의미 없는 것이라고 여긴다. 그러면서도 생의 치열하고 살벌한 현장을 끝없이 배회하고 껴안으며 죽음과 폐허가 기실은 얼마나 살기 위한 노력으로 벌겋게 달아올라 있는 것인가를 늘 보여 준다.

하지만 이 「첫눈」은 그런 모든 죽음과 폐허와 비애와 권태를 단박에 뛰어넘어 버리는 첫눈의 활기와, 여자의 온기와, 김장 김치에 햅쌀밥 한 공기라는 생명의 근원적인 음식과, 내 마음속에 갇혀 지내는 환호를 화들짝 해방시켜 버리는 화엄장엄이 생기 있게 펼쳐진다. 이런 시야말로 또한 진정한 생태시가 아니고 무엇이겠는가.

4

어두운 방 안에

바알간 숯불이 피고,

외로이 늙으신 할머니가

애처로이 잦아드는 어린 목숨을 지키고 계셨다.

이윽고 눈 속을

아버지가 약을 가지고 돌아오셨다.

아 아버지가 눈을 헤치고 따 오신

그 붉은 산수유 열매—.

나는 한 마리 어린 짐승,

젊은 아버지의 서느런 옷자락에

열(熱)로 상기한 볼을 말없이 부비는 것이었다.

이따금 뒷문을 눈이 치고 있었다.

그날 밤이 어쩌면 성탄제의 마지막 밤이었을지도 모른다.

어느새 나도

그때의 아버지만큼 나이를 먹었다.

옛것이란 거의 찾아볼 길 없는
성탄제(聖誕祭) 가까운 도시에는
이제 반가운 그 옛날의 것이 내리는데,

서러운 서른 살 나의 이마에
불현듯 아버지의 서느런 옷자락을 느끼는 것은,

눈 속에 따 오신 산수유 붉은 알알이
아직도 내 혈액 속에 녹아 흐르는 까닭일까.

— 김종길, 「성탄제(聖誕祭)」

성탄제 가까운 도시에 눈이 내린다. "옛것이라곤 거의 찾아볼 길 없는" 도시에 옛날에 내렸던 눈만은 다시 내린다. 그 서느런 눈이 '나'의 이마에 닿자마자 문득 그 옛날 "젊은 아버지의 서느런 옷자락"을 느끼게 된다. 그 아버지는 "어두운 방 안에/바알간 숯불"과 "외로이 늙으신 할머니"만이 열병으로 애처로이 잦아드는 어린 '나'를 지키고 있는 중에, 약을 가지고 돌아오신다. 그 약은 눈 속을 헤치고 따 오신 '붉은 산수유 열매'로 해열제로 쓰이는 것이다. 그런 아버지의 서느런 옷자락에 열로 들뜬 얼굴을 부비며 "나는 한 마리 어린 짐승"이 되는데, 뒷문에는 계속 눈이 들이친다. 아마 성탄제의 밤이었을지도 모를 그날의 "눈 속에 따 오신 산수유 붉은 알알이/아직도 내 혈액 속에 녹아 흐르는" 것만 같은 '나'는 이미 그 옛날 아버지만큼의 나이를 먹은 아버지가 되어 있는 것이다.

시에서 형상화되는 그리움의 대상은 연인이거나 어머니인 경우가 많은데 이 작품은 독특하게 어린 시절의 아버지를 회상한다. 이는 김종길 시의 뿌리를 이루는 것이 유가적(儒家的) 전통이기 때문일 거라고 생각된다. 그의 시의 특성인 절제된 감정과 시어, 명징한 이미지와 고전적 품격 등은 모두 유가적 덕목을 이루는 요소들이다. 이 시에서 시적 화자가 보여 주고 있는 아버지에 대한 그리움도 그의 이런 근본에서 자라난 것임을 알 수 있다. 서른 살의 나이에 이른 화자는 '눈'을 매개로 하여, 어린 시절 열병에 시달리는 자신을 위해 눈 속을 헤쳐 산수유 열매를 따 오시던 아버지를 회상하고 있다. 따라서 그 아버지는 부모의 은덕을 효로 보답해야 한다는 원리를 절로 떠오르게 하는 아버지이며, 화자는 그런 아버지로 표상되는 애정 넘치는 생활상을 그리워하고 있는 것이다.

다음으로 이 시에서 바알간 숯불–붉은 산수유 열매–열로 상기한 볼–내 혈액 등으로 이어지는 붉은색 이미지는, 춥고 쓸쓸한 겨울 장면을 조성하는 흰색 '눈'과 선연하게 대비되며 뜨거운 사랑을 상징한다. 특히 그 눈을 헤치고 아버지가 따 오신 '산수유 열매'가 화자의 혈액 속에 녹아 흐른다는 것은 육친 간의 순수하고도 근원적인 사랑이 늘 존재하고 있음을 의미한다. 그러므로 '산수유 붉은 알알'은 화자의 내부에 생명의 원소처럼 살아 있는 사랑의 상징이 됨으로써 거룩한 '성탄제'의 본질적 의미를 환기시켜 주는 것이다. 또한 붉은 산수유와 함께 화자의 열을 내리게 한 것은 '아버지의 서느런 옷자락'인데, 이는 '엄부자모(嚴父慈母)'로 대변되는 유교적 전통을 압축적으로 보여 주는 한편, 차가운 옷자락만큼 아버지의 사랑이 깊고 뜨거움을 상징적으로 알려 주고 있다.

마지막으로 이 시의 시간은 전후반부 모두 '성탄제 가까운 밤'이다. 성탄제는 예수 그리스도의 탄생을 기리는 축제이지만, 여기서는 성탄제의 그런 피상적 의미를 벗어나 화자와 아버지의 새로운 만남을 촉진시키고 조명하는 기능을 나타낸다. 그러므로 성탄제는 촛불과 캐럴과 산타 할아버지로 표상되는 서구의 화려하고 시끌벅적한 축제로서의 의미가 아닌, 아버지와 숯불과 산수유 열매 등의 한국의 전통적·복고적 정서로 전이되어 인간의 보편적인 사랑의 정점을 보여 주는 한편, 그 분위기에 싸여 가족 간의 사랑을 한 차원 상승시키고 있다. 그러므로 부자자효(父慈子孝)의 윤리관으로 대표되는 관습적인 차원을 뛰어넘어 한 차원 더 깊어진 애정의 경지에 도달하게 되는 것이다.

그리고 이런 모든 해석을 무화시킬 만큼 이 시에는 아비의 자식에 대한 사랑, 나아가 극히 개인적이면서도 인간의 생명에 대한 보편적인 연민이 시 전체에 아우라를 치면서, 그 어떤 생태시보다도 사랑과 생명에 대한 육친적이고 근원적인 시의 성취라는 것을 밝히고 싶다.

5

에 조금씩 밀리며 지긋이 눈감고

여전히 되새김질하는 어미 소의 표정

속에

잠시 싸락눈 후딱 지나가듯

바로 조기다 싶다

우리 가야 할 곳

우리 나온 곳

다들 그곳에 모이시라

혁명도 뭐도 또

싸락눈도

나는 둘인가?

왜 저 안에도 나는 있지?

사랑의 食客이 되어서

잠시 세상 바꾸어 놓는

어미젖 들이받는 힘

— 장석남, 「갓난 송아지가 젖 먹을 때 다른 젖으로 바꿔 물며 들이받는 힘」

시인의 예리한 관찰력은 좋은 시를 쓰는 데에 필수이다. 어느 날 시인은 한 농가에서 어미에게서 태어난 지 얼마 안 된 '갓난 송아지가 젖 먹을 때 다른 젖으로 바꿔 물며 들이받는 힘'을 예리한 관찰의 눈으로 본다. 그러나 여기까지는 이미 유강희라는 젊은 시인의 「외갓집」이라는 시에서 오래전에 본 바이다. "이틀밖에 안 된 송아지가 머리로 툭툭 차면서 통통 불은 젖을 빨아 먹는다."라고. 그런데 장석남은 바로 그 힘"에 조금씩 밀리며 지긋이 눈감고/여전히 되새김질하는 어미 소의 표정"까지를 본다. 물론 유강희도 "눈이 선한 어미는 마른 지푸라기를 소리 없이 되새김질하며 이따금 꼬리를 흔들어 쇠파리를 쫓는다."라고 좀 더 사실적인 관찰을 해 댄다. 그런데 언어를 부리는 데 활달한 장석남은 여기서부터 관찰을 직관적 진술로 환치시킨다. 그런 어미 소의 표정 속을 "바로 조기다 싶다/우리 가야 할 곳"이라고 외치며 혁명도 뭐도 싸락눈도 다들 그곳에 모이시라고 청유하는 것이다. 물론 그곳은 "우리 나온 곳"이라는 단정적 진술이 전제되어 있다.

그렇다면 갓난 송아지가 젖을 들이받는 힘에 조금씩 밀리며 되새김질하는 어미 소의 표정 속은 어떤 속이기에 그 당당한 혁명도, 삶의 춥고 어수선함으로 상징되는 싸락눈도, 또 그 무엇도 다 버리고 그곳에 모이시라는 건가. 물론 그 어미 소의 표정 속을 어떻게든 표현할 수는 있지만 그보다는 시인의 직관이 마련한 그 훈훈하고 포근하고 느긋하고 아득함 속에 사랑의 식객(食客)이 되어서 가만히 안기면 그만이고, 여력이 있다면 "잠시 세상 바꾸어 놓는/어미젖 들이받는 힘"을 우리도 한번 써 보면 되는 것 아닌가.

이미 이슈를 타고 담론화, 이념화하는 생태주의 시들이 많은 경우 표층적인 환경 훼손 고발에 머물거나, 당위적인 이념을 적용하느라 애쓰거나, 근본주의적인 목소리를 내거나 하는 데에 머무는 것은 안타깝다. 위의 오탁번의 「솔잎」이나 김준태의 「콩알 하나」는 생태시가 어디서부터 시작해야 하는가 하는 그 토대를 가르쳐 주는 시이고, 이윤학의 「첫눈」이나 김종길의 「성탄제」는 인간주의적인 생명의 활기나 연민 또한 생태시의 큰 테두리 안에 포함시킬 수 있는 시이며, 이는 어린 동물의 생명력을 포착한 장석남의 시 또한 같은 경우라 할 수 있다.

거미줄에 걸리는 삶의 붉은 목숨

인간의 생활과 이를 위한 노동은 삶의 구원 문제, 의미 문제, 가치 문제 등등 그 어떤 문제보다 선행한다. 세속 사회에 살면서 좋은 직장을 갖고 알뜰한 가정을 꾸미고 하루하루 건강하고 행복한 삶을 살고자 하는 것은 모두의 꿈이고 소망이다. 하지만 이게 어디 마음대로 되는 일인가. 원하지 않은 일자리에 내몰리거나 실직하거나 아예 직장을 구하지 못하는 경우, 자그마한 평수의 집 한 채가 없어서 비싼 전세나 월세나 옥탑방을 전전해야 하는 경우, 뜻하지 않은 병이나 사고로 인해 고통을 받는 경우, 자식들이 공부를 하지 않는 것은 두 번째치고 온갖 문제를 일으키고 다니는 경우 등등 인간사가 단 하루라도 편안할 날이 없다고 느끼는 사람들이 있다. 그들의 고통 위에 서서 또 일부 부자들이나 권력자들은 호가호위하며 망나니짓을 벌인다.

이러다 보니 삶은 과연 살 만한 가치가 있는 것인가, 이런 생존 문제까지도 태클을 거는데 삶의 의미가 어디에 있기는 있는 것인가, 교회나 사찰 등은 이미 부자들에게 점령당해 버렸으니 어디 새누리니 하늘맘수련이니 하는 사이비 종교 단체에 가서 복을 빌면 구원을 얻게 될 것인가 등등 이번엔 실존에 선행한 인간 본질 문제에 집착하게 된다. 아니 그보다는 돈이 삶의 주인이라는 것을 절감하게 되자마자 다단계 사업에 뛰어들거나 사기꾼의 농간에 넘어가 그나마 있는 전세 자금까지 탈탈 털리고 이혼당하고 자식들은 뿔뿔이 흩어지는 졸경을 치르게 되면 삶의 궁극에 이르게 된 자신의 운명을 절감하게 되기도 한다. 이런 경우 삶은 어떻게 되는 것인가.

1

거미가 허공을 짚고 내려온다
걸으면 걷는 대로 길이 된다
허나 헛발질 다음에야 길을 열어주는
공중의 길, 아슬아슬하게 늘려간다

한 사내가 가느다란 줄을 타고 내려간 뒤
그 사내는 다른 사람에 의해 끌려 올라와야 했다
목격자에 의하면 사내는
거미줄에 걸린 끼니처럼 옥탑 밑에 떠 있었다

곤충의 마지막 날갯짓이 그물에 걸려 멈춰 있듯

사내의 맨 나중 생이 공중에 늘어져 있었다

그 사내의 눈은 양조장 사택을 겨누고 있었는데

금방이라도 당겨질 기세였다

유서의 첫 문장을 차지했던 주인공은

사흘만에 유령거미같이 모습을 드러냈다

양조장 뜰에 남편을 묻겠다던 그 사내의 아내는

일주일이 넘어서야 장례를 치렀고

어디론가 떠났다 하는데 소문만 무성했다

누가 먼저랄 것도 없이 아이들은

그 사내의 집을 거미집이라 불렀다

거미는 스스로 제 목에 줄을 감지 않는다

– 박성우, 「거미」

박성우의 시 「거미」는 첫 연만으로도 한 편의 시가 된다. 거미가 허공을 짚고 내려온다. 물론 꽁무니에서 줄을 드리우고 내려오는 것이다. 그 모습을 거미가 허공에서 "걸으면 걷는 대로 길이 된다"고 표현하는 시적 재능을 보라. 그런데 그것도 늘 "헛발질 다음에야 길을 열어주는 공중의 길"이라고 한다. 거미가 꽁무니 줄에 매달려 공중을 딛느라 바둥거리는 모습을 그렇게 표현한 것이다. 그런데 곧이어 그렇게 내려오며 공중의 길을 "아슬아슬하게 늘려간다"고 하는 표현은 얼마나 명민한 관찰에 의한 것인가. 아슬아슬한 허공에서의 줄타기가 사실은 새로운 길을 늘려 가는 일이라는 것을 간파하다니!

그런데 2연부터 3연에 걸쳐 느닷없이 한 사내의 죽음 이야기가 나온다. 그 사내는 마치 거미줄에 걸린 먹이처럼 목을 맨 채 옥탑 밑에 늘어져 있었던 것이다. 그 사내는 양조장 사택으로 눈을 겨누고 있는 걸로 보아 거기 양조장과의 원한 때문에 죽음을 택했고, 그 사내의 아내는 남편을 양조장 뜰에 묻겠다고 버티다가 일주일이 넘어서야 장례식을 치른 뒤 어디론가 떠났다는 소문이다. 이렇게 어떤 비극적인 현실을 이야기하며 시인은 비관주의나 허무주의도 없고, 또 수사도 장식도 없는 객관적인 눈을 싸늘히 견지하다가, 마지막 연에 가서야 겨우 한 줄의 주관적 논평을 내놓는다. "거미는 스스로 제 목에 줄을 감지 않는다"라고.

무슨 이야기인가. 거미라는 생물도 자살을 하지 않는데 인간인 주제에 자살을 한 것에 대한 비판인가. 아니다. 시는 그렇게 단순한 게 아니다. 그렇다면 거미가 스스로 제 목에 줄을 감지 않듯, 그 사내도 스스로 죽음을 택한 것이 아니라는 이야기다. 무엇인가가 그를 죽음으로 몰았고, 이런 점에서 사내의 죽음은 타살이라는 것이다. 그렇다면 거미는 사내를 유추하는 비유물이 된다. 거미는 곧 사내인 것이다. 시인의 등단작이라서 그런지 거미를 사내로 매개시키는 끈이 부족하지만 죽은 사내를 "유령거미"로 비유한 것이나 "그 사내의 집을 거미집이라 불렀다"라고 하는 표현에서 그 매개의 끈을 간신히 짐작할 수 있다.

결국 거미가 사내라면, 그 거미처럼 아슬아슬한 허공의 줄타기 같은 나날을 살아온 사내, 그것도 늘 헛발질을 하며, 그러나 끝내 자기의 길을 꿋꿋이 늘려 온 사내는, 결국 아무런 비빌 언덕도 없는 세상의 허방에서 바둥거리다가 그 세상에 의해 죽음을 당한 것이다. 비록 나타난 표현으로는 그 사내가 스스로 목을 매어 죽긴 했지만 거미는 스스로 제 목에 줄을 감지 않기 때문에 누군가가 그를 죽음으로 몰아갔고, 그런 점에서 결국 그 사내는 타살됐다는 논리가 성립하는 것이다. 어쩌면 이런 이야기를 표현하는 데 있어 철저한 감정 절제를 했기에 사내를 죽음으로 몰아간 세상에 대한 분노는 더 치열하게 여겨지고, 또한 절실한 내적 울림을 낳고 있는 것이다. 체험의 무게에 대한 장인적 연마의 결과여서 믿음이 가는 시다.

2

> 흐르는 것이 물뿐이랴
> 우리가 저와 같아서
> 강변에 나가 삽을 씻으며
> 거기 슬픔도 퍼다 버린다
> 일이 끝나 저물어
> 스스로 깊어 가는 강을 보며

쭈그려 앉아 담배나 피우고

나는 돌아갈 뿐이다

삽자루에 맡긴 한 생애가

이렇게 저물고, 저물어서

샛강 바닥 썩은 물에

달이 뜨는구나

우리가 저와 같아서

흐르는 물에 삽을 씻고

먹을 것 없는 사람들의 마을로

다시 어두워 돌아가야 한다

– 정희성, 「저문 강에 삶을 씻고」

정희성의 시를 보면 다음과 같은 말이 떠오른다. "젊을 때 시를 쓰는 일만큼 무의미한 일은 없다. 시는 언제까지나 끈질기게 기다리지 않으면 안 된다. 일생 동안 그것도 70년 또는 80년 걸려서 우선 벌처럼 꿀과 의미를 모아야 한다. 그래야만 열 줄의 훌륭한 시를 쓸 수 있을 것이다." 릴케의 『말테의 수기』에 나오는 너무도 유명한 구절이다. 흔히 시가 감정이라는 생각을 갖고 있는데 시는 바로 경험이라는 것을 강조하고자 한 말이다. 물론 그 경험에 상상력을 통한 사유가 가미되어 한 편의 시가 나오는 것이겠지만, 요새 젊은 시인들의 정보와 지식에만 의지한 시의 남발을 생각하면 금과옥조처럼 새겨들을 말이다.

위의 시도 마치 대를 깎아 살 속에 피를 새긴 것 같은 경험의 육화와 더불어 빈틈없는 운율로 농민들의 울분과 슬픔을 흐르는 강물에 씻는다. 정희성은 마치 릴케의 말을 좌우명으로라도 삼은 듯 그간 가물에 콩 나듯 한두 편의 시만을 발표해 왔다. 물론 그 시들도 여전히 길이가 짧고 또한 어눌한 것들이었다. 하지만 이것들이 역시 치열한 장인 의식에 의해 쓰여진 것임에 분명한 것은 그 짧고 어눌한 한 편 한 편의 시들이 금석문(金石文)처럼 여겨짐과 동시에 수많은 의미들을 내포하고 있기 때문이다.

그의 시 「저 너머」를 한 번 보자. "가을물 여위어/소리도 정갈한데//묵은 때 벗고저/운문사 오르는 길//불이문(不二門) 저 너머/하늘대는 흰 빨래"라는 시다. 허튼 수사나 말장난은 일체 허용하지 않고 2행 1연의 고전적 형식에 긴장과 축약을 취한 이 시도 그렇다. 그의 다른 시 「말」에서 직설적으로 진술한 것처럼 "세상에 입 가진 자 저마다 떠들어 대서" "오랫동안 참고 말 안 하는 버릇을 들"인 탓에 "마침내 시를 쓰는 것도 잊어버리고 살다가" 나온 시가 이처럼 '고요-단순'하니 '소란-강변(强辯)'의 우리 시는 이제 좀 침묵을 배워야 할 땐가 보다.

「저문 강에 삽을 씻고」는 이미 1970년대에 나와 현재 국어 교과서에 단골로 실리는 시이다. 그 단아하고 절제된 형식과 운율 속에서도 열심히 곡식을 거두고도 늘 먹을 것이 없는 사람들의 슬픔과 한과 체념을 결기 있게 진술한다. 물론 그 배경엔 태산처럼 생산하고도 쥐꼬리만치도 먹을 것이 없게 만든 세상에 대한 치열한 분노를 담고 있다. 하지만 그런 분노와 슬픔을 흐르는 강물에 삽을 씻듯 씻어 버리고, 쭈그려 앉아 담배나 한 대 피우고 집으로 돌아갈 수밖에 없는 체념의 모습은 가슴을 쓰라리게 하고도 충분히 남음이 있다.

3

누런 모래바람 뚫고
사막을 건너온 대상 행렬에 끼어
닷새 만에 나타난 최 씨,
익숙한 손놀림으로 좌판 펼치고
벽돌을 고여 수평 잡는다
순탄하지 못한 생(生)의 밑바닥에 주춧돌 놓고
가지런히 생선 진열한다
비린 전령이 장터를 한 바퀴 돈다
어느 삶이든 감추고 싶은 구석이 있기 마련,
비린내쯤 풍기더라도 찾아 줄 손님 기다리며
소매 걷어붙이고 칼을 벼른다
마수걸이는 늘 파리들 차지다
팔뚝으로 빠져나온 용(龍) 꼬리에
겁 없이 달라붙는 쉬파리,
한때 그를 부르던 이름이다

어느덧 십 년
까탈스런 손님 비위 맞춰
내장 발라 주다 보니 이젠 배알이 없다
덤이다 떨이다 얹어 주어 실속 없는 장돌뱅이
덜 찬 전대 가득 인심 얻었으니
삶의 장마다 이문 남는다 허허허(虛虛虛) 웃는다
천막을 개켜 싣고
고비 고비 넘어온 늙은 낙타 등에 올라
고개 너머 오아시스 있다 고삐 당겨도
코만 벌름거릴 뿐 시동 걸리지 않는다
그래도 무거운 짐들 덜었으니 가뿐하지 않으냐
어르고 달래 푸릉 푸릉 사막을 횡단한다

– 김석윤, 「고비를 횡단하다」

'화려–찬란'과 '소란–능변'의 시대에 맞는 이미지와 상상력의 헛된 판타지들이 시의 주류로 자리 잡은 21세기 문단에서 아직도 소외된 삶들에 촉수를 대고 그들의 애환을 온몸으로 표현하려는 시인들이 있다는 것은 참으로 눈물겹기까지 하다. 땅끝 해남의 김경윤이나 순천의 박두규 그리고 목포의 김선태 같은 시인이 그들인데 여기에 나주의 김석윤 시인을 하나 더 추가한다. 그는 삶이라는 굴레 때문에 오랫동안 시 쓰기를 미루어 오다가 마침내 시인 자신과 닮은 사람들이 살고 있는 마을에 살면서 시의 길에 나선 뚝심의 시인이다.

그런 탓인지 그의 시 「고비를 횡단하다」는 시 쓰기의 고전적 모범을 보인 명품이다. 고비사막 횡단과 한때 '쉬파리'로 불렸던 깡패 최씨의 장돌뱅이 삶을 매칭 시키는 데 있어 적확한 유비(類比)와, 손님들에게 생선 "내장 발라 주다 보니 이젠 배알이 없다"는 능청스런 해학, 덤이다 떨이다 얹어 주어 실속은 없지만 "덜 찬 전대 가득 인심 얻었으니/삶의 장마다 이문 남는다"고 웃는 사유의 깊이, 그러면서 그간 순탄치 못했던 생의 '수평'을 바로잡는 모습에 대한 극진한 진술 등이 가슴이 뭉클할 정도의 기품을 보인다. 특히 고통에 포위된 시인이 그 고통을 눈부신 힘으로 바꾸어 내는 데 있어 아주 성실하고 진정스런 자세로 맞서니 미덥기 그지없는 것이다.

시동도 잘 걸리지 않는 트럭으로 고비를 횡단하듯 이곳저곳의 장터를 떠돌아다니며 좌판을 벌이는 장돌뱅이에 대한 이 시는 그 장돌뱅이의 삶만큼이나 활기가 넘친다. 한때 깡패였지만 마음을 잡고 좌판을 벌인 뒤로는 능청스런 해학과 인정을 베푸는 것으로 '인심'이라는 이문을 얻을 뿐이면서도 '허허허(虛虛虛)' 웃어 버리고, 다음 장으로 떠나가는 그의 유랑은 어쩌면 우리 삶 자체가 이처럼 유랑의 존재일 수밖에 없다는 진리를 가르쳐 주는 것 같기도 하다.

4

먼 길 가는 모양이다

동네 어귀 느티나무 그늘 아래
어떤 부부가 버스를 기다리며 서 있다
조금은 떨어져 선 두 사람은
목도리가 같아서인지 한눈에 부부 같다
지아비가 한 손을 올린 채 앞으로 나와 있고
지어미는 조금 뒤에서 웃고 있다
시골버스의 유일한 승객인 나는
그 부부를 발견하고 내심 반가웠지만
운전기사는 조금의 망설임도 없이 지나치는 게 아닌가
두 사람이 늘 거기 서 있으면서도
한 번도 버스를 탄 적이 없다는 듯이
아아, 버스로는 이를 수 없는 먼 길 가는 모양이다
그 부부는 이미 오랜 길을 걸어 저기 당도했을 것이고
잠시 나무 그늘에서 쉬고 있는지 모르겠다
그런데 정갈하게 풀을 먹인 광목 목도리는
누가 둘러주고 간 것일까
목도리에 땀을 닦고 있는 그들을 뒤돌아보니
미륵 한 쌍이 석양 속으로 사라진다
두 개의 점, 흰 광목빛

— 나희덕, 「흰 광목빛」

텅 빈 시골버스를 타고 어느 동네를 지나친다. 동네 어귀 느티나무 그늘 아래엔 흰 광목 목도리를 두르고 버스를 기다리는 부부가 서 있다. 아니다. 이는 시적 화자의 착각이다. 시적 화자는 시골버스의 유일한 승객으로서의 반가움 때문에 그들이 버스를 기다리고 있었을 거라고 여겼는지 모른다. 그러나 운전기사는 조금의 망설임도 없이 그냥 그들을 지나쳐 버린다. 아마 운전기사는 반복되는 그 운행 길에서 어쩌면 거기 늘 그렇게 서 있는 그들이 승객이 아니라는 걸 이미 알고 있었을 것이다.

그런데 여기서 나는 '어쩌면 늘 거기 서 있는 그들'이라고 말해 버렸다. 그렇다. 어쩌면 그들은 흔히 어느 동네에나 있기 마련인 실성한 사람으로, 그러기에 그 누군가를 기다려 늘 동네 어귀에 나와 버스를 향해 한 손을 올리거나 웃고 있는 것일 수도 있다. 하지만 시적 화자는 여기서 되레 상상력을 발동시킨다. 그들은 아마 먼 길 가는 사람들인 모양으로, 이미 오랜 길을 걸어 거기 당도했을 것이고, 지금은 잠시 나무 그늘에서 쉬고 있는지 모른다는 상상을 하는 것이다. 왜냐하면 실성한 자가 누군가를 기다리고 서 있는 피폐한 시골 현실의 직접적인 제시 이전에 우리 삶에는 항상 "버스로는 이를 수 없는 먼 길"이 있다는 조용하지만 좀 더 깊은 존재론적 깨달음이 있기 때문이다.

결국 그들은 퇴락한 동네에서 누군가를 애써 기다리는 실성한 사람일 수도 있고, 존재의 먼 길을 가는 나그네일 수도 있고, 어쩌면 "미륵 한 쌍이 석양 속으로 사라진다"는 것으로 보아 거기 동구에 서 있는 미륵불일 수도 있다. 문제는 그것들이 두 개의 점, 곧 흰 광목빛으로 차창 뒤에 남는다는 것이다. 이는 누구를 애절하게 기다린다거나, 땀을 흘리며 존재의 먼 길을 간다는 일이 아직 '흰 광목빛'으로 상징되는 삶의 순수의 길일 수 있다는 얘기인 것인가. 그렇지 않고서야 어찌 목도리의 흰 광목빛 이미지만 선연하게 남겠는가.

물론 이 시는 자식 하나 찾아오지 않는 시골의 노부부가 치매기(癡呆氣) 때문에 늘 정류장에 나와 자식이거나 누군가를 기다리는 모습으로 읽는 것이 시의 기본값에 충실하리라 생각된다. 「어린 것」을 보고 굳었던 젖이 핑그르르 돈다는 시인, 「못 위의 잠」을 자는 수컷 제비 같은 아버지에 대한 연민으로 글썽이는 시인, 「그 복숭아나무 곁으로」 지나치다 복숭아나무의 흰 꽃과 분홍 꽃 사이에 수천의 빛깔이 있다는 것을 보는 시인, 「기러기 떼」를 보고 새가 너무 많은 것을 슬픔이라고 부르는 시인, 「어두워진다는 것」을 금이 간 갈비뼈를 가만 가만 가만히 혼자 쓰다듬는 저녁이라고 쓰는 시인 나희덕은 소설가 이인성의 말대로 "삶의 본질적 어둠을 응시하며 오히려 의식의 굳은 껍질을 벗은 시인"이자 최두석 시인의 말대로 "세상살이의 세목들 속에서 삶의 의미를 찾아내는 섬세한 안목과 그것을 발효시켜 독특한 맛을 내는 솜씨를 아울러 갖춘"시인이다.

5

놀고 있는 햇볕이 아깝다는 말씀을 아시는가 이것은 나락도

거두어 갈무리하고 고추도 말려서 장에 내고 참깨도 털고 겨우
한가해지기 시작하던 늦가을 어느 날 농사꾼 아우가 한 말이다
어디 버릴 것이 있겠는가 열매 살려 내는 햇볕, 그걸 버린다는 말
씀이 당키나 한가 햇볕이 아깝다는 말씀은 끊임없이 무언갈 자꾸
살려 내고 싶다는 말이다 모든 게 다 쓸모가 있다 버릴 것이 없다
아 그러나 나는 버린다는 말씀을 비워 낸다는 말씀을 겁도 없이
지껄이면서 여기까지 왔다 욕심 버려야 보이지 않던 것 비로소
보인다고 안개 걷힌다고 지껄이면서 여기까지 왔다 아니다 욕심
도 쓸모가 있다 햇볕이 아깝다는 마음으로 보면 쓸모가 있다 세
상엔 지금 햇볕이 지천으로 놀고 있다 햇볕이 아깝다는 뜻을 아
는 사람은 지금 아무도 없다 사람아 사람아 젖어 있는 사람들아
그대들을 햇볕에 내어 말려 쓰거라 끊임없이 살려 내거라 놀고
있는 햇볕이 스스로 제가 아깝다 아깝다 한다

— 정진규, 「놀고 있는 햇볕이 아깝다」

"놀고 있는 햇볕이 아깝다"는 말을 왜 모르겠는가. 나락은 거두어 공판에 내고, 고추는 말려서 오일장에 내고, 참깨는 진즉 털어서 기름을 짜느라 사실 부엌의 부지깽이 손이라도 빌려야 할 정도로 바쁘지 않았던가. 그러고도 남아서 아직도 무진장하게 쏟아지는 가을 햇볕이 어찌 아깝지 않겠는가. 하지만 그 햇볕이 차가워지고 음산해지기 전에 장작도 패서 쌓고, 김장독도 묻고, 문풍지도 새로 발라야 하는 등 할 일은 여전히 많다.

그런데 이 말의 진정한 의미는 농사를 지어 보면 알게 된다. 그렇게 햇볕은 무진장하게 쏟아지는데 일손이 딸린 탓에 미처 나락을 거두지 못해 나락을 말릴 수가 없는 것이다. 그때 놀고 있는 햇볕이 아깝다고 말한다. 또 남들과 같이 백석지기 논이 아니라 뙈기밭 몇 섬 수확이라 더 말릴 것이 없는 경우, 그때 그냥 그렇게 놀고 있는 햇볕이 아깝다고 말한다. 햇볕 자체가 주체적으로 '놀고 있는' 것이라기보다 사람의 입장에서 유용하게 쓰려 해도 쓸 수 없는 햇볕을 '놀리고 있는' 것이 아깝다는 말이다.

이렇게 농사꾼들이 쓰는 말뜻을 잘못 이해했다고 해도 이 시의 의미가 감소되는 것은 아니다. 오히려 원래 뜻의 왜곡이 이 시의 창조성에 기여하기 때문이다. 먼저 "햇볕이 아깝다는 말씀은 끊임없이 무언갈 자꾸 살려 내고 싶다는 말이다"라는 구절은 농사꾼들이 좋은 햇볕을 놀리는 것을 너무 아까워하는 심정과 일맥상통한다. 그렇게 좋은 햇볕의 때에 말릴 것 말리고 갈무리할 것 갈무리하고 싶어 하는 것은 사람과 자연의 순리이고, 그 순리를 따르는 것은 무언가를 살려 내는 일이기 때문이다.

그런데 가령 '작년에 산 바지가 보푸라기 한 올 일지 않았는데 아이가 너무 커서 버릴 수밖에 없으니 너무 아깝다.'라는 말을 보라. '아깝다'라는 말엔 항상 '버린다'라는 말이 전제되어 있거나 내포되어 있다. 이것을 깨달은 시인은 단박에 저 아까운 햇볕을 버려야 쓰겠는가라고 못 박는다. 그리고는 비약하여 앞으로는 '버린다'는 말이나 이와 동의어인 '비워 낸다'는 말을 함부로 사용하지 않겠다고 말한다. 진짜 써야 할 욕심도 다 못 쓴 주제에, 자기가 무엇을 이루었다고 욕심을 버린다느니 마음을 비운다느니 하는가. 그런 도사연하는 짓은 하지 않겠다는 것이다. 햇볕이 아깝다는 마음으로 보면 욕심도 크게 쓸모가 있는 것이기 때문이다.

그리고 그 말은 자기에게만 해당되는 것이 아니라 모든 사람들에게 해당된다고 생각한다. 쓸모 있는 햇볕이 지천으로 놀고 있는데 그런 햇볕을 아까워하는 사람이 아무도 없다는 것이다. 하다못해 젖어 있는 마음이라도 내다 말릴 일인데 그러지 않으니 "놀고 있는 햇볕이 스스로 제가 스스로 아깝다 아깝다 한다"는 것이다. 그렇다. 좋은 햇볕의 때, 사랑도 하고 시도 쓰고 하다못해 놀기도 해야 한다. 죽으면 버리고 비우지 않아도 죄다 버리고 비워질 것이다.

참고한 책들

1부

마크 스트랜드, 『시인이 말하는 호퍼, 빈 방의 빛』, 2007, 한길아트

아카세가와 겐페이, 『침묵의 다도, 무언의 전위』, 2020, 안그라픽스

김상욱, 『시의 숲에서 세상을 읽다』, 1996, 푸른나무

니와노 닛코, 『법화경의 새로운 해석』, 1996, 대원종합인쇄

도정일, 『시인은 숲으로 가지 않는다』, 1994, 민음사

메를로-퐁티, 『의미와 무의미』, 1990, 서광사

조광제, 『미술 속 발기하는 사물들』, 2007, 안티쿠스

마리아 포포바, 『진리의 발견』, 2020, 다른

김용옥, 『도올의 로마서 강해』, 2017, 통나무

이은윤, 『선시, 깨달음을 읽는다』, 2008, 동아시아

헤밍웨이, 『노인과 바다』, 2012, 민음사

왕필, 『왕필의 노자주』, 2005, 한길사

매창, 『매창시집』, 2019, 평민사

이종건, 『시적 공간』, 2016, 궁리

2부

서동욱, 『생활의 사상』, 2005, 민음사

미셸 푸코, 『광기의 역사』, 2013, 나남

자크 데리다, 『해체』, 1996, 문예출판사

신상희, 『시간과 존재의 빛』, 2000, 한길사

박용숙, 『천부경, 81자의 비밀』, 2018, 소동

피터 게이, 『모더니즘』, 2015, 민음사
아르튀르 랭보, 『랭보시선』, 1990, 책세상
안동림 역주, 『장자』, 1993, 현암사
왕멍, 『장자의 거침없는 질주』, 2013, 자음과모음
존 버거, 『본다는 것의 의미』, 2000, 동문선
서영채, 『풍경이 온다』, 2019, 나무나무출판사
프란츠 카프카, 『성』, 1984, 범우사
가와바타 야스나리, 『설국』, 2002, 민음사
앤디 팽크허스트, 루신다 혹슬리, 『명작수첩』, 2013, 현암사
안현배, 『안현배의 예술수업 1』, 2019, 민음사
막스 피카르트, 『침묵의 세계』, 1985, 까치
막스 피카르트, 『인간과 말』, 2013, 봄날의책
프리드리히 횔덜린, 『횔덜린 시전집』, 2017, 책세상
샤를 보들레르, 『파리의 우울』, 2015, 문학동네
미셸 페로, 『방의 역사』, 2013, 글항아리
알랭 코르뱅, 『침묵의 예술』, 2017, 북라이프
마르틴 하이데거, 『숲길』, 2008, 나남
김영민, 『집중과 영혼』, 2017, 글항아리
오태환, 『그곳에 가지 않았다』, 2018, 황금알
김혜순, 『여성, 시하다』, 2017, 문학과지성사
존 암스트롱, 『사랑의 발견』, 2003, 작가정신
롤랑 바르트, 『사랑의 단상』, 1991, 문학과지성사

3부

리처드 도킨스, 『이기적 유전자』, 1993, 을유문화사

파트릭 르무안, 『유혹의 심리학』, 2005, 북플리오

단테 알리기에르, 『신곡』, 2007, 민음사

주창윤, 『사랑의 인문학』, 2019, 마음의 숲

표도르 도스토옙스키, 『카라마조프 가의 형제들』, 2007, 민음사

이병주, 『동서양 고전탐사』, 2002, 생각의나무

이진숙, 『롤리타는 없다』, 2016, 민음사

알렉산더 데만트, 『시간의 탄생』, 2018, 북라이프

마르셀 프루스트, 『잃어버린 시간을 찾아서』, 1998, 국일미디어

한병철, 『시간의 향기』, 2013, 문학과지성사

김동규, 『철학의 모비딕-예술, 존재, 하이데거』, 2013, 문학동네

이석호, 이원규, 『중국 명시 감상』, 2007, 위즈-온

에밀 졸라, 『테레즈 라캥』, 2019, 문학동네

게오르크 루카치, 『소설의 이론』, 1998, 심설당

장쉰, 『고독 육강』, 2015, 이야기가 있는 집

지그문트 바우만, 『고독을 잃어버린 시간』, 2012, 동녘

김재용 엮음, 『백석 전집』, 1997, 실천문학사

동양고전연구회 역주, 『논어』, 2016, 민음사

대산 김석진, 『대산 주역 강의』, 1999, 한길사

방민호 외, 『백석시 읽기의 즐거움』, 2006, 서정시학

소래섭, 『백석의 맛』, 2013, 프로네시스

김월운 옮김, 『경덕 전등록』, 2018, 동국대학교 부설 동국역경원
석지현 편, 『벽암록』, 2017, 민족사
프리드리히 빌헬름 니체, 『차라투스트라는 이렇게 말했다』, 2000, 책세상

4부

노스럽 프라이, 『비평의 해부』, 2000, 한길사
C. 호제크, P. 파커 엮음, 『서정시의 이론과 비평』, 2003, 현대미학사
레프 톨스토이, 『크레이체르 소나타』, 2008, 웅진씽크빅
파스칼 키냐르, 『은밀한 생』, 2001, 문학과지성사
타일러 에드워드 버넷, 『원시문화』, 2018, 아카넷
박희병, 『한국의 생태사상』, 1999, 돌베개
라이너 마리아 릴케, 『말테의 수기』, 2005, 민음사

시간의 말

초판1쇄 펴낸 날 | 2020년 12월 7일
초판2쇄 펴낸 날 | 2021년 6월 14일

지은이 | 고재종
펴낸이 | 송광룡
펴낸곳 | 문학들
등록 | 2005년 8월 24일 제 2005 1-2호
주소 | 61489 광주광역시 동구 천변우로 487(학동) 2층
전화 | 062-651-6968
팩스 | 062-651-9690
전자우편 | munhakdle@hanmail.net
블로그 | blog.naver.com/munhakdlesimmian
값 15,000원

ISBN 979-11-86530-99-3 03800